中國語言文字研究輯刊

十一編

許錟輝 主編

第 12 冊

《通鑑音註》語音研究（第一冊）

馬君花 著

花木蘭文化出版社

國家圖書館出版品預行編目資料

《通鑑音註》語音研究（第一冊）／馬君花 著 -- 初版 -- 新北
市：花木蘭文化出版社，2016〔民 105〕
目 4+186 面：21×29.7 公分
（中國語言文字研究輯刊 十一編：第 12 冊）
ISBN 978-986-404-739-0（精裝）
1. 資治通鑑音註 2. 語音 3. 研究考訂
802.08   105013768

ISBN-978-986-404-739-0

9 789864 047390

中國語言文字研究輯刊

十一編　　第十二冊　　　ISBN：978-986-404-739-0

《通鑑音註》語音研究（第一冊）

作　　者　馬君花
主　　編　許錟輝
總 編 輯　杜潔祥
副總編輯　楊嘉樂
編　　輯　許郁翎、王筑　美術編輯　陳逸婷
出　　版　花木蘭文化出版社
社　　長　高小娟
聯絡地址　235 新北市中和區中安街七二號十三樓
　　　　　電話：02-2923-1455／傳眞：02-2923-1452
網　　址　http://www.huamulan.tw 信箱 hml810518@gmail.com
印　　刷　普羅文化出版廣告事業
初　　版　2016 年 9 月
全書字數　296665 字
定　　價　十一編 17 冊（精裝）台幣 42,000 元

《通鑑音註》語音研究（第一冊）

馬君花 著

作者簡介

馬君花（1969.09），女，回族，寧夏惠農人，文學博士。1993 年畢業於陝西師範大學中文系漢語言文學（教育）專業，獲學士學位；2005 年畢業於寧夏大學漢語言文字學專業，獲碩士學位；2008 年畢業於首都師範大學漢語言文字學專業，獲博士學位。同年進入北方民族大學文史學院工作，主要研究領域爲漢語史。現任北方民族大學文史學院教授，碩士研究生導師，中國音韻學研究會會員。在國內公開刊物上發表論文十餘篇，獲得國家社科基金項目兩項，省部級科研項目兩項。

提　要

宋末元初天台人胡三省於 1285 年完成的《〈資治通鑒〉音註》，是從中古音到近代音過渡階段的音韻文獻。

胡三省的《音註》被註字約 3805 個，語音材料約共 75645 條，其中包括反切、直音、假借、如字以及紐四聲法等。通過考察反切和直音，我們揭示了《通鑒音註》音系的特點，構擬了它的音值，並與宋元語音特點進行了對比研究。研究的結論是：

聲母有 31 個，其中全濁聲母有 9 個，它們是 b、v、d、ʤ、ʒ、ʥ、z、ɡ、ɦ。韻部有 23 個，韻母有 61 個，其陽聲韻尾有 -m、-n、-ŋ 三個，入聲韻尾有 -p、-t、-k 三個。聲調有 8 個：平、上、去、入各分陰陽。

《通鑒音註》是反映宋末元初共同語讀書音的文獻材料，其音系是承襲自五代、宋初、南宋讀書人遞相傳承的雅音系統。但由於地域、時代的因素，語音材料中偶或表現出吳語的特點。

第一章　緒　論

一、《通鑑音註》概述

《資治通鑑》，宋司馬光編著、元胡三省音註，共 294 卷。胡三省，《宋史》、《元史》無傳，《宋元學案》僅有百餘字的小傳。《光緒寧海縣志》卷二十《藝文內編》墓碑類，據《胡氏家乘》載其子胡幼文所作墓誌，述其生卒年月及行歷甚詳。元代袁桷《清容居士集》之《祭胡梅礀文》（卷四十三，刻本，清道光二十年）、《師友淵源錄》（《清容集》卷三十三，刻本，清道光二十年）等文也有記載。胡三省生於南宋理宗紹定三年（1230），卒於元成宗大德六年（1302），天台人〔註1〕，世居寧海。字身之，舊字景參，號梅礀（或作梅澗）。寶祐四年（1256）進士，與文天祥、陸秀夫、謝枋得等人同榜，曾先後做過吉州泰和縣尉、慶元慈溪縣尉、揚州江都丞、江陵縣令、懷甯縣令。宋度宗咸淳三年（1267）任壽春府府學教授，六年（1270），回杭州，應廖延平之請，「俾讎校《通鑑》以授其子弟，爲著《讎校通鑑凡例》」〔註2〕。宋恭宗德祐元年（1275）因薦入賈似道軍，主管沿江制置司機宜文字。上禦敵之策，言不獲用；戰敗，歸鄉里。官終奉朝郎。宋恭宗德祐二年（1276 年），元軍攻陷臨安，浙東大亂，在從寧

〔註1〕關於胡三省的籍貫，胡克均認爲是寧海縣，不是今天的天台縣，其文《關於胡三省的籍貫問題》（《杭州大學學報》1981 年第 6 期）有詳細的介紹。

〔註2〕胡三省：《新註資治通鑑序》，《資治通鑑》（第 1 冊），中華書局，1956 年版，第 30 頁。

海到新昌避兵亂的途中，所撰《音註》散失殆盡，多年心血毀於一旦。南宋滅
亡後，隱居鄉里。亂定，復購他本重新作註，元世祖至元二年（1285 年）定稿，
以成今日流傳之註本。章鈺《胡刻通鑑正文校宋記述略》註云：「按胡氏……事
略見袁桷《清容居士集·師友淵源錄》，有云：釋《通鑑》三十年，兵難，稿三
失。乙酉歲，留袁氏塾，日鈔定註，己丑寇作，以書藏窖中得免。定註今在家。
全祖望《鮚埼亭集》有《胡梅磵藏書窖記》云：南湖袁學士橋即清容故居，東
軒有石窖，即梅磵藏書之所。清容又有《祭胡氏文》，專舉註《通鑑》一事，稱
爲司馬氏功臣。……《宋元學案》列胡氏於深甯門人，亦僅收《通鑑註》與《史
炤釋文辯誤》兩序。所著《竹素園集》一百卷，盧文弨《宋史藝文志補》、錢大
昕《補元史藝文志》皆載其目。《江東十鑑》、《四城賦》，全（祖望）記云不可
得見，是則胡氏著述散佚者久矣。歸安陸心源《宋史翼》，採《台州府志》，列
胡氏於《遺獻傳》，無他事跡可考。」〔註3〕民國初年修訂的《新元史》根據胡
三省的《新註資治通鑑序》爲他作了 53 字的介紹。1945 年陳垣著《通鑑胡註
表微》，全面介紹了胡三省的生平、抱負、治學、民族精神，介紹了胡三省《音
註》的內容。

　　胡三省的著作有流傳至今的只有《資治通鑑音註》和《通鑑釋文辯誤》。

　　胡三省一生最大的貢獻，就是爲《資治通鑑》作了詳盡的註釋。最先給《資
治通鑑》作註的是司馬光的門人劉安世《資治通鑑音義》十卷，但很快就失傳
了。南宋時期，《資治通鑑》已經有三家釋文：一是司馬康《釋文》，刻於海陵
（泰州），故稱海陵本。陳振孫《直齋書錄解題》著錄，有二十卷；《宋史·藝
文志》作六卷，現已不存。二是史炤《釋文》，《書錄解題》及《宋史·藝文志》
均作三十卷，馮時行的序，今存。三是成都府廣都縣費氏進修堂本《通鑑》，正
文之下亦有附註，世人謂之善本，號稱「龍爪《通鑑》」，現已殘缺。這些版本
的註釋，胡三省的父親胡鑰都不滿意。胡鑰曾有志於爲《通鑑》作註，他對比
研究過各種史書的註本，洞悉《通鑑》各註本的得失，並且認爲海陵本《釋文》
是僞託之作，絕非出自司馬康之手。但因病未能撰作。他臨終前要求胡三省完
成其遺志。《新註資治通鑑序》云：

〔註 3〕章鈺：《胡刻通鑑正文校宋記述略》，《資治通鑑》（第 1 冊），中華書局，1956 年版，
　　　　第 11 頁。

先君篤史學，淳祐癸卯始患鼻衄，讀史不暫置，灑血漬書，遺跡故在。每謂三省曰：「《史》、《漢》自服虔、應劭至三劉，註解多矣。章懷註范史，裴松之註陳壽史，雖間有音釋，其實廣異聞，補未備，以示博洽。《晉書》之楊正衡，《唐書》之竇苹、董衝，吾無取焉。徐無黨註《五代史》，粗言歐公書法義例，他未之及也。《通鑑》先有劉安世《音義》十卷，而世不傳。《釋文》本出於蜀史炤，馮時行爲之序，今海陵板本又有溫公之子康《釋文》，與炤本大同而小異。公休於書局爲檢閱官，是其得溫公辟咡之教詔，劉、范諸公群居之講明，不應乖剌乃爾，意海陵《釋文》非公休爲之。若能刊正乎？」三省捧手對曰：「願學焉。」〔註4〕

家庭的薰陶和父親的臨終遺囑，是胡三省爲《資治通鑑》撰作《音註》的一個重要原因。另一個客觀原因是當時沒有一個好的《通鑑》註本。其《通鑑釋文辯誤後序》云：

《通鑑釋文》行於世，有史炤本，有公休本。史炤本，馮時行爲之序；公休本刻於海陵郡齋，前無序，後無跋，直眞公休官位姓名於卷首而已。又有成都府廣都縣費氏進修堂板行《通鑑》，於正文下附註，多本之史炤，間以己意附見，世人以其有註，遂謂之善本，號曰「龍爪《通鑑》」。要之，海陵《釋文》、龍爪《註》，大同而小異，皆蹈襲史炤者也。譌謬相傳，而海陵本乃託之公休以欺世，適所以誣玷公休，此不容不辯也。〔註5〕

又：

今之時有寶應謝玨《通鑑直音》，自燕板行，而南又有廬陵郭仲山《直音》，又有閩本《直音》。直音者，最害後學，更未暇問其考據，其書更不論四聲翻切，各自以土音爲之音，率語轉而失其正音，亦有因土音而失其本，至於大相遠者，不特語轉而已。

〔註4〕胡三省：《新註資治通鑑序》，《資治通鑑》（第1冊），北京：中華書局，1956年版，第29頁。

〔註5〕胡三省：《通鑑釋文辯誤後序》，《資治通鑑》（第20冊），北京中華書局，1956年版，第187頁。

今《辯誤》爲公休辯証，以公休本爲海陵本，龍爪本爲費氏本。

先舉史炤之誤，二本與之同者，則分註其下曰同，然後辯其非而歸

於是，如直音之淺謬，皆略而不錄。〔註6〕

根據胡三省考證，第一、第三兩書都是書賈請人做的，海陵本託之於司馬康，費本間有自己的意見，都是從史炤《釋文》抄襲而來的，文字大同小異。史炤《釋文》較後二者爲佳，草創之功不可泯滅，但其註粗疏簡陋，舛謬頗多，胡三省作《通鑑釋文辯誤》十二卷，做了許多糾正的工作〔註7〕。

第三個原因，就是胡三省自己對《資治通鑑》的價值的認識。其《新註資治通鑑序》云：

世之論者率曰：「經以載道，史以記事，史與經不可同日語也。」夫道無不在，散於事爲之間，因事之得失成敗，可以知道之萬世亡弊，史可少歟！爲人君而不知《通鑑》，則欲治而不知自治之源，惡亂而不知防亂之術。爲人臣不知《通鑑》，則上無以事君，下無以治民。爲人子而不知《通鑑》，則謀身必至於辱先，作事不足以垂後。乃如用兵行師，創法立制，而不知迹古人之所以得，鑑古人之所以失，則求勝而敗，圖利而害，此必然者也。

孔子序《書》，斷自唐、虞，訖《文侯之命》而繫之秦，魯《春秋》則始於平王之四十九年；左丘明傳《春秋》，止哀之二十七年趙襄子恭智伯事，《通鑑》則書趙興智滅以先事。以此見孔子定《書》而作《春秋》，《通鑑》之作實接《春秋左氏》後也。〔註8〕

胡三省中進士後（1256）即奉父命刊正僞託的海陵本劉安世《資治通鑑音義》。其《新註資治通鑑序》云：

乙巳，先君卒，盡瘁家蠱，又從事科舉業，史學不敢廢也。

寶祐丙辰，出身進士科，始得大肆其力於是書。游宦遠外，率攜

〔註6〕 胡三省：《通鑑釋文辯誤後序》，《資治通鑑》（第 20 冊），北京中華書局，1956 年版，第 188 頁。

〔註7〕 馮惠民：《〈通鑑〉胡註略論》，《史學月刊》，1983 年 6 期，第 30～36 頁轉 60 頁。

〔註8〕 胡三省：《新註資治通鑑序》，《資治通鑑》（第 1 冊），北京：中華書局，1956 年版，第 28 頁。

以自隨；有異書異人，必就而正焉。依陸德明《經典釋文》，釐爲《廣註》九十七卷，著《論》十篇，自周訖五代，略敘興亡大致。咸淳庚午，從淮壖歸杭都，延平廖公見而韙之，禮致諸家，俾讎校《通鑑》以授其子弟，爲著《讎校通鑑凡例》。廖轉薦之賈相國，德祐乙亥，從軍江上，言輒不用，既而軍潰，間道歸鄉里。丙子，浙東始騷，辟地越之新昌；師從之，以挈免，失其書。亂定反室，復購得他本爲之註，始以《考異》及所註者散入《通鑑》各文之下；曆法、天文則隨《目錄》所書而附註焉。汔乙酉冬，乃克徹編。凡紀事之本末，地名之同異，州縣之建置離合，制度之沿革損益，悉疏其所以然。若《釋文》之舛謬，悉改而正之，著《辯誤》十二卷。〔註9〕

又，據《光緒海寧縣志》所載其子胡幼文所作的墓碑云：

舊註司馬公《通鑑》，中經散逸，購求他本爲註解，手自抄錄，雖祁寒暑雨不廢。諸子以年高不宜爲言，則曰：「吾成此書，死而無憾。」〔註10〕

按照《新註資治通鑑序》，胡三省自南宋理宗寶祐四年（1256）中進士時開始，約於度宗咸淳六年（1270）到臨安前，撰成《通鑑廣註》97 卷，註文不與正文混雜；《論》10 篇。南宋恭宗德祐二年（1276）元軍攻陷臨安，在避亂新昌的途中書稿散失；南宋滅亡，他歸隱鄉里，又購買了《資治通鑑》，重新作註。此次作註，則改爲隨文註釋，並將司馬光的《資治通鑑考異》置於自己的註後。我們今天看到的胡三省的《資治通鑑音註》即是後者。到元世祖至元二十二年（1285），這項工作才最終完成，歷時約 30 年。

《資治通鑑四庫總目提要》云：「其書網羅宏富，體大思精，爲前古之所未有。而名物訓詁，浩博奧衍，亦非淺學所能通。光門人劉安世嘗撰《音義》十卷，世已無傳。南渡後註者紛紛，而乖謬彌甚，至三省乃匯合群書，訂訛補漏，

〔註9〕 胡三省：《新註資治通鑑序》，《資治通鑑》（第 1 冊），北京：中華書局，1956 年版，第 29～30 頁。

〔註10〕 轉引自周祖謨《胡三省生卒行歷考》，《周祖謨語言文史論集》，浙江古籍出版社，1988 年版，第 503～506 頁。

以成此註。」〔註11〕又《四庫全書‧資治通鑑‧提要》云：「通鑑文繁義博，貫串最難。三省所釋於象緯推測、地形建置、制度沿革諸大端，極爲賅備，讀《通鑑》者奉爲圭臬，眞不啻《左傳》之有杜當陽矣！」〔註12〕由於胡三省的註詳盡具體，所註範圍又十分廣泛，博大精深，胡註本身已經成爲一部學術著作。清胡林翼把胡註中有關兵事的部分全部收入他的《讀史兵略》，顧祖禹在編撰《讀史方輿紀要》時也稱「尤所服膺，採輯尤備」，足見對胡註的重視。王鳴盛《十七史商榷》更進一步說：「史炤功在革創，究尚粗疏。至胡三省始成巨觀，可云青出藍，藍謝青，《通鑑》之功臣，史學之淵藪矣。」〔註13〕

然而，給《資治通鑑》作註並不容易。

首先，可供借鑒的材料有限。在十七史中，前四史《史記》、《漢書》、《後漢書》、《三國志》都有註，其餘十三史都沒有註。從《晉書》以下至五代，都要自己去做，工程浩大而且艱巨。司馬光等五人修《資治通鑑》用了十九年，胡三省以一人之力爲之做註前後用了三十年。對於史書的註解，胡三省《資治通鑑音註》之前，流傳於後世的，《史記》有張守節《正義》，司馬貞《索隱》，裴駰《集解》。《漢書》有服虔、應劭、如淳、徐廣、韋昭等人的《註》，還有顏師古的《音義》。《後漢書》有李賢、劉昭的《註》，《三國志》有裴松之的註解，《晉書》有楊正衡的《正義》，等等，這些都是胡三省可以借鑒到的、被經常引用甚至承襲的好材料，這些人名和書名在《音註》中屢屢被提及；加之宋代學者的著作，都可以參考，撰寫的難度尚小。晉以後的各史，雖有唐代何超的《晉書音義》、宋代竇苹的《唐書音訓》、董衝的《唐書釋音》以及徐無黨的《五代史記註》等，但多限於一朝一代史，又大都失之簡略，或者只註音義，或者偏重義例，鮮有可取。所以這一部分必須是胡三省自創，在難度上和價值上又大於前四史。

在胡三省的《音註》中，引用前人之說是顯而易見的。經常提及的除了上述顏師古、李賢等人的註外，同時被提及的還有《左傳》杜預的《註》、《三禮》

〔註11〕〔清〕紀昀等：《四庫全書總目提要》史部三《資治通鑑》條，南開大學文學院多媒體中心整編。

〔註12〕〔清〕紀昀：《四庫全書‧資治通鑑‧提要》，上海人民出版社、迪志出版社電子版（文淵閣本）。

〔註13〕王鳴盛：《十七史商榷》卷100，上海書店出版社，第937頁。

鄭玄的《註》、郭璞的《水經註》、杜佑的《通典》，以及許愼的《說文解字》及後人附於其下的反切、《字書》、《經典釋文》、《唐韻》、《廣韻》《集韻》、《類篇》、《群經音辨》、還有《龍龕手鏡》，等等。

其次，《資治通鑑》規模大。《資治通鑑》紀事時間跨度很大。自周威烈王二十三年始，訖於後周顯德六年，囊括 16 代，貫穿 1362 年的歷史。全書 294卷，約 300 萬字，卷帙浩繁，人稱難讀，作註更不容易。胡三省的《音註》分散列於《資治通鑑》294 卷正文之下，字數與《資治通鑑》相近，其間訓釋音義、校勘補正、考訂辨誤、評論史實等等，30 年間獨自擔當，足見其工作的艱辛及其艱苦卓絕的精神。胡克家《重刊元本資治通鑑後序》云：「宋司馬溫公《資治通鑑》一書，爲史家絕作；元天台胡身之之音註，弘通博洽，……數百年來，學者奉爲寶書久矣。」〔註 14〕

第三，寫作環境惡劣、物質條件艱苦。胡三省生當民族矛盾尖銳的時代，他出生以前，金人已占領了北部中國，還在幼年，蒙元又滅金侵宋；他是在長期的宋元戰爭環境中長大的。他的創作，也是在這樣的環境中進行的，生活之艱苦可以想見，可供參考的圖書難得，可以請教、討論的人難求。動盪之世，經常輾轉奔波，居無定所。艱苦的條件他並不以爲苦，只是遺憾自己不能知己註之失，無處從而取正。他的這種遺憾在其《新註資治通鑑序》裏表露無遺：

> 嗚呼！註班書者多矣：晉灼集服、應之義而辨其當否，臣瓚總諸家之說而駁以己見。至小顏新註，則又譏服、應之疏紊尚多，蘇、晉之剖斷蓋尠，訾臣瓚以差爽，詆蔡謨以牴牾，自謂窮波討源，構會甄釋，無復遺恨；而劉氏兄弟之所以議顏者猶顏之議前人也。人苦不自覺，前註之失，吾知之，吾註之失，吾不能知也。又，古人註書，文約而義見；今吾所註，博則博矣，反之於約，有未能焉。世運推遷，文公儒師從而凋謝，吾無從而取正。或勉以北學於中國，嘻，有志焉，然吾衰矣！〔註 15〕

〔註 14〕 胡克家：《重刊元本資治通鑑後序》，《資治通鑑》（第 20 冊），中華書局，1956 年版，第 189 頁。

〔註 15〕 胡三省：《新註資治通鑑序》，《資治通鑑》（第 1 冊），北京：中華書局，1956 年版，第 30 頁。

二、《通鑑音註》的特點及本書的研究範圍

胡三省作《音註》主要是爲了人們讀懂《資治通鑑》,旨在通史義、辨史實。其註釋的範圍極爲廣泛,用他自己的話說,「凡紀事之本末,地名之同異,州縣之建置離合,制度之沿革損益,悉疏其所以然」〔註16〕。對於《資治通鑑》所涉及到的名物、制度、地理、職官、史論、字音,大至象緯推測、地形建置、制度沿革,小至草木蟲魚、膳食酒飲、文字音讀等等,都進行了大量的註釋,詮釋音義、考訂異同、校勘脫訛、辨明史實、增補史料……總之,凡有利於閱讀《資治通鑑》的,幾乎無所不包,爲閱讀《資治通鑑》提供了極大的便利,不但具有極高的史學價值,在漢語史上也有極高的學術價值。

胡三省《通鑑音註》〔註17〕是訓詁範疇的著作,他是爲了人們讀懂《通鑑》而著的旨在通史義、辨史實的訓詁書。其註釋的形式是隨文釋義,即按照原文的先後順序,在需要解釋的地方進行註釋。黃侃先生說:「訓詁就是用語言解釋語言。」〔註18〕胡三省既爲原文作註,也爲註文作註。爲註文作註指的是爲別人的註解作註釋,先引別人的註解,然後列出自己的看法。這種註釋其實有辨析的成分。

本書的研究,著眼於其中的語音材料,藉此考察宋末元初漢語的語音面貌。《通鑑音註》中有極爲豐富的語音材料。據我們窮盡性統計,其語音材料約共75645 條。這些材料散列於《資治通鑑》294 卷正文之下,表現形式有反切、直音、假借、如字、紐四聲法、古某字等。這些材料對於我們研究宋末元初漢語的語音特點有著重要的學術價值。

胡三省《通鑑音註》與註音有關的材料的具體特點如下:

(一)引用前人註音

《通鑑音註》引述到的著作或作者非常多。我們做了簡單的整理〔註19〕,結果如下:

〔註16〕 胡三省:《新註資治通鑑序》,《資治通鑑》(第一冊),北京:中華書局,1956 年版,第 30 頁。

〔註17〕 按:本書稱「音註」、「胡註」都是指胡三省「通鑑音註」;稱「資治通鑑」爲「通鑑」。隨文便宜行事,不再註明。

〔註18〕 黃侃:《文字聲韻訓詁筆記》,上海古籍出版社,1983 年版,第 181 頁。

〔註19〕 按:本書僅列出與語音有關的材料中涉及到的書名、人名,只涉及訓詁、史實等方面的引述不在此列。

引述到的書與篇名大略有：

經史類：《書》、《左傳》、《禮記》、《王制》、《月令》、《荀子》、《前書》、班《志》、《漢書》、《春秋後語》、《華陽國志》、《漢書律曆志》、《風俗通》、《漢書地理志》、《晉書》、《馮異傳》、《魏書》、《南史·江敩傳》、《唐史》、《新唐書》、《北史》、《九域志》、《襄陽記》、班固《古今人表》、魏收《地形志》、李蠆《輿地紀勝》、《姓氏略》、《姓譜》、《司馬相如傳》、陳湘《姓林》、《姓苑》、《元和姓纂》、《姓纂》、《魏書官氏志》、《編古命氏》、《東觀記》、《考異》、《武德令》、《貞觀令》、杜預《世族譜》、何承天《纂文》、《姓氏韻纂》等；

註釋類：《釋名》、《廣雅》、《漢書音義》、《晉書音義》、《經典釋文》、《史記正義》、《史記索隱》、《周禮》鄭氏註、《毛氏傳》、《鄭氏箋》、《揚子註》、《西都賦註》、郭璞《三倉註》、《水經註》、《史記註》、何休《公羊傳》、《文選·高祖功臣贊》註、鄭氏《註》、《爾雅翼》、伏侯《古今註》、崔豹《古今註》、《周禮釋》、《風俗通》、《荀子》楊倞註等；

字書類：《說文》、《類篇》、《字林》、《字樣》、《字書》等；

韻書類：《唐韻》、《集韻》、《韻書》、《國語補音》、《龍龕手鏡》,《群經音辨》。

引述到的註釋的作者有：顏師古、李賢、楊倞、楊正衡、陸德明、杜佑、杜預、韋昭、服虔、應劭、晉灼、蘇林、毛晃、孔穎達、李奇、史炤、文穎、如淳、孟康、鄭氏、裴松之、丁度、孫愐、杜甫、溫公（司馬光）、（司馬）康、史炤、姚察、崔浩、劉昫、劉伯莊、劉昭、劉攽、徐廣、孫盛、程大昌、顏之推、宋祁、孫恬、鄧展、宋白、李涪、孟詵，等等。

引別人的註音時，通常說「某某曰」或「某某音」，例如「師古曰」或「師古音」等。對於所引用的前人的註音或釋義有爭議的，都予以羅列，有時也發表自己的意見，例如：

① 五月，平夷太守雷炤。音註：「立平夷郡，即漢平夷、鱉二縣之地。鱉，孟康音鷩。」（p.2831）

② 以按據上黨民。音註：「毛晃曰：按，於旰翻，抑也，止也，據也。康曰：按，音遏。此義亦通。但按字無遏音。」（p.167）

③ 狄人田儋起兵於齊。音註：「服虔曰：儋，音負擔之擔。師古曰：儋，音丁甘翻。」（p.259）

④ 日逐王先賢撣。音註：「鄭氏曰：撣，音纏束之纏。晉灼曰：音田。師古曰：晉音是也。」（p.859）

⑤ 而李哆為校尉，制軍事。音註：「哆，昌也翻。《索隱》：音尺奢翻。」（p.700）

⑥ 烏江亭長檥船待。音註：「徐廣曰：檥，音儀，一音俄。應劭曰：檥，正也。孟康曰：檥，音蟻，附也，附船於岸也。如淳曰：南方謂整船向岸曰『檥』。索隱曰：諸家各以意解耳。鄒誕本作『樣船』，以尚翻；劉氏亦有此音。」（p.353）

⑦ 千載一會，思成斷金。音註：「陸德明曰：斷，丁亂翻。王肅丁管翻。」（p.1276）

⑧ 選爪牙之士，而以二卵棄干城之將。音註：「干，《毛氏傳》曰：干，扞也；音戶旦翻。鄭氏箋曰：干也，城也，皆所以禦難也。干，讀如字。」（p.34）

⑨ 故揚子論之，以要離為蛛蝥之靡，聶政為壯士之靡。音註：「靡，溫公《揚子註》音如字；康美為切，謂糜爛也。余謂康音義俱非。」（p.232）

上所舉例中，第②、④、⑥、⑨四例，既列前人註音，又予以適當評說。

胡三省作《通鑑音註》引了不少前人舊註之音，可以說，這都說明了胡三省的註音有承襲的成分。作者心中有一個取音標準，並以此為標準去註音。他所著的《通鑑釋文辯誤》一書，就是針對當時一些給《通鑑》作的釋文、直音等所存在的問題而作的，而類似的批評常常見於《通鑑音註》中。同時，《通鑑音註》中有對諸家音的取捨與評價，也有「相傳讀作」、「俗音讀作」的提法，這就很明確地告訴我們，在胡三省的心中，是有一個取捨的標準的，這個標準就是他的正音原則。而關於反切與直音的來源問題，透過我們所整理的《通鑑音註資料篇》，可以清楚地看出，《通鑑音註》除了取自顏師古、李賢等人的音之外，還有取自《廣韻》、《集韻》的反切。

（二）有註音，也有釋義

《通鑑音註》的註音方式以反切為主，輔以直音，有時反切和直音同時兼用。也有釋義，或博該，或簡約，皆為通訓，例如：

① 上使泄公持節往問之篋輿前。音註：「郭璞《三蒼註》云：篋，舉土器，音鞭。」（p.384）

② 積尸牀下而寢其上，比屋皆滿。音註：「比，毗至翻；《周禮》五家為比。取其相連比而居也。又毗必翻，次也。」（p.4493）

③ 至父遣其子，妻勉其夫，皆斷鉏首而銳之。音註：「據陸德明《春秋左氏傳釋文》：斷，音丁管翻，讀如短。」（p.8130）

④ 事同議異，獄犴不平。音註：「犴，魚旰翻。野獄曰犴。」（p.2631）

⑤ 吏緣為姦，天下謷謷，陷刑者眾。音註：「師古曰：謷謷，眾口愁聲，音敖。」（p.1198）

⑥ 夫天下無事之時，殿寄大臣偷安奉私。音註：「殿，鎮也，音丁練翻。」（p.7889）

有些字註音後有釋義，或者先釋義後註音，不拘一格。

（三）同一義項的字註音時用字多有不同

胡三省給同一意思的詞用反切法註音，反切用字，多有不同，例如「顫」：

① 我見此物肉顫。音註：「顫，之賤翻。」（p.9159）

② 浚等惶怖且悲，不覺聲顫。音註：「顫，之膳翻。」（p.5181）

又如「抄」：

① 及過淮，民多竄匿，抄掠無所得，人馬飢乏。音註：「抄，初交翻。」（p.3959）

② 臣察鮮卑侵伐匈奴，正是利其抄掠。音註：「抄，楚交翻。」（p.1516）

又如「諶」：

① 盧諶《征艱賦》曰：「訪梁榆之虛郭，乃闞與之舊平。」音註：「諶，時壬翻。」（p.155）

② 使更始將軍史諶將之。音註：「諶，氏壬翻。」（p.1249）

③ 以沛郡王欣為太師，趙郡王諶為太保。音註：「諶，世壬翻。」（p.4825）

④ 盧諶為中書侍郎。音註：「諶，是壬翻。」（p.3020）

再如「憕」：

① 李憕、盧奕、顏杲卿、袁履謙、許遠、張巡、張介然、蔣清龐堅等皆加贈官。音註：「憕，時陵翻。」（p.7046）

② 使長史沈佚之、諮議柳憕部軍眾。音註：「憕，署陵翻。」（p.4462）

③ 行臺郎中薛憕私謂所親曰。音註：「憕，直陵翻。」（p.4837）

（四）一字有不同意義則多予以註音

一字而有兩個以上的讀音和意義時，《音註》通常不給常用義註音；偶爾為區別意義起見，稱「如字」；即便有註音的，次數卻極少。如《音註》中「朝」、「高」、「深」、「近」、「遠」、「背」、「樂」、「敗」等常見的字都有兩個以上的讀音，或音韻有別，或聲調不同，無不音隨意轉。下面僅舉幾例予以說明：

① 朝，表示「早晨」義時讀音為「陟遙翻」，共註音 3 次，註為「如字」5 次；表示朝鮮之「朝」時，讀音為「音潮」，全書共註音 6 次；表示「朝那山」之「朝」讀音註為「丁度《集韻》音與邾同」，全書 1 次；表示「朝覲」義時讀音為「直遙翻」，註音次數為 1650 次。

② 背，表示身體的部位時註音為「音輩」、「如字」，各 1 次；表示「背叛、相背」時則註為「蒲妹翻」、「蒲內翻」、「蒲昧翻」等；註音次數為 56 次。

③ 敗，有動詞和名詞兩種詞性。作名詞時意思是「失敗」，作動詞時意思是「打敗」。《音註》對於名詞的意義的「敗」不予註音，而對於動詞意義的「敗」則註音 540 次。

④ 對於外來譯音，也有註音，以區別於漢語裏的讀音。例如對於「般」的註音：

（1）西域般悅國去平城萬有餘里。音註：「般，音鉢。」（p.3934）

（2）上幸同泰寺，講《般若經》，七日而罷。音註：「般，北末翻。」（p.4816）

（3）遣其臣曹般陁來，言世讓與可汗通謀，欲為亂。音註：「般，補末翻。」（p.5972）

（4）不若先取歷城，克般陽。音註：「般陽縣，漢屬濟南郡。應劭曰：在般水之陽。師古曰：般，音盤。劉昫曰：唐淄州淄川縣，漢盤陽縣也。」（p.4135）

（5）臣光曰：《春秋》書楚子虔誘蔡侯般，殺之於申。音註：「般，音班。」（p.7772）

上所舉例中，（1）（2）（3）例中的「般」是音譯外來詞的。音譯外來詞的漢字音往往不準確，加反切即明其音。而（4）（5）二例中的「般」則是漢語的詞匯。

（五）一字而有又音的，以「又音某」或「又某某翻」為之註音

① 蒙驁伐韓。音註：「驁，五到翻，又五刀翻。」（p.199）

② 亞父受玉斗拔劍撞而破之，曰：「唉！」。音註：「唉，烏開翻，又於其翻。」（p.304）

③ 帝乃更以骲箭射，正中其齊。音註：「骲，蒲交翻，又蒲剝翻。」（p.4195）

④ 然身被堅執銳首事，暴露於野三年。音註：「暴，《史記正義》曰：暴，蒲北翻，又如字。」（p.304）

⑤ 不請於天子而自立，則為悖逆之臣。音註：「悖，蒲內翻，又蒲沒翻。」（p.6）

⑥ 於是以賀瑒及平原明山賓、吳興沈峻、建平嚴植之補博士。音註：「瑒，徒杏翻，又音暢。」（p.4546）

（六）有另一種讀法的，用「一音某」標示

① 穎陰令渤海苑康以為昔高陽氏才子有八人。音註：「《左傳》曰：昔高陽氏有才子八人，蒼舒、隤敳、檮戭、大臨、尨降、庭堅、仲容、叔達。敳，五才翻，一音五回翻，韋昭音瑰。」（p.1715）

② 而一家數人竝蒙爵土，令天下觖望。音註：「觖，賢曰：觖，音羌志翻。前書《音義》曰：觖，猶冀也，一音決，猶望之也。」（p.1363）

③ 羅八珍於前。音註：「珍，謂淳熬、淳母、炮豚、炮牂、擣珍、漬、熬、肝膋也。母，莫胡翻，一音武由翻。」（p.6028）

④ 乞以此骨付有司，投諸水火，永絕根本，斷天下之疑。音註：「斷，丁亂翻，一音短。」（p.7759）

（七）校勘與辯析

胡三省是史學家，其為《通鑑》作註解，其中的校勘與辨誤工作非常多。用到的校勘術語有「字之誤」、「某作某」、「某當作某」等。例如：

① 毌丘儉走，北至慎縣。音註：「比，必寐翻。『北』乃『比』字之誤。」（p.2424）

② 裴方明等至漢中，與劉眞道等分兵攻武興、下辯、白水，皆取之。音註：「辯，《漢書》作『下辨』，並音皮莧翻。」（p.3896）

③ 昔懿公刑邴歜之父。音註：「歜，《左傳》作『歜』，昌欲翻。」（p.1779）

④ 丞相歡築長城於肆州北山，西自馬陵，東至土墱。音註：「墱，《北史》作『隥』，音丁鄧翻。」（p.4920）

⑤ 今已誅諸呂，新喋血京師。音註：「喋，予據《類篇》：『喋』字有色甲、色洽二翻，既從『喋』字音義，當與『歃』同。若從『喋』字，則有履之義。」（p.436）

⑥ 樂毅聞畫邑人王蠋賢。音註：「畫，劉熙曰：畫，齊西南近邑，音獲；《索隱》曰：音胡卦翻。……《通鑑》以『畫邑』爲『畫邑』，以孟子去齊宿於畫爲據也。若以《孟子》爲據，則『畫』讀如字。」（p.129）

⑦ 至是，初行開元通寶錢，重二銖四參。音註：「按《漢書律曆志》：權輕重者不失黍絫。……參，當作『絫』，蓋筆誤也。絫，師古曰：絫，孟音來戈翻。此字讀亦音纍絏之纍。」（p.5924）

（八）辯古書的用字

《資治通鑑》的用字有假借、古今、異體等問題。胡三省《音註》中，對於這三個問題有時辨析得很分明，但有時又混淆了假借字和古今字的界限。

1、辨假借：

《音註》對於假借字的註音，有的是指明假借，有的是直接以被借字註音，形式上與直音相同。例如：

（1）指明假借例：

① 主上諒闇。音註：闇，讀如陰。（p.3434）

② 王者以仁義爲麗，道德爲威，未聞其以宮室塡服天下也。音註：塡，讀曰鎭。（p.380）

③ 衛官俠陛。音註：俠，與挾同，挾殿陛之兩旁也。或音夾。（p.375）

④ 幷寫臺格以與之云：「斬佛狸首，封萬戶侯，賜布、絹各萬匹。」（p.3965）音註：佛，讀如弼。

⑤ 諸使外國，一輩大者數百，少者百餘人，人所齎操大放博望侯時。音註：放，讀曰倣。（p.658）

⑥ 魏段干子請割南陽予秦以和。音註：古予、與字通。（p.148）

（2）直接以被借字註音例：

① 魏王乃倍從約。音註：倍，蒲妹翻。（p.84）按，「倍」乃「背」之借字。

② 死老魅！復能損我曹員、數奪我曹稟假不？音註：不，俯九翻。（p.1811）按：「不」乃「否」之借字。

③ 並北山，東注洛。音註：並，步浪翻。（p.204）按：「並」乃「傍」之借字。

④ 其治大放張湯。音註：放，甫往翻。（p.686）按：「放」乃「仿」之借字。

⑤ 郡國來者無所法則，或見侈靡而放效之。音註：放，師古曰：放，依也，甫往翻。（p.919）

2、指明古今字例：

① 四年，庶長鼂圍懷公，公自殺，乃立靈公。音註：鼂，古朝字。（p.44）

② 昭侯曰：「吾聞明主愛一嚬一咲，嚬有為嚬，咲有為咲。今袴豈特嚬咲哉？吾必待有功者。」音註：咲，古笑字。（p.56）

③ 韓非者，韓之諸公子也，善刑名灋術之學。音註：灋，古法字。（p.220）

④ 故聖人莫不以晻致明。音註：晻，古暗字。（p.553）

⑤ 臣願王孰圖之也。音註：孰，古熟字，通。（p.104）

⑥ 上足印則下可用也，上不足印則下不可用也。音註：印，古仰字，魚向翻。（p.190）

⑦ 多臧匿山中，依險阻。音註：臧，古藏字。（p.848）

3、指明異體例：

① 臣得蒙肺附為東藩，屬又稱兄。音註：附，一作腑。（p.560）

② 漢使有騧馬，急求取以祠我。音註：騧，賢曰：《續漢》及華嶠《書》並作「騨」。《說文》：馬淺黑色也，音京媚翻。余謂騧，音瓜；黃馬黑喙曰騧，讀如本字。（p.1462）

③ 有騨馬生白額駒。音註：騨，音課。《晉書》作「騧」。（p.3509）

④ 敗其師於重邱，殺其將唐眛。音註：眛，荀子作「蔑」，楊倞註曰：與眛同，語音相近，當音末。《索隱》音莫葛翻。（p.110）

4、《音註》對於假借字和古字今字的區分不嚴格，古今字與假借字的術語混同，例如：

① 時尚蚤。音註：蚤，古早字，通。（p.113）

② 范雎佯爲不知永巷而入其中。音註：佯，音羊，古字多作「陽」，詐也。（p.158）

③ 異人以庶孽孫質於諸侯，車乘進用不饒。音註：《索隱》曰：進者，財也，宜依小顏讀爲「賮」，古字多假借用之進，音才刃翻。（p.183）

④ 荊軻廢，乃引匕首擿王，中銅柱。音註：擿，與擲同，古字耳，音持益翻。（p.227）

⑤ 呂后與陛下攻苦食啖。音註：啖，《釋文》直覽翻；《疏》作「鹹淡」，則知啖、淡古字通用。（p.404）

（九）指明協韻

所謂協韻，指的是臨時改動韻部或聲調以求和諧，對於文獻中出現的此類情況，胡三省予以指出，並註明「協韻」：

① 批亢擣虛，形格勢禁。音註：《吳都賦》「鮠笑而被格」，格，本音如字，協韻音閣。（p.52）

② 先君相魯，人誦之曰：「鸜裘而芾，投之無戾，芾而鸜裘，投之無郵。」音註：芾，分勿翻，協韻方蓋翻。（p.174）

③ 歌之曰：「廉叔度，何來暮！不禁火，民安作。昔無襦，今無絝。」音註：「賢曰：作，協韻則護翻。」（p.1488）

從總體上看，《音註》是訓詁著作，其釋義、註音、校勘、辨假借等都是爲了疏通文意。司馬光編等人著的《資治通鑑》紀事時間跨度很大，自周威烈王始，訖於南唐五代，從語音史的角度說，跨越了上古前期、上古後期、中古前期、中古後期四個階段，其紀事與歷代的史書緊密相關。語言是社會性的，它隨著社會的發展變化而發展變化。作爲註釋性的著作，其第一要務是審明音讀，解釋詞義，以求達到通訓詁的目的，正所謂訓詁聲音，相爲表裏，審音以辨義，義別而知音。胡三省的《通鑑音註》對於宋末元初文獻語言的語音特點、對於漢語語音史的研究都很有價值。

三、《通鑑音註》在漢語語音史上的研究價值

近代漢語語音是漢語語音史的重要組成部分。從六朝到五代，晉代是上古到中古的過渡階段，南宋是中古到近代的過渡階段〔註20〕。王力《漢語語音史》將歷代音系劃分為先秦音系、漢代音系、魏晉南北朝音系、隋——中唐音系、晚唐——五代音系、宋代音系、元代音系、明清音系、現代音系，一共劃出了九個時代。胡三省《通鑑音註》始撰於 1256 年，成書於 1285 年，處在宋代音系（960～1279）和元代音系（1279～1368）之間，記錄和反映的是宋末元初的語音系統。從漢語語音的發展歷程看，宋末元初時期的語音處於過渡階段，應當既有宋代音的特點，也應當具有元代音的特點。研究《通鑑音註》所反映的語音特點及其演變規律，對漢語語音史的研究有著重要的意義，對近代語音的研究有很大的價值。

胡三省生於 1230 年，1256 年進士，其時北方已經建立蒙元政權（1234 年），而南方尚是臨安政府，直到 1279 年蒙古人統一全國，他的青壯年時代是在南宋度過。入元後他年事已高，屏居家鄉，終不仕元。我們認為胡三省應當是「宋末元初」人，而不能直接就說他是「元代人」。這一界定對我們研究他的《音註》的音系性質有一定的輔助作用。宋元之際，正是漢語語音發生劇烈變化的大變動的階段。從中古的 36 字母、206 韻、平上去入俱全到《中原音韻》的全濁聲母消失、入派三聲、平分陰陽、韻母合併成 19 部，如此劇烈的變化不是一朝一夕就發生了的。《通鑑音註》這份語音材料所反映的語音特點，它可以上承《廣韻》、《集韻》，下啓《中原音韻》，反映著中古語音系統向近代語音系統的過渡與轉變。胡三省《通鑑音註》成書於 1285 年，距離《廣韻》成書已經 277 年，距《中原音韻》成書尚有 39 年。研究這一過渡階段的文獻資料，研究它的音系及其特點，揭示其音變現象，尋找其演變的規律，對於中古音和近代音的研究無疑具有重要的意義。

《資治通鑑》既出，為之作音釋和直音的大有人在，但存在著這樣那樣的缺點。胡三省之前，有史炤《通鑑釋文》，其中也有大量的註音。胡三省

〔註20〕鄭張尚芳：《中古音的分期與擬音問題》，載《中國音韻學研究會第十一學術討論會漢語音韻學第六屆國際學術研討會論文集》，香港文化教育出版社有限公司出版，2000 年版，第 11～114 頁，引文見第 113 頁。

著有《通鑑釋文辯誤》十二卷，針對史炤《通鑑釋文》中存在的問題一一予以辯證。與胡三省《音註》同時代的，有寶應謝玨《通鑑直音》、盧陵郭仲山《直音》，又有閩本《直音》。胡三省曰：「直音者，最害後學，更未暇問其考據，其書更不論四聲翻切，各自以土音爲之音，率語轉而失其正音，亦有因土音而失其本，至於大相遠者，不特語轉而已。」〔註21〕胡三省參照前代註釋家的音釋，參照《經典釋文》及唐人給《說文》所作的反切，參照唐宋間的官方韻書，以及賈昌朝的《群經音辨》等著作，完成了《通鑑音註》的寫作。

　　漢語自古以來就有共同語與方言的區別。《荀子·榮辱篇》云：「越人安越，楚人安楚，君子安雅。」〔註22〕這一段文字原本是講風俗習慣的，但從語言的社會本質來看，這種認識也符合漢語語言的實際。漢語既存在著地域方音，也存在著一種超越地域方言的「雅言」，即通行地域較廣的漢語共同語。《顏氏家訓·音辭篇》云：「夫九州之人，言語不同，生民已來，固常然也。」〔註23〕又云：「古今言語，時俗不同。著述之人，楚夏各異。」〔註24〕語言是一種社會現象，隨著社會的發展而發展。有些音古代有區別，發展到現代可能已經沒有區別了；而有些音可能在南方方言中有差異，而在北方方言中卻沒有差異。自古以來，南北方言之間就存在著差異，共同語與方言有一定的差距，不同方言的文讀也有差距。

　　胡三省是宋末元初天台人，天台屬吳語區。大凡讀書立說之人，欲其書流布更廣，使用當世所公認的共同語來撰作，才是正路。我們正可以利用《通鑑音註》提供的豐富而寶貴的宋末元初吳語區作者筆下的語音材料來進行研究，並且考察諸如南方著書人是否以其方言來著書，讀書音是否存在著南北方言的差異等問題。

〔註21〕胡三省：《通鑑釋文辯誤後序》，《資治通鑑》第 20 冊，中華書局，1956 年版，第 187 頁。

〔註22〕王先謙：《荀子集解》，《諸子集成》（第二冊），中華書局，1954 年版，第 39 頁。

〔註23〕〔北齊〕顏之推撰、王利器集解：《顏氏家訓集解》，上海古籍出版社，1980 年版，第 473 頁。

〔註24〕〔北齊〕顏之推撰、王利器集解：《顏氏家訓集解》，上海古籍出版社，1980 年版，第 487 頁。

　　我們把《通鑑音註》圈定在特定的歷史時期、特定的方言地域、特定的材料性質的範圍之內進行研究。研究《通鑑音註》的反切和直音等涉及語音方面的材料，可以揭示宋末元初漢語語音的大概面貌，同時可以檢驗我們事先假定的共同語讀書音性質的可靠性。這就是我們研究《通鑑音註》語音系統的原因所在。

四、前人研究概況

　　胡三省以 30 年的心血，作成《通鑑音註》。鴻篇巨製，疏漏難免。胡註一出，指摘者不乏其人。宋王應麟撰《通鑑地理通釋》、清代嚴衍的《資治通鑑補》、顧炎武的《日知錄》卷 27、陳景雲作《通鑑胡註舉正》、錢大昕作《通鑑註辯證》、趙紹祖作《通鑑註商》等，都從不同角度指出胡註疏漏之處。「然以二三百卷之書，而蹉失者僅止於此，則其大體之精密，益可概見。」〔註 25〕胡註中的缺點、錯誤畢竟難免，畢竟是枝節問題。胡三省的《音註》不僅為閱讀、理解《通鑑》提供了方便，也為史學工作者、語言學工作者的研究提供了極為廣泛的參考資料。它和《史記》、《漢書》、《後漢書》、《三國志》的《註》齊名而不朽，是我們寶貴的文化遺產。

　　關於胡三省《通鑑音註》的研究，最早是陳垣作於 1945 年的《通鑑胡註表微》。該書主要從歷史學角度對胡三省的《音註》做了研究，分二十篇：前十篇為《本朝》、《書法》、《校勘》、《解釋》、《避諱》、《考證》、《辯誤》，側重講史法；後十篇為《治術》、《臣節》、《出處》等，主要是言事，闡發胡三省的政治思想和社會思想。

　　其後，研究者越來越多，研究的領域也在不斷擴大，主要有以下三個方面的研究：一是從史學角度研究胡三省及其《通鑑音註》的，這方面的研究者很多，論文也很多，研究內容涉及到胡三省的生平、籍貫、著作、書法、治學精神、民族精神、政治主張等；二是從文獻學角度研究《通鑑音註》的註釋、版本、校勘的；三是從語言本體角度研究語音、語法、語用、語義的。茲將研究者及其論文（包括碩士、博士學位論文）羅列於下，以便於有一個直觀的印象：

〔註25〕〔清〕紀昀等：《四庫全書總目提要》史部三《資治通鑑》條，南開大學文學院多
　　　　媒體中心整編。

聶榮岐《〈資治通鑑〉和胡註》（1956）；倉修良《胡三省和他的〈通鑑註〉
——紀念胡三省逝世六百六十周年》（1962）、《胡三省〈通鑑註〉簡論》（1982）；
江灝《資治通鑑音註反切研究》（1982）、《〈資治通鑑音註〉反切考》（1985）；
胡克均《關於胡三省的籍貫問題》（1981）、《胡三省及其〈資治通鑑音註〉》
（1995）、《胡三省「蒙昧草野」六百載初探》（1995）、《〈通鑑〉胡註析微》（2002）、
《胡三省逝世七百年祭》（2004）；馮惠民《〈通鑑〉胡註略論》（1983）；宋衍申
《試談[註26]建國以來的〈資治通鑑〉研究》（1983）；陳潤葉《胡三省歷史觀
初探》（1983）、《明智的地主階級政論家——胡三省》（1984）；馮端林《胡三省
的史識與史才》（1987）；陳國本《胡三省生平與著作簡況概評》（1990）、《通鑑
大辭典自序》（1993）、《胡三省論註書》（1994）、《評胡三省論〈通鑑〉的書法》
（1999）、《再評胡三省〈通鑑〉書法》（2000）、《胡三省生平與著作簡況再評》
（2002），並且編成了《通鑑胡註辭典》、《通鑑胡註索引》、《通鑑胡註評集》；
王錦貴《「胡註」瑣議》（1991）；王培華《胡三省〈音註資治通鑑〉的史學意義》
（1996）；華林甫《〈通鑑〉胡註地理失誤舉例》（1995）、《論胡三省註〈通鑑〉
地名的得與失》（1997）；張焯《〈通鑑〉及胡註勘誤一則》；李萍《從文獻學角
度看〈通鑑胡註〉之特點》（2000）；周少川《〈通鑑胡註表微〉——陳垣怎樣用
做學問來抗日》（2003）；林嵩、安平秋《〈資治通鑑〉胡三省註研究》（北京大
學博士學位論文，2005）；林嵩《南宋〈通鑑〉註考論》（2007）；薛秀霞《胡三
省及其〈通鑑註〉述評》（2005）；李磊明《胡三省與浙東學派》（2005）；孫良
明《繼承前人成果、修正前人失誤——談胡三省〈資治通鑑音註〉語法分析》
（2005）、張茂華、孫良明《談胡三省〈資治通鑑音註〉中的訂誤及其理據——
兼述我國古代註書釋義的傳統理論與優良學風》（2006）、孫良明《談胡三省〈資
治通鑑音註〉語法、語義、語用分析》（2009）；虞雲國《胡三省宋史觀微探》
（2006）；方如金《論胡三省的治史態度和人格精神》（2006）；蔡克驕《論胡三
省在浙東史學中的地位》（2006）；張後武《胡三省〈資治通鑑音註〉文獻學成
就》（安徽大學碩士學位論文，2007）；傅駿《金元通鑑學之研究》（復旦大學博
士學位論文，2007）；張常明《〈資治通鑑音註〉版本考》（2009）；黃小玲《淺
析胡三省〈資治通鑑音註〉在文獻學上的成就》（2009）；葉哲明《融史實論證

[註26] 原標題中「談」作「探」，應當是誤字，作者寫入本書時做了修改。

和愛國意蘊於一體的政論史學家——評胡三省〈資治通鑑音註〉》（2009）；賈一平《〈通鑑〉胡註軍事史論研究》（上海師範大學碩士學位論文，2010），等等。

上述研究成果主要著眼於歷史學、文獻學的角度。孫良明、張茂華兩位學者從語言學的角度，研究其語法、語用、語義；江灝研究其中對漢字的註音材料以揭示其所反映的宋末元初漢語語音情況。

江灝研究《通鑑音註》的成果主要是其碩士學位論文（1982）及 1985 年發表的《〈資治通鑑音註〉反切考》。此後 20 餘年裏再無人對此進行音韻學方面的研究。筆者從 2005 年開始關註胡三省《資治通鑑音註》這項文獻資料，並做了系統的整理工作，發表了系列相關論文，具體的研究結論將在下文中依次介紹。

五、本書的研究方法

（一）研究材料說明

胡三省《通鑑音註》博大精深，作爲漢語史的文獻資料來研究時，我們只選取其中關乎語音的一些材料作爲研究對象，以此爲資料來研究宋末元初漢語語音的實際情況。本書所稱說的「通鑑音註」的範圍即限定於此。本書研究的主要內容有：（一）《通鑑音註》音系特點及音值的構擬；（二）《通鑑音註》音系與宋元語音的比較研究。前面已經述及，胡三省《通鑑音註》是訓詁類著作，隨文註釋，其註音材料散見於正文之下，漫無條貫，一盤散沙。根據我們的統計，關乎漢字註音的材料全部加起來約有 75645 條，被註字約 3805 個。語音材料繁多，且重複出現率極高。例如，「爲，于僞翻」，出現了 1887 次，「樂，音洛」本書中出現約 682 次。只計算不重複的材料約共有 8406 條，用各種方法註音的材料出現的次數如下表。

表 1-1：各類註音方式及其次數統計（不計重複）

音註分類	反切	直音	紐四聲法	假借	如字	小計
出現條數	6278	1353	39	580	156	8406

胡三省通常是自己註音，也有引用前人的註音。他自己的註音是採用當時通行的音讀來註音。註音方法以反切爲主，也有大量的直音，此外還有一些紐四聲法的材料。同時還有以「如字」音來表示與其他讀法的區別，還有「讀如附近之近」、「讀曰」、「假借」等其他的非註音方法但與註音有關的材料。

胡三省採用前人的註音則有三種情況：一種是只標明音註出自何人而不加評論的，一種是標明出自何人並交代此音與自己的註音或其他人的註音有出入的，還有一種是標明幾個來源但不予以取捨的。對於第一種，我們認爲所引用前人的音註在胡三省看來還是那樣的讀法，故只標明來源，可以認爲也是宋末元初的音；第二種有異議的幾種讀音中我們只取胡三省認爲對的那一個；第三種讀音我們也存疑，原則上不予分析。

《通鑑音註》的註音所反映的不是一時一地之音，從其反切和直音所反映的音韻地位看來，有83.98％是沿用了《切韻》系韻書的舊切（有的反切上下字也只不過是用相同音韻地位的字作了替換），因此其主流是反映《切韻》以來的讀書音的傳統的。而與《廣韻》、《集韻》都不相同的音註占總數的12.87％，這個數據則是其時代語音發生變化的體現，它們在漢語語音史上的價值也正在此。我們分析研究這些音註，可以瞭解宋末元初語音的實際狀況，看它在聲母、韻母、聲調各方面發生了什麼樣的變化。

（二）研究方法

1、窮盡性的語料整理與分析

反切和韻文是研究漢語語音史的重要的文獻資料。韻文僅限於研究韻類，反切則還兼及聲類。早期的反切跟訓詁學有著密切的關係，給一個字註音是爲了更好地詮釋詞義。文獻資料中的反切不像韻書中的反切那樣分門別類，它們散列於文獻正文之下，給研究工作帶來了極大的不便。我們用了將近 18 個月的時間，致力於《音註》語音資料的整理，形成了《通鑑音註語音研究之資料篇》。在此基礎上，我們研究胡三省《通鑑音註》的語音系統及其特點。

胡三省《通鑑音註》中，約有 3805 個被註字，約有 75645 條註音材料。材料繁多，且重複出現率極高。筆者利用 Microsoft Office Access 建立了一個命名爲「資治通鑑音註」的語料數據庫。在該數據庫中首先創建了一個命名爲「資治通鑑音註表」的數據表。通鑑音註表的邏輯結構爲：資治通鑑音註表，此表包含以下內容：序號（長整型）、音註（文本型，50）、原文（文本型，255）、層次（邏輯型）、頁碼（長整型）、備註（文本型，50）。其中文本類型字段的寬度如上所述，如音註字段的寬度爲 50 個字符，長整型字段的寬度採用系統預設

值。序號字段用來存儲漢字註音先後順序的編號；音註字段存儲被註漢字及其反切、直音、假借等；原文字段存儲被註漢字出現的語言環境；層次字段存儲被註漢字所出現的位置（即指的是其出現在原文中還是出現在註釋中。出現在原文中的被註字記錄其層次字段的取值爲「否」，出現在註釋中的被註字記錄其層次字段的取值爲「是」）；頁碼字段存儲被註漢字在《資治通鑑》中出現的頁碼。將《通鑑音註》中的音註材料及其出現的原文和頁碼添加到該數據庫中，每一個漢字註音都順序編號，確定音註與原文及其頁碼一一對應的關係，以便於查詢。利用上海人民出版社與迪志文化出版有限公司 1999 年合作出版的文淵閣《四庫全書》電子版整理了《資治通鑑》中所有胡三省的語音方面的音註，並且以中華書局 1956 年版的 20 冊本《資治通鑑》爲底本進行了校對工作，給所有語音材料編號並加註頁碼。共得到 75645 條記錄（有又音的音註，又音與其正音爲同一編號，即不再爲又音另外編號）。在此基礎上，利用 Access 數據庫管理系統提供的查詢功能，定義了一個命名爲「音註篩選」的查詢。該查詢所使用的 SQL 語句爲：

Select 資治通鑑音註表‧音註，First（資治通鑑音註表‧序號）As 序號之第一條記錄，First（資治通鑑音註表‧原文）As 原文之第一條記錄，From 資治通鑑音註表 Group By 資治通鑑音註表‧音註 Order By 資治通鑑音註表‧音註。

通過運行「音註篩選」查詢，初步篩選出音註材料 10625 條。這 10625 條音註材料每一條都不是重複的，但有些內容有些相似的，例如註音的表述有所不同，或者用字不同，或者又音的先後順序的不同等。通過人工對比篩選，我們提煉出了 8406 條有效音註，其中包括反切、直音、假借、如字、紐四聲法等多種材料。

爲了直觀、方便地研究語音變化，我們又建立了一個命名爲「統計分析表」的數據表。統計分析表囊括 8406 條音註材料，並且對這些材料進行聲、韻、調的細化分析。統計分析表主要包括以下 4 項內容：（1）被註字、被註字在《通鑑音註表》裏的序號（即原文序號）、註音方式等；（2）胡三省音註的反切上字、反切下字、所對應的《廣韻》聲母、韻母及其中古音韻地位的開合、等位、聲調、韻攝；（3）被註字所對應的《廣韻》反切及其中古音

韻地位〔註27〕；（4）胡三省的音註與《廣韻》、《集韻》的音韻地位的異同比較的標識。胡三省的音註的音韻地位與《廣韻》音韻地位相同的被註字不再註明《集韻》反切，與《廣韻》音韻地位不同的被註字則一一註明其《集韻》反切及其音韻地位。具體來說，「統計分析表」包括以下字段：編號、被註字、原文序號、處理、反切、直音、如字、假借、紐四聲、異讀、反切上字、反切下字、胡註聲母、胡註韻母、胡註開合、胡註等位、胡註聲調、胡註韻攝、《廣韻》反切、《廣韻》聲母、《廣韻》韻母、《廣韻》開合、《廣韻》等位、《廣韻》聲調、《廣韻》韻攝、《集韻》反切、《集韻》反切的音韻地位、與《廣韻》音韻地位的同或異、與《集韻》音韻地位的同或異、備註等，共有 29 項內容。

　　這裏需要對各字段的功能稍作一些說明：編號字段用來儲存被註字在「統計分析表」的順序編號；被註字字段用來儲存被註字；原文序號字段儲存被註字在「資治通鑑音註表」裏的相應序號；處理、反切、直音、如字、假借、紐四聲法等 6 個字段採取「是」或「否」的邏輯取值，用來標識音註的不同類別。「處理」字段用來儲存那些有問題的音註，如有爭議的或者有錯誤、有疑問的音註等；「異讀」字段是長整型，用來儲存胡三省所標明的一字多讀的情況，有幾個異讀，就處理爲幾條記錄，用阿拉伯數字順次標出。「反切上字」、「反切下字」、「胡註聲母」、「胡註韻母」、「胡註開合」、「胡註等位」、「胡註聲調」、「胡註韻攝」、「廣韻反切」、「廣韻聲母」、「廣韻韻母」、「廣韻開合」、「廣韻等位」、「廣韻聲調」、「廣韻韻攝」、「集韻反切」、「集韻反切地位」諸字段分別儲存相關信息，都是文本型，50 個字符寬度。與《廣韻》的同或異、與《集韻》的同或異兩個字段也採取「是」或「否」的邏輯取值，分別儲存胡三省反切和直音的音韻地位與《廣韻》或《集韻》音韻地位相同或者不同的記錄，相同記錄的邏輯取值爲「是」，不同記錄的邏輯取值爲「否」。「備註」字段是文本型，用以儲存一些補充說明的記錄。

〔註27〕註：在「統計分析表」中，爲便於我們的分析，我們把直音、假借類的音註視爲上字、下字相同的特殊反切，因而在相應的字段裏填上相同的字。如「滇音顚」，我們處理爲：被註字「滇」，反切上字「顚」，反切下字「顚」。如字、紐四聲法兩類的被註字沒有反切，因此反切上字、下字及其音韻地位的格子是空的，只給出被註字的《廣韻》反切及其音韻地位。

在「統計分析表」的基礎上，我們建立了一系列的查詢，開始著手語音變化的研究。下面是我們利用數據庫技術處理論文數據的流程圖：

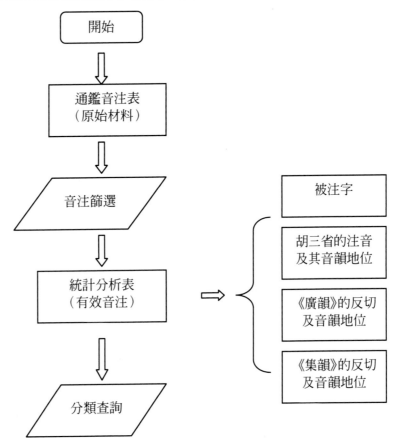

將數據庫技術引入音韻學的研究領域，使之為我們的研究提供更為便利的檢索、分類、校勘、系聯、比較、統計等諸多方面的服務。「統計分析表」數據庫實際上相當於電子卡片，其內容與傳統的卡片沒有任何區別，只是憑藉了現代電腦技術手段，為研究工作提供了一個快速、準確、信息含量巨大的研究平臺。事實證明，將數據庫引入音韻學的研究領域，大大減少了勞動量，降低了出錯率，縮短了研究周期，提高了工作效率。

2、反切比較法

反切比較法是通過兩種反切的比較（通常是以《廣韻》為參照，將某一反切資料的反切與《廣韻》的反切一個一個地加以比較），從比較中，找出該反切資料的反切的音系和《廣韻》音系的主要異同點來。《通鑑音註》的音註有 75645 條（其中有些被註音字有又音，就以「又音」的方式標識，沒有為之分別編號；

有些兩個音節的地名和人名胡三省沒有拆開分別註音，錄入數據庫時我們也沒有分開編號），經過篩選得出不重複的音註約 8406 條，其中反切和直音約有 7631 條。我們將胡三省的這 7631 條反切、直音一一與《廣韻》反切進行對比，從聲、韻、開合、等位、攝、聲調 6 個方面進行分析、比較，以考察從《廣韻》到《通鑑音註》漢語語音系統所發生的演變。在查檢被註字的《廣韻》反切、分析音韻地位時，我們借助於東方語言學網的《廣韻查詢系統》（1.2 版），並以中國書店《廣韻校本》、中華書局《宋刻集韻》、郭錫良《漢字古音手冊》、方孝岳《廣韻韻圖》等進行了校對。

（1）確定比較反切的標準

漢字有一字多讀多義的特點，並不是字形相同就可以比較，只有在音、義對應的情況下才能比較。要準確分析材料的語音特點，就必須分析所比較的讀音是否是同一個詞。如果兩個音不是同一個詞，甚至沒有繼承關係或者同源關係，那麼兩者就不具備比較的條件。如果兩個音是同一個詞，或者有繼承關係或同源關係，才可以進行比較。將註釋類著作中的反切、直音與《廣韻》的反切作比較，邵榮芬《五經文字的反切和直音》、陳亞川的《反切比較法例說》，都明確提出了比較的標準，那就是：不但字音要相同，字義也要相同 [註 28]。選擇比較的對象時，首要的原則是所比較的兩個字在意義上相同或者相近，因爲漢語裏有多音多義詞，意義不同有時讀音也不同。在意義相同或相近的情況下，把兩個最相近的反切拿來比較。遇到語音差別遠近關係相等的時候，則從語音演變的趨勢上來決定究竟與何者相比較。 [註 29]

胡三省《音註》中某些字一字就有好幾個註音，而且某些被註字在《廣韻》裏也有幾個反切，這時需要分別找出其所對應的《廣韻》的反切，《廣韻》中沒有的反切的則查《集韻》。我們在選擇被註字的《廣韻》反切時所遵循的幾條原則是：

〔註28〕 耿振生：《20 世紀漢語音韻學方法論》，北京大學出版社，2004 年版，第 48～55 頁。

〔註29〕 邵榮芬：《〈五經文字〉的直音和反切》，載《邵榮芬音韻學論集》，首都師範大學出版社，1997 年版，第 246～279 頁。本書重點參考的是第二部分，在第 248～252 頁。

① 原則上選擇與胡註的音韻地位完全相同的《廣韻》反切作比較，不能完全相同時，則選取與胡註接近的反切，包括：聲同韻近、聲近韻同；《廣韻》只有一讀的則照錄。

② 一字多讀的情況下，除了結合音韻常識來進行選擇外，也結合意義來定所選取《廣韻》的反切。

③ 適當參考被註字的異體字的反切。有的被註字《廣韻》註語中說「俗作某」或「書或作某」等，而此「某」的讀音正與胡三省的《音註》中的被註字相同，則取此讀音。如「狠」，《資治通鑑》：「貪如狼，狠如羊。」胡註「何墾翻」，《廣韻》狠，魚巾切，齗也；二者的音和義大相徑庭。但是《廣韻》「很」下註云：「很戾也，俗作狠，胡懇切」〔註30〕，與胡三省的註音正相同，而且意義也相同。此類情況下我們則選擇「胡懇切」作爲比較對象。又如，契，胡註「息列翻」，但《廣韻》「契」字無此反切。而《廣韻》「离」字下云「离，《字林》云蟲名也，又殷祖也，或作偰，又作契」，正與胡註相同，我們也便採取了這個切語。

再如，「上嘗遣宦官詣江南取鸂鶒、鸂鶒等。」胡三省音註：「鶒，恥力翻。鸂鶒，亦水鳥也，毛有五色。陸佃《埤雅》曰：『鸂鶒五色，尾有毛如船柁，小於鴨，性食短狐，在山澤中，無復毒氣。』」（p.6716）《廣韻》、《集韻》無收錄。《舊唐書》「即鸂鶒鸂鶒曷足貴也」，有「鶒」字。《舊五代史》、《爾雅翼》之「鸂鶒」、《埤雅·釋鳥》之「溪鶒」，形、音、義與《舊唐書》、文淵閣本《資治通鑑》一致。《洪武正韻》有「鶒」，與「鶒」同音、義，可見「鶒」與「鶒」、「鶒」是異體字。中華書局本《資治通鑑》正文作「鶒」，胡三省的註作「鶒」，《廣韻》有「鷘」，恥力切，義爲「鸂鶒」。《集韻》「蓄力切」下云：「鶒、鷘，水鳥毛有五色，或作鶒。」《六書故》：「鷘，恥力切，水鳥匹游者。雄者五采，翹首桅尾，多在清溪中。野人或謂溪鷘，或謂雞鷘，亦作鶒。」可見，中華書局本之「鶒」字，是「鷘」的一字異構的寫法。胡三省的音、義與《廣韻》的音、義相同，故此例不作爲混註的例子分析。

〔註30〕註：很戾，倔強也。《說文》：「很，不聽也。」

（2）材料取捨說明

① 胡三省《音註》中還採取了一些前人較古的讀書音，比如服虔、應劭、如淳的註音、顏師古的註音或《經典釋文》已有的讀音等。對於胡三省註明所引某某的音註，我們的選擇態度依胡三省的態度而定：胡三省只是引用而沒有發表異議的音註，說明在他看來這些前代的音到他的時代還是那樣的讀法，即也還是宋元時期的書面讀法，對此類音註，我們也加以分析對比；胡三省往往引用前人的音註並發表評價或有異議的，我們只選擇胡三省的註音或他認爲是對的那一個註音；胡三省一字之下引用數家前賢音註而不置可否的音註，我們也存疑。這些有疑問的音註通過查詢「處理」字段便可以全部顯示出來，便於集中研究。

② 表示文字上的通假關係的音註、表示不同版本的異文以及古今異文等材料，我們暫時不作專門研究，本書中我們所研究的材料主要是反切和直音，如字和紐四聲法的材料只作爲輔助材料。

③ 《音註》中還有一些很特別的註音，即直音與本字在《廣韻》中並非同音字，例如「赤音赫」、「澤音鐸」等，這些字在上古的文獻中是同音的，到後來字有分化，音有轉變，產生了後起分化字。這種情況應當從經典文義上去瞭解，不能認爲赤、赫之類在近代變爲同音。

（3）比較反切的異同

胡三省音註中，被註漢字的有效註音是 8406 條，其中反切 6278 條，直音 1353 條，反切和直音共 7631 條。本書主要研究對象是反切和直音，偶爾也用「如字」和「紐四聲法」兩項材料輔助說明一些問題（如聲調的變化）。爲方便研究，在分析材料時，我們將直音視爲反切上字和反切下字相同的特殊反切。通過反切比較，得出胡註反切（或直音）的音韻地位與《廣韻》完全相同的有 6391 條，不同的有 1240 條；與《廣韻》音韻地位不同但與《集韻》音韻地位相同的有 672 條；與《廣韻》和《集韻》的音韻地位都不相同的有 982 條；在《廣韻》和《集韻》中沒有收的被註字有 9 個，註音 13 條。胡註與《廣韻》音韻地位完全相同的約占到 83.98%，與《集韻》同者約占到 9.88%。根據這一基本情況，我們認爲胡三省主要是遵從傳統讀書音的體系爲《通鑑》做《音註》，

因而我們初步認定胡註音系的主流是傳統的讀書音系統。胡註與《廣韻》、《集韻》都不相同的 982 條音註，占總數的 12.87%，則反映了以下信息：一是胡三省時代漢語共同語語音的發展變化，二是其方音不自覺的流露，三是文獻對特定古音的保留。

我們知道系聯法是研究中古韻書反切的有效方法。胡三省的《通鑑音註》是宋末元初的註釋類著作，不是專門的韻書，而且由於距離《廣韻》近 300 年，其間語音發生了很大的變化，加之方言因素的影響、存古成分、一字多讀等情況的存在，表現出知莊章的合流，精組聲母與知莊章聲母又有混同現象；並且送氣音與不送氣音、塞音與同部位的鼻音、塞擦音與同部位的擦音都有混註的情況等等，這些都會影響我們的系聯的結果。我們曾經用系聯法去考求聲類，但因爲上述因素的存在，使得我們的系聯的結果混亂不堪。因此，考求胡三省《通鑑音註》的語音系統，單純使用系聯之法是不可行的。或者，在使用系聯法時要定出一些原則，比如只以反切上字爲系聯的依據，而不把被註字考慮進來，因爲同一被註字有時會用其他聲母字作反切上字，但這樣就犯了理論先行的錯誤，即用已知的結論去排比反切，結果當然與中古音是很接近的了，如此則無法反映語音實際，看不出音變現象。我們認爲還是反切比較法更爲直接和科學。

3、歸納法

歸納法是研究近代漢語語音的最基本的方法。最早運用此法研究近代漢語語音的學者是羅常培，其後有楊耐思、唐作藩、魯國堯等學者。運用歸納法可以對所研究的材料予以詳盡的整理、分析、歸納。

通過反切比較，我們歸納出了《通鑑音註》的聲韻調系統的特點，勾畫出了宋末元初漢語語音的大致輪廓。前文已經述及，我們從 75645 條語音材料中提煉出了 8406 條有效音註，藉此來研究《通鑑音註》所反映的語音特點。有效音註中，反切和直音有 7631 條。我們將這些反切的音韻地位與其中古音地位進行比較，比較它們之間的相互聯繫。參照中古三十六字母，分析各組聲母之間反切用字上的聯繫，歸納出《通鑑音註》音系有 31 個聲母；分析韻母攝、等、呼的特點，歸納出《通鑑音註》音系有 23 個韻部，61 個韻母（支思部算 1 個）。

4、比勘互證法

文獻材料的比較互證是研究書面音系的一種重要方法。近代音韻學是由古代音韻學發展而來的，兩者之間存在著千絲萬縷的聯繫，近代韻書、韻圖還受著古代韻書、韻圖的影響，在分析《通鑑音註》時，我們不能不考慮這一因素，很多情況下要參證古代文獻材料。比勘互證這種方法最早是由陸志韋在《釋〈中原音韻〉》中提出並在研究中具體運用的。所謂比勘互證法，就是將所研究的語音材料進行多方面的對比研究。這種對比包含了兩種情況，一是與其時代前後的其他語音材料進行歷時的比較，一是與同時代的其他音系性質相同的語音材料進行共時比較。歷時比較便於發現變化和演變的規律，共時比較則可以發現其時代的主要特點。把兩種或多種此類文獻材料放在一起進行對比，其結果會更有意義：其相同之處可以相互印證、支援，證明其為語言中實有現象；其相異之處可以為我們的研究提供線索，從不同方向上繼續探究，找到深層根源。

我們在研究《通鑑音註》的音系特點時，首先將其與代表中古音的《廣韻》、《集韻》進行了對比研究，初步考察它的語音變化情況。在研究過程中，又將具體的語音現象與其時代稍前的反映時代實際語音的《四聲等子》、《切韻指掌圖》、《皇極經世解起數書》的音系進行了比較，以此考察其音系的演變進程與特點。還與其同時代的《蒙古字韻》、《中原音韻》諸音系進行了對比，分出代表中古語音的層次以及代表胡三省時代的讀書音的層次。將《通鑑音註》音系與宋元語音材料的研究進行對比，與同時代其他地區的作者的作品進行對比，一是為了求證其音系性質，二是為了從中發現過渡時期的特點的具體表現。《通鑑音註》的語音材料在 1985 年前後曾被江灝先生研究過，我們用了一章的篇幅將前後兩種結論、研究的過程、方法進行了對比，從中求得更為正確的結論〔註31〕。

5、方音參證法

《資治通鑑》紀事 1300 餘年，受到文獻的影響，胡三省的《音註》音系中既有上古音的層次，也有中古音的層次，還有近代音、宋元時代方言的層次。

〔註31〕馬君花：《〈資治通鑑音註〉音系特點——兼與江灝先生商榷》，《寧夏大學學報》，2011 年第 3 期。

對於吳方言語音層次的研究，則既求證於宋元乃至明清時代吳方言的資料，還借助於現代吳方言、閩方言。在分析方言特徵時，我們參照了李新魁、魯國堯等對元代吳方言《輟耕錄》所記錄的「射字法」的研究結論，還參照了魯國堯關於白樸的詞曲的韻部的研究、丁鋒的《〈同文備考〉音系》、耿振生的《明清等韻學通論》等研究結論。與現代方言比較時，則引到了趙元任、鄭張尚芳、丁邦新、馮蒸等學者的研究，部分例字還求證於《漢字方音字彙》（2003）。參照方音資料，可以為匣以云的合併、知章莊字讀同精組字、端組字與知莊章組字混同等提供理論依據〔註32〕。

6、又音的研究方法

從胡三省明確標明「又音」的材料看，他明確標識「又音」的那些字，只表示在同一語言環境下既可讀此音又可讀彼音，體現的是同一語義條件下一字多音的特點（有些學者稱之為「同條又音」、「同義又音」）。但是，相同的被註字、相同的意義而有不同反切用字、甚至有不同音韻地位的註音在《音註》中也比比皆是，而胡三省卻沒有一一標明又音。還有，一字多義多讀的情況也普遍存在。據初步統計，《通鑑音註》中約有 707 個字存在著超過兩個以上有不同音韻地位的註音，而胡三省明確標明「又音」的字約有 490 個（切語重複的不計）。同一語義條件下被註字的註音用字有不同的用例中，那些與中古音韻地位不同的註音對於我們研究《音註》所反映的音系特點有極為重要的幫助。本書主要是從歸納音系的角度來考慮這個問題的。

我們在研究一字而有多個註音的問題的時候，對於那些反切用字不同而音韻地位完全相同的註音我們只選擇其中之一，其他的則不予分析。我們只選擇那些音韻地位不同的註音作為我們的研究對象。這裏有幾種情況需要首先交代：（1）有些字在《廣韻》裏本來就有兩個或三個讀音，到胡三省的《音註》裏還是如此，即胡三省一字多讀的註音與《廣韻》是一致的。（2）有些字在《廣韻》是多讀字，但在胡三省《音註》中卻只有一讀與《廣韻》的註音相同，另一讀（或兩讀）與《廣韻》的註音不同。（3）有些字《廣韻》只有一讀，胡三省《音註》中卻有兩讀或三讀，且胡三省的註音中有一讀與《廣韻》的註音相

〔註32〕 馬君花：《論〈資治通鑑音註〉聲母系統反映宋末元初的幾個方音特點》，《漢字文化》，2009 年第 3 期。

同，其餘的則不同。（4）有些字在《廣韻》只有一讀，胡三省的《音註》中則有多讀，且都不與《廣韻》的註音相同。

第（3）、（4）兩種情況實際上是無條件的自由又讀，即純粹是語音的原因造成的多讀情況，通常語音不同，但意義卻相同，是由歷史音變通過詞彙擴散的方式造成的一字多讀，它們能夠反映出語音的演變。漢語語音變化中，有些音的變化是通過詞彙擴散的方式進行的：有些詞已經發生了變化，有些詞還沒有變化，還有一些詞則處在共時變異階段〔註33〕。處在共時變異階段的詞就表現為相同語義條件下有讀為另一個音，這是歷史音變的反映。

《廣韻》的又音的性質與胡三省《音註》的又音的性質不同：《廣韻》的又音字的存在是為了表明這個字之所以多次出現是因為它們有不同的讀音，或者聲母不同，或者韻母不同，或者聲調不同，或者聲、韻、調都不相同。趙振鐸《〈廣韻〉的又讀字》〔註34〕一文指出，《廣韻》的又音所反映的是以下四個方面的問題：第一，反映字的古今分歧，即反映上古來源的不同；第二，反映某些方俗讀音；第三，反映古漢語某些構詞和構形的規律，即語音變化顯示詞彙意義或語法意義；第四，反映特定場合的特定讀音。胡三省《音註》中也有這些問題，但是也有一字多個音讀而無意義分別的又音存在，這樣的又音表明這個字既可以讀此音，又可以讀彼音，反映的是彼此之間的混同：或者聲母變得相同、或者韻母、聲調變得相同。理由如下：

從中古到近代，漢語語音的演變總體呈現簡化的趨勢，具體表現在：聲母方面，最明顯的是中古的知、莊、章三組聲母在近代合流，變成了一組卷舌音，而部分影喻合流變成了零聲母；韻母方面，主要是同攝韻部的合併、異攝韻部（江宕、果假、梗曾、止蟹）的合併，等等，因而在反切（含直音）用字上就表現為與中古不同聲母、韻母的混同。這種混同在胡三省《音註》中的反映，就是相同語義環境下的一字多註現象。我們根據胡三省的《音註》中同一語義條件下的一字多註的情況，來研究其聲母、韻母以及聲調等方面有別於中古音的特點。

〔註33〕 王士元：《競爭性演變是殘留的原因》、《辭彙擴散的動態描寫》，載《王士元語言學論文集》，商務印書館，2002年版，第88～115頁、第116～146頁。

〔註34〕 趙振鐸：《〈廣韻〉的又讀字》，載《音韻學研究》（第一輯），中華書局，1984年版，第312～329頁。

　　這裏需要說明的是，在研究「又音」時人們傾向於區分首音和又音，選擇「又音」中的前一個反切（或直音）作爲確定其在音系中的地位的憑證。然而，鑒於胡三省《通鑑音註》中一字多音在排列順序上是任意的（指與《廣韻》系統比較而言）。《廣韻》是首音的，在胡三省的《音註》中有的是首音，有的是又音；《廣韻》是又音的，在胡三省《音註》中則有的是首音，有的是又音；而且，就《音註》本身來講，同一個被註字，此時首音爲 A，又音爲 B，彼時首音爲 B，又音爲 A，呈現出一字多音任意排列其先後順序的狀況。例如：

　　「詗」，候伺義，胡三省《音註》有以下註音：「詗，翾正翻，又火迥翻」（10 次）、「詗，火迥翻，又翾正翻」（8 次）；「詗，古迥翻，又翾正翻」（5 次）、「詗，翾正翻，候伺也，又古迥翻」（1 次）、「詗，休正翻，又古迥翻」（1 次）、「詗，喧正翻，又古迥翻」（1 次）。

　　又如「鄯」，鄯州，古地名，有「時戰翻，又音善」（6 次），也有「音善，又時戰翻」（2 次）。

　　再如「悖」，悖逆，註音有「蒲內翻，又蒲沒翻」（43 次）、「蒲沒翻，又蒲內翻」（2 次）、「蒲沒翻，又蒲妹翻」（2 次）、「蒲妹翻，又蒲沒翻」（16 次）、「蒲妹翻」（6 次）、「蒲內翻」（20 次）。

　　胡三省《音註》任意排列同義又音的情況可見一斑。對此，我們的做法是把《音註》的又音作爲彼此獨立的反切或直音來對待，把它們放入整個語音體系中考慮。具體做法是根據被註字註音的音韻地位的不同，各依其聲、韻、調進行研究。

　　就又音的分類來講，又音本身包括以下幾類，我們援引黃坤堯的結論：（1）讀音不同，意義相同；（2）區別兩字、兩義或假借；（3）區別動詞和名詞；（4）虛詞異讀；（5）動詞異讀。〔註35〕不同的研究角度和不同的研究目的可以有不同的取捨。我們在本書中所論及的是第一種，即讀音不同，意義相同的「同條又音」。我們處理《音註》又音材料的這種方式，主要是爲了研究漢語語音的歷史演變。

7、層次分析法

　　《資治通鑑》涵蓋的歷史長達一千三百餘年，由於文獻的性質，胡三省的音系中記錄了各個時代的語音，大而統之，有上古音的特點，也有中古音的特

〔註35〕黃坤堯：《音義闡微》，上海古籍出版社，1998 年版，第 17～19 頁。

點，還有近代音以及方言的特點。在《論〈資治通鑑音註〉聲母系統反映宋末元初的幾個方音特點》、《胡三省〈資治通鑑音註〉特殊音切韻母關係的研究》、《〈資治通鑑音註〉聲調研究》三篇文章中，我們詳細地論述了胡三省音系中的方言層次，其聲母和韻母、聲調的特點，並把這一層次單列爲「方音層次」，以別於胡三省的讀書音體系。還有一個上古音的層次，其特點也有待研究。

我們在《〈資治通鑑音註〉音系性質的研究》一文中，將胡三省的音註所反映的語音系統與其同時代的共同語讀書音、同時代的北方詞人以及其方言區的語音材料四個方面進行了比較，認爲：胡三省爲《資治通鑑》所作的《音註》是反映宋末元初共同語讀書音的文獻材料，其音系是承襲自五代、宋初、南宋、金代讀書人遞相傳承的雅音系統，但由於地域、時代的因素，音系間或表現出吳語的方言特點。

將方音層次、古音層次從《通鑑音註》音系中剝離開來，我們可以清晰地看到宋末元初漢語的語音特點及其演變規律。

六、幾點說明

在研究《通鑑音註》的語音系統之前，我們有以下幾個問題需要交代一下：

（一）本書分析音韻地位時各項內容的先後順序是：以「‖」爲分界線，其前所列內容依次是被註字、胡三省的反切或直音用字（反切省去「翻」，直音用「音某」表示）、胡三省註音的中古音韻地位，包括聲母、韻母、開合、等位、聲調、韻攝六項；「‖」後依次是被註字的《廣韻》反切（省去「切」）、被註字的中古音韻地位，包括聲母、韻母、開合、等位、聲調、韻攝六項。每項分析后有「【】」，用以標識被註字在《集韻》中的反切。所有內容皆用空格隔開。《集韻》反切後加「＊」的表示被註字與註音字在《集韻》裏是同一小韻字。《廣韻》反切後加「＊」的則表示《廣韻》無此字的註音，用的是《集韻》的反切；同時其後不再列出《集韻》反切。《廣韻》和《集韻》都沒有收的字都另加註釋說明。有個別被註字後「【】」裏有兩個反切，表示這兩個反切都可以與胡三省的反切對應。

（二）文章所舉的例子中，胡三省的音註與《廣韻》的反切的音韻地位相同的就不再列出《集韻》的反切，與《廣韻》音韻地位不同的則列出《集韻》的反切。研究重紐、又音的例子一般不註出《集韻》反切。

（三）所有舉例不特別說明時都是舉平以賅上去。

（四）本書涉及到中古音的擬音時通常採用的是邵榮芬《切韻研究》的構擬，如果採用了其他學者的擬音則標明其姓名與著作。上古音的韻部、音值及其到中古的發展都參照王力的《漢語史稿》。

（五）我們贊同將中古照組聲母的禪、船換位的觀點，贊同照二組的俟母獨立的觀點。

（六）文中出現的「胡註」、「《音註》」、「《通鑑音註》」都是對《資治通鑑音註》的簡稱。

（七）本書中凡提及「同義又讀」，都指的是在同一語音環境中一字多讀的情況，而且特指胡三省音註中「某，又音某」或「某，又某某翻」等。不是此種情況下的同一個字的多個註音，則稱之爲「一字多註」。詳細介紹請參閱本書本章「一字多註的分析方法」一節。

七、附錄

附錄 1：胡三省墓誌銘 〔註36〕（胡幼文）

先父，諱三省，字身之，舊字景參，姓胡氏。世居台之寧海。曾大父諱友聞，妣汪氏。大父諱頔，妣王氏。父諱鉥，贈奉議郎，妣周氏，贈安人。

公生於宋寶慶六年庚寅（1230 年）四月癸亥。年十六，奉議公卒，居喪盡禮，以孝聞。登寶祐丙辰（1256 年）第，調吉州泰和尉，以親老不就。改慶元慈溪尉，剛直不阿，忤郡守，罷去外，會有以文學行誼薦者，遂授揚州江都丞。咸淳丁卯（1267 年），差充壽春府府學教授，佐淮東幕僚；考舉及格，改奉議郎，知江陵縣。丁母憂，服闋，改知安慶府懷寧縣〔註37〕。甲戌（1274 年），差充主管沿江制置司機宜文字，官至朝奉郎。〔註38〕自是隱居二十餘年，屏謝人事，日著書爲樂。既老，自號知安老人，扁所居堂爲《逸老》。晚營壽城，去

〔註36〕 轉引自陳國本《胡三省生平與著作簡況概評》，《鹽城師範學院學報》（社會科學版），1990 年第 3 期，第 60～63 頁。此墓誌銘見於《光緒寧海縣志》卷 20《藝文內編》之《胡氏家乘》，乃段熙仲先生 1986 年自南京圖書館錄出，並加了按語和句讀。

〔註37〕 「懷寧」原文作「淮寧」，本書轉引時據陳國本改。

〔註38〕 括弧內文字爲引者所加。

舍南數十武，築西室，扁曰《讀書林》，與諸孫徜徉其中。賓至，命酒賦詩，怡怡如也。

舊註司馬公《通鑑》，中經散逸，購求他本爲註解，手自抄錄，雖祁寒暑雨不廢。諸子以年高不宜爲言，則曰：「吾成此書，死而無憾。」間一日，晨興，言笑自若，忽曰：「吾其止此乎？」寢至三日，奄然大故，時大德壬寅（1302年）正月戊午也。享年七十有三。嗚呼痛哉！

娶同里張氏安人，子男五：長文、仲文、季文、幼文、稚文；緣長文、仲文先公而卒，季文哭公哀毀，亦卒。女一，婉，早夭。孫男十四：世儒、世仕、世俊、世傑、世任、世傳、世佐、世儼、世倄、世伾、世偕、世佺、世仁。所居狹小，澗旁多古梅，世稱爲梅澗先生云。註《通鑑》二百九十四卷、《通鑑釋文辯誤》十二卷，《通鑑小學》一卷，《竹素園稿》一百卷。

幼文等不孝，忍死於大德癸卯（1303年）十二月乙酉，奉柩而窆，從先志也。葬日薄口〔註39〕，未能求銘當世，姑敘歲月，納諸壙。嗚呼哀哉！孤子幼文泣血拜，謹識。里契生前進士孫鈞塡諱。

附錄2：《新註資治通鑑序》（胡三省）

古者國各有史以紀年書事，晉《乘》、楚《檮杌》雖不可復見，《春秋》經聖人筆削，周轍既東，二百四十二年事昭如日星。秦滅諸侯，燔天下書，以國各有史，刺譏其先，疾之尤甚。《詩》、《書》所以復見者，諸儒能藏之屋壁。諸國史記各藏諸其國，國滅而史從之。至漢時，獨有《秦記》。太史公因《春秋》以爲《十二諸侯年表》，因《秦記》以爲《六國年表》，三代則爲《世表》。當其時，黃帝以來《諜記》猶存，具有年數，子長稽其曆、譜諜、終始五德之傳，咸與古文乖異，且謂「孔子序《書》，略無年月；雖頗有，然多闕。夫子之弗論次，蓋其愼也。」子長述夫子之意，故其表三代也，以世不以年。汲冢《紀年》出於晉太康初，編年相次，起自夏、殷、周，止魏哀王之二十年，此魏國史記，脫秦火之厄而晉得之，子長不及見也。子長之史，雖爲紀、表、書傳、世家，自班孟堅以下不能易，雖以紀紀年，而書事略甚，蓋其事分見志、傳，紀宜略也。自荀悅《漢紀》以下，紀年書事，世有其人。獨梁武帝《通史》至六百卷，侯景之亂，王僧辯平建業，與文德殿書七萬卷俱西，江陵之陷，其書燼焉。唐

〔註39〕此處原闕一字，照錄。

四庫書，編年四十一家，九百四十七卷，而王仲淹《元經》十五卷，蕭穎士依《春秋》義類作傳百卷，逸矣。今四十一家書，存者復無幾。乙部書以遷、固等書為正史，編年類次之，蓋紀、傳、表、志之書行，編年之書特以備乙庫之藏耳。

宋朝英宗皇帝命司馬光論次歷代君臣事迹為編年一書，神宗皇帝以鑑于往事，有資於治道，賜名曰《資治通鑑》，且為序其造端立意之由。溫公之意，專取關國家盛衰，繫生民休戚，善可為法，惡可為戒者以為是書。治平、熙寧間，公與諸人議國事相是非之日也。蕭、曹畫一之辯不足以勝變法者之口，分司西京，不豫國論，專以書局為事。其忠憤感懣不能自已於言者，則智伯才德之論，樊英名實之說，唐太宗君臣之議樂，李德裕、牛僧孺爭維州事之類是也。至於黃幡綽、石野猪俳諧之語，猶書與局官，欲存之以示警，此其微意，後人不能盡知也。編年豈徒哉！

世之論者率曰：「經以載道，史以記事，史與經不可同日語也。」夫道無不在，散於事為之間，因事之得失成敗，可以知道之萬世亡弊，史可少歟！為人君而不知《通鑑》，則欲治而不知自治之源，惡亂而不知防亂之術。為人臣而不知《通鑑》，則上無以事君，下無以治民。為人子而不知《通鑑》，則謀身必至於辱先，作事不足以垂後。乃如用兵行師，創法立制，而不知迹古人之所以得，鑑古人之所以失，則求勝而敗，圖利而害，此必然者也。

孔子序《書》，斷自唐、虞，訖《文侯之命》而繫之秦，魯《春秋》則始於平王之四十九年；左丘明傳《春秋》，止哀之二十七年趙襄子慼智伯事，《通鑑》則書趙興智滅以先事。以此見孔子定《書》而作《春秋》，《通鑑》之作實接《春秋左氏》後也。

溫公徧閱舊史，旁採小說，抉摘幽隱，薈稡為書，勞矣。而脩書分屬，漢則劉攽，三國汔于南北朝則劉恕，唐則范祖禹，各因其所長屬之，皆天下選也，歷十九年而成。則合十六代一千三百六十二年行事為一書，豈一人心思耳目之力哉！

公自言：「脩《通鑑》成，惟王勝之借一讀；他人讀未盡一紙，已欠伸思睡。」是正文二百九十四卷，有未能徧觀者矣。若《考異》三十卷，所以參訂群書之異同，俾歸于一，《目錄》三十卷，年經國緯，不特使諸國事雜然並錄者粲然有別而已，前代曆法之更造，天文之失行，實著於《目錄》上方，是可以凡書目錄觀邪！

先君篤史學，淳祐癸卯始患鼻衄，讀史不暫置，灑血漬書，遺跡故在。每謂三省曰：「《史》、《漢》自服虔、應劭至三劉，註解多矣。章懷註范《史》，裴松之註陳壽《史》，雖間有音釋，其實廣異聞，補未備，以示博洽。《晉書》之楊正衡，《唐書》之竇苹、董衝，吾無取焉。徐無黨註《五代史》，粗言歐公書法義例，他未之及也。《通鑑》先有劉安世《音義》十卷，而世不傳。《釋文》本出於蜀史炤，馮時行為之序，今海陵板本又有溫公之子康《釋文》，與炤本大同而小異。公休於書局為檢閱官，是其得溫公辟咡之教詔，劉、范諸公群居之講明，不應乖剌乃爾，意海陵《釋文》非公休為之。若能刊正乎？」三省捧手對曰：「願學焉。」

乙巳，先君卒，盡瘁家蠱，又從事科舉業，史學不敢廢也。寶祐丙辰，出身進士科，始得大肆其力於是書。游宦遠外，率攜以自隨；有異書異人，必就而正焉。依陸德明《經典釋文》，釐為《廣註》九十七卷，著《論》十篇，自周訖五代，略敘興亡大致。咸淳庚午，從淮壖歸杭都，延平廖公見而韙之，禮致諸家，俾讎校《通鑑》以授其子弟，為著《讎校〈通鑑〉凡例》。廖轉薦之賈相國，德祐乙亥，從軍江上，言輒不用，既而軍潰，間道歸鄉里。丙子，浙東始騷，辟地越之新昌；師從之，以孥免，失其書。亂定反室，復購得他本為之註，始以《考異》及所註者散入《通鑑》各文之下；曆法、天文則隨《目錄》所書而附註焉。汔乙酉冬，乃克徹編。凡紀事之本末，地名之同異，州縣之建置離合，制度之沿革損益，悉疏其所以然。若《釋文》之舛謬，悉改而正之，著《辯誤》十二卷。

嗚呼！註班書者多矣：晉灼集服、應之義而辨其當否，臣瓚總諸家之說而駁以己見。至小顏新註，則又譏服、應之疏紊尚多，蘇、晉之剖斷蓋尠，訾臣瓚以差爽，詆蔡謨以牴牾，自謂窮波討源，構會甄釋，無復遺恨；而劉氏兄弟之所以議顏者猶顏之議前人也。人苦不自覺，前註之失，吾知之，吾註之失，吾不能知也。又，古人註書，文約而義見；今吾所註，博則博矣，反之於約，有未能焉。世運推遷，文公儒師從而凋謝，吾無從而取正。或勉以北學於中國，嘻，有志焉，然吾衰矣！

旃蒙作噩，冬，十有一月，乙酉，日長至，天台胡三省身之父書於梅磵蠖居。

附錄 3：《通鑑釋文辯誤後序》（胡三省）

《通鑑釋文》行於世，有史炤本，有公休本。史炤本，馮時行爲之序；公休本刻於海陵郡齋，前無序，後無跋，直寘公休官位姓名於卷首而已。又有成都府廣都縣費氏進修堂板行《通鑑》，於正文下附註，多本之史炤，間以己意附見，世人以其有註，遂謂之善本，號曰「龍爪《通鑑》」。要之，海陵《釋文》、龍爪《註》，大同而小異，皆蹈襲史炤者也。譌謬相傳，而海陵本乃託之公休以欺世，適所以誣玷公休。此不容不辯也。

今觀海陵所刊公休釋，以「烏桓」爲「烏元」，按宋朝欽宗諱桓，靖康之時，公休沒久矣，安得豫爲欽宗諱桓字邪！又謂南、北《史》無《地理志》，是其止見李延壽南、北《史》，而不知外七史《宋書》、《魏書》、《蕭齊書》皆有《志》，而《隋書》有《五代志》也。溫公修《通鑑》，公休爲檢閱文字官，安得不見諸書邪！海陵《釋文》、費氏《註》，雖視史炤《釋文》爲差略，至其同處則無一字異。費氏，蜀中鬻書之家，固宜用炤釋刊行；若公休，則在史炤前數十年，炤書既不言祖述公休，而公休書乃如剽竊史炤者。最是其書中多淺陋，甚至於不考《通鑑》上下本文而妄爲之說，有不得其句者，有不得其字者，《辯誤》悉已疏之於前，讀者詳之，其眞僞可見矣！

又有《通鑑前例》者，浙東提舉常平茶鹽司板本，乃公休之孫伋所編，亦言「欲與《音釋》並行於世，此吾先人所疑，今人所依以爲信者」。考伋之所編，溫公《與范夢得論修書》二帖，則得於三衢學官，《與劉道原》十一帖，則得於高文虎氏，伋取以編於《前例》之後，其網羅放失者僅如此！

蓋溫公之薨，公休以毀卒，《通鑑》之學，其家幾於無傳矣。汴京之破，溫公之後曰朴者，金人以其世而敬之，盡徙其家而北，後莫知其音問。紹興，兩國講和，金使來問：「汝家復能用司馬溫公子孫否？」朝廷始訪溫公之後之在江南者，得伋，乃公之從曾孫也，使奉公祀，自是擢用。伋欲昌其家學，凡言書出於司馬公者，必鋟梓而行之，而不審其爲時人傅會也。《容齋隨筆》曰：「司馬季思知泉州，刻《溫公集》，有作中丞日彈王安石章，尤可笑。溫公治平四年，解中丞還翰林，而此章乃熙寧三年者，季思爲妄人所誤，不能察耳！」季思，伋字也。以此證之，則伋以《音釋》出於其先，編《前例》欲與之並行，亦爲妄人所誤也。

今之時有寶應謝玨《通鑑直音》，自燕板行，而南又有廬陵郭仲山《直音》，又有閩本《直音》。直音者，最害後學，更未暇問其考據，其書更不論四聲翻切，各自以土音爲之音，率語轉而失其正音，亦有因土音而失其本，至於大相遠者，不特語轉而已。

今《辯誤》爲公休辯誣，以公休本爲海陵本，龍爪本爲費氏本。先舉史炤之誤，二本與之同者，則分註其下曰同，然後辯其非而歸於是，如直音之淺謬，皆畧而不錄。

丁亥，春，二月，辛亥，天台胡三省身之父書。

第二章　被註字在《廣韻》中的分布

　　在系統整理胡三省《通鑑音註》之後，我們發現其中被註音字約有 3805 字，除了璿（音津、音瑄）、嵖（鋤加翻）、翙（直質翻）、咴（音夜）、咩（莫者翻、徐嗟翻、彌嗟翻、音養）、茇（蒲撥翻）、蛈（音螺）、襦（與褕同音）、鮘（音況）等 9 個字在《廣韻》、《集韻》中沒有收錄之外，其他的字在《廣韻》（或《集韻》）的分布情況如下文所示。我們依照中古十六攝通、江、止、遇、蟹、臻、山、效、果、假、宕、梗、曾、流、深、咸的順序，將被註字放在相應的平聲韻目代表字之下（舉平以賅上去），並統計了該韻的字數；每韻之下，又依照宋人三十六字母的順序排列；同一被註字而讀音有不同時，則按照其所對應的聲母和韻母重複列在相應的位置。與中古三十六字母相比較，胡三省《通鑑音註》中有些被註字的聲母有混同的現象；韻母的情況也是這樣。我們在依照中古十六攝和三十六字母排列這些字的時候，是依據胡三省的反切或直音的中古音韻地位來排列的，並未照顧到已經變化了的語音情況，這樣做的目的是爲了展現《通鑑音註》被註字的分布情況，給研究者提供一份較爲原始的語料。從在《廣韻》中的分佈情況看來，被註字中沒有乏韻字，其他各韻系的字則都有。雖然各韻字數多寡不一，但是基本上爲我們研究近代漢語音韻的提供了一份較爲完備的宋末元初漢語文獻語音資料。

通攝

東韻（64 字）：幫母：琫；並母：芃；明母：夢蠓濛曚艨；非母：風；敷母：酆；奉母：渢；端母：湩；透母：恫侗桶；定母：洞峒慟侗箽恫挏潼瞳鮦橦；知母：中衷；徹母：忡；澄母：蚛种沖；見母：虹釭贛；溪母：鞚空倥悾控；精母：總嵏崚葼鏓駿鬷傯稯稯緵；清母：怱；從母：潀藂；心母：娀；昌母：琉充；影母：瓮螉；曉母：戇；匣母：鍠餅澒；以母：肜；來母：籠癃礱鸗癃；日母：茙。

冬韻（9 字）：透母：統；定母：佟彤；泥母：儂；精母：倧；從母：琮淙悰賨。

鍾韻（48 字）：非母：葑；敷母：鑫；奉母：俸縫奉；端母：湩；知母：湩冢塚；徹母：寵；澄母：蝩重；見母：珙共鞏供栱；溪母：恐；群母：邛共；疑母：喁；精母：縱；清母：從樅鏦；從母：從；章母：種橦；昌母：艟；書母：惷；禪母：瘇；影母：雍灉饔；曉母：詾恟兇匈恟洶詾；以母：甬鄘埇涌；來母：鸗鸗；日母：宂茸。

屋韻（87 字）：滂母：濮扑撲；並母：鷟樸暴曝；明母：沐繆苜；非母：菖複輻；敷母：蝮覆；奉母：復伏復鰒箙狀；透母：禿；定母：髑犢牘櫝讟；徹母：畜；澄母：舳妯筑；娘母：忸朒恧；見母：鞠穀鞫穀谷；溪母：麴；精母：蹴鏃踘蹴；清母：蹴；從母：族；心母：鏽數涑楸餗蓿；生母：謖縮；章母：琡柷筑；昌母：俶琡柷；書母：朮儵菽；禪母：璹孰；影母：槭篍或燠剭澳隩薁；曉母：畜稸惐；匣母：槲穀；以母：鬻粥淯毓；來母：谷僇漉醁蓼角戮簏轢；日母：肉。

沃韻（9 字）：端母：督；定母：纛毒；泥母：傉耨；見母：梏告；溪母：嚳佶。

燭韻（28 字）：奉母：樸㡞；知母：瘃斸；澄母：躅；溪母：曲；群母：跼；疑母：玉獄；清母：趣；章母：蠋屬囑鄩；昌母：歜；禪母：屬襡；曉母：勖旭頊；以母：谷；來母：逯涤籙錄；日母：嗕廓溽。

江攝

江韻（26 字）並母：龐棒蚌逄逢蚌棒；明母：尨駹；知母：戇；徹母：惷；澄母：幢撞橦；見母：扛釭港杠虹；溪母：羫；初母：艭；崇母：淙；生母：瀧；匣母：行岇降；來母：瀧。

覺韻（40 字）：幫母：駁駮剝；滂母：撲璞；並母：擈鮑；明母：藐；知母：諄涿晫；徹母：逴；澄母：鸐；見母：㲄較榷珏傕；溪母：碻㲉埆確慤；疑母：鸑；莊母：捉；初母：齪娖；崇母：浞鷟；生母：稍槊數嗽；影母：喔齷偓渥；曉母：㱿；來母：犖。

止攝

支韻（161 字）：幫母：裨詖卑陂鞞；滂母：庀披帔；並母：裨紕郫陴庳鞁被罷；明母：靡孊糜瀰镾弭縻彌芈罙；徹母：褫魑螭；澄母：篪豸縋阤腄；見母：奇掎詭嬀庋羈；溪母：綺崎企跂頍跬觖闚；群母：技伎跂芰琦騎錡碕衹；疑母：齮艤檥螘頠巇峗錡巙；精母：積呰訾髭訿觜；清母：刺泚玼；從母：疵玼觜眦訾茈疵漬；心母：璽眭嶲徙虒禠髓斯澌廝㒋；初母：衰差揣；生母：釃灑躧縰屣；章母：忮支搘禔軹枳惴氏抵扺砥知腄棰捶箠；昌母：吹；船母：舐；書母：施弛弛翅絁；禪母：菙陲倕提豉；影母：縊倚委逶萎痿禕恚猗；曉母：撝墮隳戲；云母：蘤爲蔿；以母：易迤暆巵蛇㱦已；來母：蠡離羸驪累邐麗罹麗灑籬絫詈；日母：痿婼。

脂韻（135 字）：幫母：費毖粃痹比匕泌秕疕畀沘閟；滂母：濞頚豾淠仳紕；並母：糒否圮㒩比岯鞴棍圮；明母：郿渼魅湄；徹母：郗絺；澄母：稚鎚錘槌遲椎穉秪遟泜；娘母：尼怩膩；見母：覬穊簋頯軌氿晷匭宄騩；溪母：喟巋；群母：戣洎馗耆暨悸跽餽垍蕢簣；疑母：劓；精母：姊恣秭；清母：佽鄿趑次；從母：悴瘁顇；心母：死睢祟蓌；邪母：襚璲燧隧兕彗；莊母：笫；生母：帥棱率；章母：騅鷙摯衹砥氐泜疐躓質胝；昌母：鴟；船母：謚；書母：蓍；禪母：視脽；曉母：睢；云母：蔿洧鮪；以母：肄遺夷濰巵洟唯濰痍撎饐黝黟；來母：縲虆累灅誄壘傫犂；日母：蕤緌。

之韻（93 字）：徹母：笞摛眙；澄母：跱偫徛峙治植；見母：己其萁；溪母：起玘亟屺；群母：期邔惎亓惎蘄祺綦；疑母：儗嶷；精母：滋仔嵫孳；清母：蚝；從母：茲牸磁；心母：偲思罳伺笥司；邪母：汜飼姒寺嗣；莊母：淄輜錙菑茬第剚；初母：廁輜；崇母：柿茬士；生母：使；俟母：漦；章母：箠幟阯時識徵；昌母：幟熾嗤；書母：幟僿；禪母：蒔；影母：唉噫；曉母：喜憙熹；以母：异粭台眙洍姬廙食；來母：氂釐娌俚嫠剺貍；日母：洱耏珥毦耳輀轜栭。

微韻（52字）：非母：颴緋騑誹；敷母：朏騛菲；奉母：費蟦屝賁；微母：
癓；見母：幾磯機蟣虣蘄機曁；群母：俟幾蘄崎頎旂圻；疑母：顗毅；章母：
辰衣依尉葳蔚熨；曉母：餼憸卉褘炾翬輝唏欷豨俙；云母：蝟緭韙緯煒彙幃韙
葦。

遇攝

模韻（124字）：幫母：譜哺餔；滂母：怖鋪浦誧；並母：匍菩醡簿朴艀蒲
哺蒲；明母：膜暮嫫橅姥莽；端母：闍秺斁賭妒；透母：吐菟；定母：度嶀菟
涂塗駼；泥母：笯帑怒孥駑；見母：苽顧殺罟酤觚菰瓠估蠱錮稒賈；溪母：袴
楛苦刳；疑母：悟吾忤午郚迕愕仵昈許啎；精母：組作；清母：粗厝錯酢；從
母：殂粗；心母：傃塑泝愬；影母：鄔塢污汙圬於隖洿烏惡嗚噁嫵；曉母：滹
滸謼虖幠呼；匣母：濩翵瓠旿岵濩餬滬戶乎鄠洿；來母：顱鑪旅瀘盧瀘潞璐艫
櫨輅鹵滷。

魚韻（113字）：知母：褚貯豬著箸；徹母：樗攄；澄母：涂箸屠紵杼滁蒢
躇著；娘母：女挐絮；見母：車琚莒蒟倨鋸；溪母：去袪虛阹噓歔；群母：虡
懅簴鐻璩遽蘧秬拒劇；疑母：圄籞御齬圉圄語；精母：沮咀苴且蛆；清母：雎
苴狙疽覷沮趄疽；從母：沮怚沮咀；心母：胥揟諝；邪母：嶼漵抒徐徐；莊母：
苴沮俎菹詛；初母：濋；崇母：齟；生母：疏；章母：煮；昌母：處；船母：
杼抒；書母：紓；禪母：墅曙；影母：淤閼於飫；以母：舉與舁妤旟念輿璵譽
伃予；來母：穭鑢臚稆慮膂旅；日母：茹洳如。

虞韻（140字）：非母：傅俌趺父簠柎府黼鈇莆跗；敷母：俘訃仆尃郛泭郙
荂忞桴荂拊撫；奉母：扶苻枹滏腐賻夫鮒泭；微母：儛毋廡憮斌嫵鶩；知母：
拄蛛；徹母：貙；澄母：逗；見母：瞿句沟拘枸；溪母：齲敺區嶇；群母：句
窶朐欋瞿毱；疑母：禺俁濾遇虞；精母：足諏娵；清母：趨趣取娶；從母：聚；
心母：繻須湑顠；生母：數；章母：澍麈朱侏；昌母：姝；書母：戍輸毹；禪
母：豎澍銖；影母：傴嫗迂扜紆；曉母：昫荂酗詡盱煦雩昫酗詡盰姁呴栩珝；
云母：杅汙寓迂邘盱芋璵雨；以母：隃窬瘉瘐楡覦褕蕍歈俞渝諭䨂；來母：屨
婁僂蔞縷褸；日母：孺乳襦濡。

蟹攝

齊韻（134 字）：幫母：豍鞞箄；滂母：批睤睥；並母：髀鼙鞞；明母：眯䴇；端母：蔕柢仾諦詆底氐韠邸坻扺牴䑲磾䑲；透母：緹㶜梯䅲剃；定母：緹踶軑禘睇娣提釱綈弟棣厗遞鵜遰嗁；泥母：迡禰遟泥；見母：炔髻葪繫係稽筓炅閨邽雞枅窐袿；溪母：睽鸂稽刲綮棨契；群母：𥜒；疑母：郳盻鯢兒睨倪霓羿；精母：鑇擠濟霽齎韲躋齏；清母：泚妻郪玼；從母：齊眥薺眥；心母：㨙些洗洒嘶；影母：翳嫛翳緊殪；匣母：奚禊酅惠潓窐䫅酅傒徯繫；來母：澧盠儷盠麗隸荔蠡綟沴儷藜黧犂藜戾。

皆韻（36 字）：滂母：湏；並母：排俳韛㥯；明母：霾；見母：夰湝誡价誡介街疥鳻；溪母：喟蒯蕢鍇鎧揩；疑母：聵騃；莊母：祭瘵；初母：差；崇母：豺儕；生母：殺；影母：噫；匣母：壞槐骸齸湝齘。

佳韻（38 字）：滂母：派；並母：稗；澄母：豸眦；見母：懈㧞解廨詿；疑母：睚；莊母：債；初母：衩差䑰；生母：洒灑曬；影母：鼃隘阸洼娃䟐阨；匣母：解澅鼃畫詿絓澅鮭蟹邂獬澥䙎膎。

灰韻（82 字）：幫母：㨢背誖；滂母：妃昢；並母：悖背琲培孛誖邶鄁；明母：玫瑁媒昧；端母：塠搥敦碓磓；透母：推俀；定母：隊憝隤憞穨魋；泥母：餧腇內餒；見母：瓌瓌幗蔮瑰憒傀；溪母：磈詼塊傀悝；疑母：嵔磑隗嵬鮠；精母：綷；清母：焠淬倅璀漼縗；心母：誶挼；影母：煨猥；曉母：沬頮賄；匣母：繢瘣匯潰闠槐回蕢；來母：礧酹耒雷纇櫑儡磊櫑。

咍韻（48 字）：並母：俻倍；透母：貸台邰；定母：紿逮逮駘墑玳；泥母：耐能；見母：陔垓概晐；溪母：鎧闓；疑母：螘导敳閡；精母：載縡；清母：采寀偲；從母：財裁載；心母：塞賽鰓；影母：唉毐曖；曉母：咍醢；匣母：孩咳劾；來母：𩞄賚睞來淶徠。

祭韻（41 字）：幫母：𧝓；知母：𨡜；徹母：𩣡；見母：訐猘蹶劂；溪母：揭憩；精母：祭蕝穄；清母：毳脆；心母：彗；邪母：彗篲；初母：毳；章母：贅；書母：說貰蛻涗涚；禪母：噬澨；影母：瘞；云母：彗槥轊衛；以母：曳枻泄怈洩；來母：厲礪例；日母：汭蜹。

泰韻（36 字）：幫母：貝狽沛芾；滂母：浿沛；明母：沫沬；端母：躢祋；透母：忲汰蜕太；定母：兌軑大；見母：澮會蓋儈匄鄶獪丐；清母：蔡；從母：蕞；影母：懀薈；曉母：濊翽澮鐬；來母：酹癩瀨。

夬韻（10 字）：幫母：敗；並母：敗；明母：勱；徹母：蠆；見母：夬註；溪母：噲獪；崇母：砦；影母：喝。

廢韻（8 字）：非母：柿被肺；奉母：吠；疑母：艾；影母：薉濊；曉母：喙。

臻攝

眞韻（97 字）：幫母：彬瀕玢份邠擯豳儐斌濱；並母：顰嬪瀕玭臏；明母：閩汶岷閩閩泯嶅傂澠緡愍忞旼湣；知母：鎮填瑱；徹母：疢；澄母：紉紖陳；群母：瑾廑窘殣菌厪；疑母：闉齗听誾；精母：進璡縉瑨；心母：信；邪母：燼藎盡賮；莊母：溱甄；初母：亂櫬；章母：繽胗診疹稹振賑甄禎侲診；昌母：瞋嗔；書母：娠哂身；禪母：脤；影母：駰諲禋堙凐絪；曉母：釁衅；以母：酳緊靷引；來母：璘躪藺轔遴轔驎潾翷；日母：尼。

諄韻（48 字）：知母：窀迍屯；徹母：輴；見母：鈞頵昀；溪母：蜠困；精母：晙焌晙儁；清母：竣逡皴；心母：浚枸恂筍晙隼郇洵駿；邪母：馴徇；章母：純諄準肫；昌母：踳；船母：楯盾；書母：眴；禪母：鶉淳蓴；影母：贇頵齋筼；以母：狁允勻；來母：侖綸；日母：胹。

臻韻（6 字）：莊母：榛蓁溱；生母：詵侁莘。

文韻（39 字）：非母：僨；敷母：汾；奉母：棻蚠轒憤賁分蕡；微母：紊聞攽汶吻刎閿汶；見母：攟鞁；群母：裙帬；影母：醖慍縕惲熅蘊薀；曉母：獯纁葷勛；云母：抎員澐餫郧溳鄖。

欣韻（16 字）：見母：謹斤堇靳；群母：近慬懃；疑母：齗听鄞；影母：殷潑隱隱；曉母：訢昕。

魂韻（58 字）：幫母：畚奔賁；滂母：歕；並母：笨坌瓫湓體盆；明母：懣捫顢惛；端母：惇敦頓墩；透母：涒暾焞；定母：臋屯盾独遯臀；泥母：黁；見母：緄琨鯀褌媞；溪母：悃髡閫壼；精母：撙僔噂焌；清母：刌；從母：䂧蹲；心母：蓀愻飧噀；影母：溫輼瑥；曉母：惛惛；匣母：渾溷圂混；來母：崙論。

痕韻（2 字）：匣母：很狠。

質韻（53 字）：幫母：罋趕躄韠柲；滂母：疋；並母：佖比泌苾邲弼；明母：宓；知母：庢銍；娘母：昵暱暱；章母：瓆質礩鑕騭桎旺郅蛭；昌母：叱；

徹母：扶咥；澄母：袠袟秩；清母：㔍；從母：疾；心母：悉㽷；見母：曁；溪母：詰趌蛣；群母：佶；來母：溧栗篥；日母：馹；云母：颶；以母：泆鎰溢泆佚佾軼。

術韻（18 字）：知母：窋絀；徹母：怵；船母：術沭潏鉥；精母：卒；生母：率；心母：鉥訹怴琺戌；以母：遹潏鷸；云母：颶。

櫛韻（3 字）：莊母：櫛；生母：蝨瑟。

物韻（25 字）：非母：紱紼韍黻芾；敷母：祓拂；奉母：拂怫佛；微母：芴；見母：屈厥趉；溪母：詘屈詘；群母：倔；娘母：吶；影母：熨鬱蔚尉；曉母：欻歘。

迄韻（7 字）：見母：扢訖吃；溪母：契乞；疑母：屹；曉母：釳。

没韻（24 字）：滂母：咄；並母：孛勃浡悖；精母：卒；清母：卒；從母：捽；心母：窣；端母：咄；透母：怢；定母：突；泥母：訥；溪母：矻窟；影母：嗢；曉母：笏曶惚；匣母：齕扢鶻紇；來母：硉。

山攝

寒韻（56 字）：端母：單癉鄲疸殫簞；透母：攤灘嘽；定母：但誕蜑彈袒襢撣𠾺潬袒；泥母：難；精母：讚酇；清母：餐璨；從母：瓚；心母：散傘繖；見母：杆簳乾玕笴汗干竿旰幹邗奸；溪母：衎；疑母：犴；生母：姍；影母：按；曉母：悍扞邯汗銲邗閈翰鼾暵；來母：讕襴。

桓韻（69 字）：幫母：絆；滂母：番；並母：柈般瘢伴磐畔磻縏槃；明母：蔓漫澷縵曼墁槾謾幔；定母：摶磚鍛鍛斷；泥母：懦濡愞煗煖；見母：莞棺貫灌悺筦觀冠涫盥祼館琯；疑母：刓蚖；精母：穳劗；清母：爨鑹；從母：菆攢欑；心母：蒜篹；影母：剜睕盌腕惋智；匣母：澣紈洹貆皭浣驩；來母：鸞灤。

刪韻（30 字）：幫母：般；滂母：襻；明母：謾；娘母：赧；初母：篡；崇母：饌棧；生母：潸訕姍汕；見母：菅慣丱關閞擐；疑母：贗；影母：綰鷃䆎；匣母：皖僩擐鐶環轘澴郇還。

山韻（18 字）：幫母：虨；滂母：盼盻；並母：辨辦；澄母：綻；初母：鏟剗剷；崇母：潺孱棧；生母：潹；見母：間閒㯂；匣母：嫺幻。

元韻（59 字）：非母：岅坂蕃阪鐇；敷母：反幡；奉母：蹯蕃璠笲飯燔飰；微母：挽娩蔓曼輓挽；見母：軒揵健建鞬韃犍湕；群母：寋鍵圈；疑母：蚖嫄

沅；清母：綷；影母：嫣傿堰怨鄢鄾宛苑匽；曉母：塤諨煖呞讙幰暅諼烜掀；云母：垣洹遠援袁。

仙韻（173字）：幫母：籩褊；滂母：扁；並母：昪辯卞便汴辨緶瞥玭；明母：挽免怲沔俛娩愐黽湎謾緬湎勔；知母：傳輾展襢邅轉；徹母：辿鏈；澄母：灛沌傳琢椽纏；娘母：輾碾；見母：狷鄄絹卷謇甄弮搴；溪母：譴褰弮繾弮；群母：圈卷件拳惓揵簷；疑母：讞諺唁獻；精母：揃戩鐫朘濺腏煎湔濺；清母：痊詮悛瘥遷悛湶佺譔；從母：踐吮雋餞；心母：選線鮮綫獮瘬瑄揎；莊母：怿；崇母：譔饌襈撰孱；章母：銆顫剸塼顓斿饘餐；昌母：穿闡喘繟釧；禪母：單鄲撣禪澶禪擅綻鳝蟬；影母：焉悁齃堰關嫣；曉母：企儇；匣母：琁璿璇還旋；云母：援瑗媛圜；以母：捐鋋鳶掾蜎縓戭莚緣蜒沿羨延衍演；來母：孿攣令鏈戀璉婰連蓮；日母：然奭壖堧蝡軟輭愞。

先韻（74字）：幫母：扁編；並母：駢埤玭骿瓶蠙辮；明母：眄瞑麪；端母：殿滇蹎巓；透母：塡腆靦琠；定母：竇闐塡佃淀田；泥母：撚；見母：蠲狷涓冐畎麲；溪母：开汧倪岍；疑母：研；精母：湔籛鐫；清母：蒨倩芊；從母：栫薦荐；心母：洗跣銑；影母：咽燕醼關烟；曉母：鋗絢；匣母：眩峴鋧泫袨炫琄衒舷見玹縣繯愱；來母：楝零俜。

曷韻（23字）：端母：妲怛怛嚔靼黜；透母：獺闥撻；定母：噠；泥母：捺；見母：匃；疑母：枿；心母：薩撒；影母：闕堨頞；曉母：喝；匣母：鞨鶡；來母：剌糲。

末韻（23字）：幫母：伯般袚；滂母：潑鏺；並母：跋魃鈸馛；明母：昧沫秣韎；端母：剟掇；透母：倪脫；見母：括筈适；溪母：筈；清母：撮；來母：捋。

黠韻（11字）：澄母：噠；娘母：豽；初母：劄；生母：煞；見母：秸戛稭；溪母：劼；影母：軋；匣母：猾點。

鎋韻（3字）：明母：帕；初母：刹；曉母：瞎。

月韻（22字）：奉母：閥筏栰筏；微母：韄襪；見母：揭蠍蹷羯訐；溪母：闕揭；群母：橛揭掘碣蹷；疑母：刖；影母：暍；曉母：歇蠍。

薛韻（48字）：幫母：鷩驚別；滂母：憋；明母：滅；知母：惙喆掇剟啜；徹母：鰈徹；澄母：撤；娘母：吶；見母：孑；溪母：觖愒揭揭；群母：碣

揭；疑母：讞孼㜜；精母：蕝；心母：渫媟褻紲泄㞦契絏；生母：刷；章母：浙準晣；昌母：啜歠掣；禪母：折；以母：拽說；來母：茢埒冽；日母：爇蜹。

屑韻（45 字）：滂母：瞥；並母：芯；明母：幭蔑蠛篾；透母：饕；泥母：涅；清母：切；從母：巀；定母：軼迭昳跌垤絰咥；見母：決訣觖譎潏桔絜結；溪母：闋契鍥挈；疑母：蜺齧；精母：蕝；心母：楔；影母：抉蠮；匣母：齕纈頡紇齕絜覈跤；來母：戾捩。

效攝

蕭韻（60 字）：端母：貂刁鳥鵰；透母：挑糶佻恌誂佻朓䠓佻；定母：掉調藋芀迢髫跳挑佻；泥母：裊褭嬈；見母：繳澆徼憿驍䠒噭敫曒璬梟；溪母：鄡竅䅓；疑母：曉僥堯；精母：剿湫；心母：螋；影母：幺；匣母：皛芍；來母：蓼舠廖嫽繚撩鐐燎寮橑料瞀。

宵韻（90 字）：幫母：㿀熛瘭標飆熛僄鑣；滂母：曍剽漂縹嫖僄鏢曍慓飄麃；並母：票驃殍；明母：杪眇藐；知母：朝鵃；澄母：肇旐朝晁鼂；見母：矯；溪母：趬；群母：僑翹蹻趫僑轎嶠；精母：勦焦顦僬醮剿剿醮；清母：陗峭悄愀；從母：憔噍鐎譙；心母：蛸綃；章母：佋炤璅釗昭招；禪母：召佋；書母：少；影母：妖祅夭訞要；曉母：囂；以母：姚繇洮褕鷂銚陶軺珧；來母：繚療燎嫽；日母：嬈橈蟯。

肴韻（50 字）：幫母：豹胞；滂母：皰䎬；並母：咆匏勹鮑鮑䎬；泥母：淖；知母：嘲獠；澄母：櫂；娘母：撓橈鐃；見母：窖校覺尥鵁狡佼狡攪；溪母：骹；疑母：磽樂齩磽；莊母：笊爪；初母：鈔抄；崇母：鄛勦巢；生母：稍筲弰鞘；曉母：猇虓髐哮；匣母：斅校佼殽洨。

豪韻（107 字）：幫母：堡褓鴇保葆繰寇；並母：袍暴；明母：旄耗瑁毛媢眊冒薅；端母：倒島；透母：饕洮條弢慆瑫縚洮叨；定母：檮纛道咷駣洮騊綯脩幬；泥母：㺀；見母：縞告郜櫜暠高槀橰皋膏藁篙𦥑；溪母：槁拷犒；疑母：驁警熬傲敖嗷鏊；精母：蚤躁糟璪；清母：操造糙慅慅；從母：漕艚嘈皂；心母：艘艘騷搔燥臊譟掃；影母：媼奧澳襖懊；曉母：好撓；匣母：號滈蠔壕浩皞鎬；來母：獠轑勞醪轑嫪嫪嫽潦橑。

果攝

歌韻（44 字）：透母：拕他它拖；定母：陁佗大爹陀沱柁駄鉈池；泥母：那那；見母：笴舸个舸柯菏；溪母：珂可岢；疑母：峨；精母：左作；清母：蹉瑳磋；從母：嵯鄌酇鹺；心母：些娑；影母：阿；匣母：訶荷呵；來母：邏囉䍤。

戈韻（45 字）：幫母：跛波譒跛番；滂母：頗叵；並母：緐；明母：魔磨麼麼；透母：唾妥橢；定母：墮；泥母：懦；見母：過鍋裹迦渦；溪母：伽；疑母：囮；清母：脞莝剉；從母：痤坐；心母：莎梭鎖瑣；影母：涹倭；曉母：靴鞾；匣母：和；來母：躶騾裸螺羸倮蠡。

假攝

麻$_{二}$韻（64 字）：幫母：芭靶羓垻；滂母：帊蚆；並母：杷；明母：蟆蟇禡傌；知母：檛撾咤吒；徹母：詫；澄母：涂秅；娘母：拏秅；見母：迦騧叧枷袈麚豭假賈葭家緺茄媧；溪母：夸胯；疑母：衙迓疋吾牙；莊母：柤渣溠鮓笮；初母：差汊；崇母：槎苴查；生母：裟沙；影母：啞；曉母：譁華岈；匣母：下夏華瑕蝦踝鏵。

麻$_{三}$韻（35 字）：明母：乜；精母：祖唶罝姐借；從母：藉；心母：寫；邪母：斜邪；章母：堵蔗炙赭奢；昌母：車哆䋈；船母：貰麝虵；禪母：闍鉈佘；書母：舍厙；以母：夜斜虵射椰爺邪；日母：若婼。

宕攝

陽韻（116 字）：非母：邡放昉舫枋；奉母：坊防魴方紡；微母：罔亡邙輞忘惘；知母：長張；徹母：昶倀鋹悵瑒暢；澄母：仗杖長萇；見母：襁僵彊繈誑繦畺殭韁；溪母：蜣恇筐洭；群母：強彊韁漒繈強；疑母：卬仰；精母：將；清母：槍鏘；從母：嬙；心母：驤相緗；邪母：橡洋；初母：愴創滄刱；生母：刱；章母：障瘴漳鄣；昌母：倡鶬猖閶；書母：餉饟向饟珦殤；禪母：尚償徜上；影母：鞅怏；曉母：鄉珦怳軦鄉慌；云母：王暀；以母：養敭瀁恙洋徉佯詳煬瘍颺樣羕；來母：兩輬量裲涼掠兩踉；日母：瀼穰瀼攘。

唐韻（96 字）：幫母：榜；滂母：滂；並母：傍旁房；明母：芒駹莽蟒邙；端母：党讜襠璫簹；透母：帑盪湯；定母：盪碭蕩菪宕；見母：掆鋼恍洸桄廣

償橫亢魧；溪母：邔忼伉纊亢悷炕嶸；疑母：枊卬；精母：臧駔牂；清母：倉；從母：藏；心母：喪顙；影母：尪汪；曉母：荒肓；匣母：航蝗篁湟銧吭璜潢沆杭滉愰幌行桁；來母：閬峎踉浪稂莨狼琅。

藥韻（34 字）：徹母：逴辵臭；知母：著；澄母：著；見母：屩蹻玃屩戄钁；溪母：卻；群母：噱醵；疑母：瘧；精母：爝燋；清母：芍；莊母：斮；章母：焯勺汋；昌母：綽；書母：鑠；禪母：勺汋；曉母：謔；以母：籥敫礿櫟；來母：㛮擽；日母：鄀。

鐸韻（58 字）：幫母：髆髆搏鎛；滂母：濼粕；並母：薄箔亳；明母：鄭莫漠摸瘼；透母：拓柝橐跅砳托；定母：度；泥母：諾；見母：曠㟪格；疑母：鄂咢鍔愕崿；精母：柞；清母：錯；從母：莋筰怍柞筰苲；心母：索；影母：堊蠖；曉母：曠郝部蓋臛；匣母：穫鑊涸貉鑊；來母：樂酪轢駱酪洛落。

梗攝

耕韻（27 字）：幫母：迸；滂母：砰怦；並母：蛂輣；明母：甿萌甿甍；澄母：湞；娘母：儜；見母：耿；溪母：鏗；莊母：諍箏爭；初母：錚；崇母：崢；影母：嫛娿甖；曉母：轟訇；匣母：厷閎嶸翃。

庚₁韻（38 字）：滂母：亨；並母：輣棚榜篣搒澎；明母：艋盟蜢；徹母：撐橕；澄母：瑒；見母：獷梗更礦秔羹綆鯁哽稉；初母：鎗鐺；崇母：傖；生母：省眚；影母：泓；曉母：亨；匣母：行珩瑝鍠橫桁衡；來母：冷。

庚₂韻（17 字）：幫母：昺邴昺；並母：枰；見母：憬竟璟陱獍煢璥；群母：黥；疑母：迎；影母：璟瑛；來母：倞勍。

清韻（56 字）：幫母：屏麷幷枡併；明母：洺；知母：聚禎湞貞楨；徹母：檉偵騁；澄母：裎；見母：頸；溪母：頃輕頸；群母：惸煢；精母：鶄箐菁旌晶晴；清母：清倩請；從母：穽靚阱請；心母：省騂；邪母：餳；章母：正政証鉦；禪母：晟盛；影母：婴纓縈瘿；曉母：詗敻；以母：郢嬴塋贏鎣；來母：令領。

青韻（53 字）：並母：並併餅；明母：暝瞑茗；端母：訂釘矴；透母：廳頲珽侹聽；定母：梃挺町廷莛艇鋌；泥母：寧濘；見母：到扃熲炯坰；清母：蜻；心母：醒；影母：鎣；曉母：詗馨；匣母：脛陘悻婞迥硎；來母：令泠零澪輪蛉羚伶蛉囹玲苓櫺酃。

麥韻（27 字）：幫母：擘；明母：脈；知母：讁矺；澄母：謫；見母：隔幗緎；莊母：咋責嘖簀；初母：柵栅冊；崇母：賾；生母：索栜；影母：軛阨搤；匣母：畫劃繣虢核翮。

陌₂韻（21 字）：幫母：伯；滂母：魄；並母：舶；明母：貉袹；知母：磔舴筶窄迮；徹母：坼澤；澄母：翟；見母：格骼虢；疑母：額；崇母：咋；生母：索；影母：濩蒦。

陌₃韻（7 字）：見母：戟；溪母：隙卻；群母：屐劇；疑母：逆；曉母：虩。

昔韻（44 字）：幫母：躄辟；滂母：僻；並母：擗辟萆；澄母：擿躑；精母：蹐鶺借嵴踖脊；清母：刺磧；從母：堉瘠唶籍藉；心母：舄；章母：蹠摭跖摭炙；昌母：赤鶒；船母：射；書母：螫郝奭；禪母：袥；影母：嗌；以母：易蜴場液掖腋帟懌嶧。

錫韻（42 字）：滂母：劈；並母：甓鷿；明母：汨羃；端母：適靮鏑；透母：惕倜蓨逷剔；定母：篴耀頔荻翟；泥母：溺；見母：墼漷激；溪母：闃；精母：勣；清母：戚鼜；心母：蜥裼析晳淅；匣母：檄覡闃閴；來母：鬲礫酈櫟轢歷濼。

曾攝

蒸韻（30 字）：並母：憑；徹母：庱；澄母：瞪澂；見母：矜；精母：甑；從母：繒鄫；章母：證承拯徵；昌母：稱；船母：澠乘塍嵊騬膡；禪母：丞承；書母：勝；影母：應應；曉母：興；以母：媵螣孕；來母：凌倰。

登韻（22 字）：幫母：𰐁；並母：倗；端母：璒燈磴鐙等；定母：橙滕；見母：緪亙暅；精母：矰蹭；從母：曾；曉母：薨；匣母：佷恒峘；來母：稜楞倰。

職韻（30 字）：幫母：偪；滂母：愊；並母：愎堛；徹母：飭；澄母：直；見母：棘殛；疑母：嶷；莊母：昃仄；初母：畟；崇母：萴崱；生母：嗇；船母：食蝕；書母：拭；禪母：殖湜植置；曉母：洫；云母：棫；以母：熨弋廙黓杙；來母：仂。

德韻（16 字）：並母：僰踣匐；明母：冒万；透母：慝貣；精母：則；心母：塞；匣母：劾螁；來母：肋笏仂芳扐。

流攝

尤韻（131 字）：非母：不缶鍑；敷母：覆；奉母：葍復枹罘棓稃伏涪；明母：繆蝥鉾蝥蟊蝨；知母：輈盩；徹母：畜瘳惆杻；澄母：儵紬伷籀酎繇稠裯綢檮躊；娘母：狃粈杻紐；見母：龜灸玖韮；溪母：糗；群母：柩銶絿璆賕訅柩球；精母：禁僦鰌；清母：萩鞦湫楸；從母：酋鰌遒蝤鶖鶖湫；心母：宿琇鏽；邪母：囚；莊母：騶菆豰陬掫緅；初母：篘；生母：瘦溲艘廋；章母：祝賙帚呪；昌母：犨；書母：守首手；禪母：醻愋綬受讎；影母：麀耰；曉母：髤嗅齅；云母：右郵疣；以母：誘莠尢猶酉輶由蚰狖牖卣逌浟繇斿廞；來母：僇霤瘤留廖嘐騮摎遛瀏鏐；日母：粈蹂揉。

侯韻（68 字）：滂母：剖；並母：裒抔培掊；明母：瞀楙貿袤鉾姆；透母：鼪鍮媮；定母：逗脰郖；見母：冓遘媾購褠韝句泃鉤雊轂緱詬；溪母：詬彄瞉釦叩；疑母：偶；精母：陬走掫諏；清母：取；心母：藪嗽；影母：毆漚區嘔甌歐謳；曉母：詬呴訽睺；匣母：後后逅餱糇睺堠厚；來母：漊鏤膢慺婁樓髏。

幽韻（7 字）：明母：繆謬；見母：樛糾；群母：璆虯；影母：幼。

深攝

侵韻（53 字）：幫母：禀；知母：椹揕。徹母：郴琛；澄母：沈湛沉；娘母：賃；見母：禁衿；群母：噤黔；疑母：崟；精母：寖祲；清母：沁；邪母：鄩鐔潯；初母：参讖；崇母：涔岑；生母：滲参棽；章母：鍼枕箴；昌母：綝；書母：深諗沈；禪母：諶忱；影母：飲陰喑愔瘖；曉母：歆廞；以母：鐔冘；來母：臨菻廩懍；日母：任紝妊稔。

緝韻（20 字）：知母：縶；疑母：岌；清母：葺；從母：輯檝；邪母：霫褶；莊母：戢；生母：翜澀鈒；禪母：褶；影母：悒邑挹；曉母：翖噏歙闟吸。

咸攝

覃韻（38 字）：端母：酖耽眈湛；透母：探；定母：鐔曇譚禫倓覃；泥母：湳；見母：淦贛礷灨感弇；溪母：埳龕戡；精母：昝；清母：參傪驂憯；心母：糝；影母：闇菴諳晻；匣母：含琀浛蜬；來母：婪惏嵐。

談韻（29 字）：明母：姏；端母：儋甔擔紞；透母：賧毯聃；定母：憺澹噉啗啖噹郯倓餤；見母：柑；溪母：瞰闞；從母：蹔；心母：三；曉母：蚶憨；匣母：酣；來母：擥艦纜藍。

咸韻（8 字）：澄母：湛；見母：鹻瑊減緘；崇母：饞巉；匣母：諴。

銜韻（13 字）：見母：監；初母：儳懺攙；崇母：巉鑱；生母：彡芟；曉母：闞；匣母：銜嗛艦；來母：濫。

鹽韻（62 字）：幫母：貶窆；徹母：覘；澄母：詽；娘母：粘黏；見母：檢臉；群母：拑箝鉗黔芡鈐鍼鉆；精母：漸壍塹；清母：壍；從母：漸灊；心母：瀸；心母：暹憸彡銛孅；邪母：燂；生母：痁；章母：佔占颭；昌母：贍襜；書母：苫陝睒；禪母：剡贍；影母：厭懕魘黶奄罨掩；曉母：獫；云母：炎；以母：剡焱檐豔阽；來母：匲簾斂殮奩；日母：染顣髯。

嚴韻（3 字）：奉母：氾；疑母：嚴曬。

凡韻（5 字）：敷母：氾泛汎；奉母：氾梵。

添韻（11 字）：端母：玷店坫墊；透母：沾；定母：恬；見母：兼；溪母：歉傔慊；匣母：嫌。

合韻（19 字）：透母：濕；定母：沓遝蹋嗒；泥母：納衲；見母：浩合郃蛤；溪母：溘；精母：匝；從母：雜；心母：颯馺；匣母：郃；來母：拉摺。

盍韻（14 字）：端母：搨；透母：狧搭搨艛嵑；定母：躪蹋闒；見母：蓋；溪母：榼磕厱；匣母：闔。

洽韻（14 字）：見母：郟袷；溪母：帢恰；莊母：眨；初母：笚鍤函；生母：歃萐喢；匣母：陜洽袷。

狎韻（5 字）：澄母：霅；見母：胛；生母：翣啑；影母：壓。

葉韻（31 字）：娘母：躡聶鑷；群母：笈；精母：睫婕儳楫；從母：疌倢；生母：萐；章母：慴懾讋囁輒䶩；書母：歙灄鍱葉攝；影母：厭魘撷；云母：曄；以母：楪殜；來母：鬣；日母：讘囁。

業韻（3 字）：群母：笈；疑母：鄴；影母：魊。

乏韻（0 字）。

帖韻（19 字）：端母：啑；透母：呫；定母：堞諜蹀喋墊㲲；泥母：攝捻；見母：梜唊；溪母：愜篋愜；精母：浹；匣母：俠挾勰。

第三章　《通鑑音註》的聲母系統

　　利用反切來考求聲母、韻母的類別，陳澧發明的「系聯法」爲學者們的研究提供了便捷而科學的方法。系聯法適用於韻書，如白滌洲《集韻聲類考》、劉文錦《洪武正韻聲類考》、董同龢關於《全本王仁昫刊謬補缺切韻》的反切上字、反切下字的研究等，都是用系聯的方法考求聲類或韻類的。隋唐時的音義類著作學者也有用系聯法研究的，如周法高《玄應反切考》、王力《朱翱反切考》等。《通鑑音註》的反切、直音是隨文註釋，材料非常零散，不同於一般的韻書，我們用了很多時間加以整理，將其所有反切和直音匯總起來，並列出其所出現的語言環境，形成了《〈通鑑音註〉資料篇》。這個《資料篇》有似於音義類著作中的註音，只是形制有所不同。在這個基礎上才開始作反切和直音的研究工作。我們所採取的辦法是反切比較法，即只研究其中不重複的 7631 條反切和直音，以中古音的三十六字母和 206 韻爲參照標準，每一個被註字、反切上字、反切下字都註明其中古的音韻地位，然後將相同聲母的字歸納爲一類。通過反切比較，我們得到了以下數據：胡註反切（或直音）的音韻地位與《廣韻》完全相同的有 6389 條，不同的有 1242 條；與《廣韻》音韻地位不同但與《集韻》音韻地位相同的有 672 條；與《廣韻》和《集韻》的音韻地位都不相同的有 982 條；在《廣韻》和《集韻》中沒有收的被註字有 9 個，註音 13 條〔註1〕。胡註與《廣韻》音韻地位完全相同的約占到 83.98%，與《集韻》同者約占到 9.88%。

〔註1〕《通鑑音註》不見於《廣韻》或《集韻》的字詳見第二章開頭部分。

我們從與《廣韻》音韻地位不同的音註的對比中發現，從中古漢語語音系統到宋末元初胡三省的《通鑑音註》所反映的語音系統，在聲母方面發生了以下幾個方面的變化：一、濁音有清化的現象，但全濁聲母基本上完整保留。二、輕唇音已經分化，非敷合流；奉、微獨立，同時二者還有混同現象；三、喉牙音混註、喉牙音與舌齒唇音都有混註現象；四、知照合流，並且知照有歸入到精組字裏的現象。端組與知、莊、章、精組聲母也有混併現象，船禪、從邪不分，禪日有混併現象；娘母併入泥母。泥母與疑母、泥母與日母都有混併的情況。五、匣云以合流爲[ɦ]，影母部分字與喻母合流爲[ø]。六、全清字與次清字有混註現象，等等。下面我們就從中古各組聲母的變化入手討論胡三省《通鑑音註》所代表的音系中聲母系統的特點。

第一節　唇音

《通鑑音註》的唇音分重唇音和輕唇音。重唇音是幫、滂、並、明，輕唇音是非敷、奉、微。主要特點是非敷合流。

一、重唇音

重唇音字共有音註 800 條（特指反切和直音，下同），其中與《廣韻》音韻地位完全相同的有 606 條。幫母字的音註有 183 條，自註 164 條，與其他聲母混註的有 19 條。滂母字的註音有 113 條，自註 89 條，與其他聲母混註的有 23 條。並母字的反切和直音有 280 條，自註 258 條，與其他聲母混註的有 22 條。明母字的音註有 226 條，自註 220 條，與其他聲母混註的有 6 例。

表 3-1：重唇音字自註與混註統計表

	幫	滂	並	明
幫	164	5	13	
滂	6	94	4	
並	7	19	258	1
明	2		3	220
與其他組聲母混註	幫非 1、幫敷 2	─	並章 1、並奉 1、並明 3	明微 2、明奉 1、明見 1、明溪 1
總計	183	113	280	226
自註比例	89.6%	83.2%	92.1%	97.4%

　　根據同聲母自註的比例，我們認爲《通鑑音註》重唇音是幫、滂、並、明四母，其音值與中古的[p]、[pʻ]、[b]、[m]相一致。

（一）並母清化的情況

　　《通鑑音註》音系中，重唇音並母存在著濁音清化的現象，表現在兩個方面：一是中古的並母字，胡三省用幫母字或滂母字作反切上字或直音；二是中古的幫母字或滂母字，胡三省用並母字作反切上字或直音。對比重唇四母的自註次數可以看出，並母的清化只是一部分，或者說並母正處於全濁聲母清化的進程中，並未完全清化。具體用例如下：

1、並、幫混註（20 例）

平平相註（5 例）：

1）箄 步佳 並 佳 開 二 平 蟹 ‖府移 幫 支 開 重四 平 止【蒲街】

按：「箄」，胡三省音義與《集韻》同。

2）番 音婆 並 戈 合 一 平 果 ‖博禾 幫 戈 合 一 平 果【蒲波ʻ】

3）番 蒲荷 並 歌 開 一 平 果 ‖博禾 幫 戈 合 一 平 果【蒲波】

4）番 蒲河 並 歌 開 一 平 果 ‖博禾 幫 戈 合 一 平 果【蒲波】

5）番 蒲何 並 歌 開 一 平 果 ‖博禾 幫 戈 合 一 平 果【蒲波】

按：「番」，番陽，音蒲何翻（7 次）、蒲河翻（1 次）、蒲荷翻（1 次）、音婆（2 次）；番吾，音婆又音盤（2 次）。胡三省音與《集韻》同。

平仄相註（3 例）：

1）卑 音鼻 並 脂 開 重四 去 止 ‖府移 幫 支 開 重四平 止【毗至ʻ】

按：有卑，古國名，象之所封（p.537），胡三省之音義與《集韻》同。

2）般 卜滿 幫 桓 合 一 上 山 ‖薄官 並 桓 合 一 平 山【補滿】

按：「般」，般縣、般河。賢註：般，卜滿翻（p.1926），與《集韻》音義同。

3）紕 必二 幫 脂 開 三 去 止 ‖符支 並 支 開 重四 平 止【必至】

按：《集韻》「紕」，緣也，名詞，賓彌切，幫支開三平止；飾緣邊也，動詞，① 頻彌切，並支開三平止。② 必至切，幫脂開三去止。胡三省動詞意義的「紕」註音有二：一爲「音卑」，一爲頻彌翻，此二音是清濁的不同；名詞義，註音爲：「匹毗翻，又必二翻，又扶規翻，冠飾也，緣也。」（p.4313）

仄仄相註（12 例）：

1）被 彼義　幫 支 開 重三 去 止　‖平義　並 支 開 重三 去 止【平義】

按：「被」，加也，遭受也，音皮義翻 482 次、彼義翻 1 次。

2）痹 毗至　並 脂 開 三 去 止　‖必至　幫 脂 開 重四 去 止【毗至】

按：「痹」，腳冷濕病也，音必至翻 7 次，音「必至翻，又毗至翻」1 次（p.9496）。

3）否 補美　幫 脂 開 重三上 止　‖符鄙　並 脂 開 重三 上 止【補美】

4）否 音鄙　幫 脂 開 重三上 止　‖符鄙　並 脂 開 重三 上 止【補美'】

按：「否」，臧否、否泰，音補美翻 1 次，音鄙 23 次，音皮鄙翻 12 次、部鄙翻 1 次。

5）悖 布內　幫 灰 合 一 去 蟹　‖蒲昧　並 灰 合 一 去 蟹【補妹】

按：「悖」，悖逆，註音共 95 次，其中以「蒲」作反切上字的有 93 次，以「布」作反切上字的有 2 次：義年老，頗悖。胡三省音註：「師古曰：悖，心惡惑也，音布內翻。」（p.865）又，「通人道之正，使不悖於其本性者也。」胡三省音註：「師古曰：悖，乖也，音布內翻。」（p.953）胡三省所引師古音與《集韻》音相同。

6）辯 兵免　幫 仙 開 重三上 山　‖符蹇　並 仙 開 重三 去 山【邦免】

按：「辯」，下辯（地名），註爲「皮莧翻」（2 次）；罪人與訟也，註爲兵免翻，此音義與《集韻》相同。

7）扁 補辨　幫 仙 開 三 上 山　‖薄泫　並 先 開 四 上 山【婢善】

按：「扁」，扁鵲，註音爲「補典翻」（p.2829）、「補辨翻」（p.406）。

8）辮 補典　幫 先 開 四 上 山　‖薄泫　並 先 開 四 上 山【婢典】

按：「辮」，編辮子，《集韻》音同《廣韻》。

9）殍 彼表　幫 宵 開 三 上 效　‖平表　並 宵 開 重三 上 效【被表】

按：「殍」，餓殍，以「被」作反切上字的 8 次，以「平」、「皮」作反切上字的各 1 次。

10）萆 音蔽　幫 祭 開 重四 去 蟹　‖房益　並 昔 開 三 入 梗【必袂'】

按：「從間道萆山而望趙軍。」胡三省音註：「如淳曰：萆，音蔽，依山以自覆蔽也。杜佑曰：卑山，音蔽，今名抱犢山。」（p.326）《集韻》有此音。

11）薄 伯各 幫 鐸 開 一 入 宕 ‖傍各 並 鐸 開 一 入 宕【白各】

按：「薄」，迫也，近也，註為「伯各翻」12 次，《集韻》有此音。

12）跋 卜末 幫 末 合 一 入 山 ‖蒲撥 並 末 合 一 入 山【北末】

按：「帝在藩鎮，用法嚴，將校有戰沒者，所部兵悉斬之，謂之跋隊斬。」胡三省音註：「跋，卜末翻，又蒲末翻。」（p.8687）註音用字清濁不同。《集韻》有此音。

2、並、滂混註（21例）

平平相註（4例）：

1）頗 傍禾 並 戈 合 一 平 果 ‖滂禾 滂 戈 合 一 平 果【滂禾】

按：「頗」，偏頗，有滂河翻、傍禾翻各 1 次。《集韻》有此音。

2）番 音盤 並 桓 開 一 平 山 ‖普官 滂 桓 開 一 平 山【蒲官ˊ】

按：番禾、番須、番和，皆古地名，音盤（14 次），《集韻》有此音。

3）頍 蒲回 並 灰 合 一 平 蟹 ‖敷悲 滂 脂 開 重三 平 止【蒲枚】

4）頍 薄諧 並 皆 開 二 平 蟹 ‖敷悲 滂 脂 開 重三 平 止【攀悲】

按：「頍」，人名，胡三省音註：「頍，薄諧翻，又蒲回翻。」（p.7591），此音與《集韻》清濁不同。

平仄相註（5例）：

1）批 白結 並 屑 開 四 入 山 ‖匹迷 滂 齊 開 四 平 蟹【蒲結】

2）批 蒲結 並 屑 開 四 入 山 ‖匹迷 滂 齊 開 四 平 蟹【蒲結】

3）批 白滅 並 薛 開 重四 入 山 ‖匹迷 滂 齊 開 四 平 蟹【蒲結】

4）批 蒲鱉 並 薛 開 重四 入 山 ‖匹迷 滂 齊 開 四 平 蟹【蒲結】

5）批 蒲列 並 薛 開 三 入 山 ‖匹迷 滂 齊 開 四 平 蟹【蒲結】

按：「批」，手擊也，「蒲鱉翻，又普迷翻」2 次，「蒲結翻，又匹迷翻」1 次，「蒲列翻，又匹迷翻」1 次，「白結翻，又偏迷翻」1 次；「批亢擣虛，形格勢禁」之「批」，胡三省音註：「《索隱》曰，批，白結翻，亢，苦浪翻。按『批』者，相排批也，音白滅翻。」（p.52）

並並相註（12 例）：

1）僄 頻妙 並 宵 開 重四去 效 ‖匹妙 滂 宵 開 重四 去 效【毗召】

按：「崇聚僄輕無義小人，以爲私客。」胡三省音註：「僄，師古曰：僄，疾也，音頻妙翻，又匹妙翻。」（p.1009）反切用字反映了清濁交替現象。

2）剽 平妙 並 宵 開 重四去 效 ‖匹妙 滂 宵 開 重四 去 效【毗召】

3）剽 頻妙 並 宵 開 重四去 效 ‖匹妙 滂 宵 開 重四 去 效【毗召】

按：「剽」，劫也，急也，註音爲「匹妙翻」者 109 次，註音爲「平妙翻，又匹妙翻」1 次、「頻妙翻」1 次。

4）票 匹妙 滂 宵 開 重四去 效 ‖撫招 滂 宵 開 三 平 效【毗召】

按：「票」，票騎將軍、票姚校尉之「票」，《廣韻》從作「㷄」，撫招切。《集韻》勁疾也，與胡三省音義同。

5）慓 頻妙 並 宵 開 重四去 效 ‖匹妙 滂 宵 開 重四 去 效【匹妙】

按：「慓」，慓悍，註音爲「頻妙翻，又匹妙翻」1 次，另外 3 次都是匹妙翻。

6）怖 蒲布 並 模 合 一 去 遇 ‖普故 滂 模 合 一 去 遇【普故】

按：「怖」，共 90 次註音，用「蒲」作反切上字 2 次，用「普」作反切上字 88 次。

7）歕 蒲悶 並 魂 合 一 去 臻 ‖普悶 滂 魂 合 一 去 臻【普悶】

按：「歕」，吹氣也，僅 1 次註音。

8）撲 弼角 並 覺 開 二 入 江 ‖普木 滂 屋 合 一 入 通【弼角】

按：「撲」，擊也，撲殺也，共 32 次註音，註爲「弼角翻」12 次，註爲「弼角翻，又普卜翻」、「弼角翻，又普木翻」、「蒲卜翻，又弼角翻」各 1 次，註爲「普卜翻」、「普木翻」翻共 17 次。

9）扑 蒲卜 並 屋 合 一 入 通 ‖普木 滂 屋 合 一 入 通【普木】

按：「扑」，擊也。《廣韻》扑、撲同音，義不同；《集韻》扑、撲有互爲異體字的情況，也有分用的情況。

10）魄 音薄 並 鐸 開 一 入 宕 ‖普伯 滂 陌 開 二 入 梗【白各ˊ】

按：「魄」，落魄。《集韻》魄、薄同音，僅 1 次註音。

11）薄 普各 滂 鐸 開 一 入 宕 ‖傍各 並 鐸 開 一 入 宕【白各】

按：「薄」，肉薄，薄近，共 12 次註音，其中普各翻 1 次，伯各翻 11 次。

12）滭 普頓 滂 魂 合 一 去 臻 ‖蒲悶 並 魂 合 一 去 臻【普悶】

按：「滭」，共 8 次註音，滭江、滭城，註爲「蒲奔翻」（6 次）、「音盆」1 次；「河水滭滭」，註云：「師古曰：滭，湧也，普頓翻。」（p.997）

《通鑑音註》中並母字註音總數爲 280，其中並母字自註 258，自註比例是 92.1%。並母字與幫母字、滂母字混註總數爲 16，混註的比例是 5.7%。這也是並母清化的比例。

（二）幫、滂混註的現象（10 例）

1）陂 普羅 滂 歌 開 一 平 果 ‖彼爲 幫 支 開 重三 平 止【滂禾】
2）陂 普何 滂 歌 開 一 平 果 ‖彼爲 幫 支 開 重三 平 止【滂禾】

按：「陂」，共 2 次註音，與《集韻》聲母相同，韻母是開合的不同。

3）疕 匹履 滂 脂 開 三 上 止 ‖必至 幫 脂 開 重四 去 止【必至】

按：「封其裨王呼毒尼等四人，皆爲列侯。」胡三省音註：「呼毒尼爲下摩侯，雁疕爲煇渠侯，禽黎爲河慕侯，大當戶調雖爲常樂侯。文穎曰：疕音庇廮之庇。師古曰：疕，匹履翻。」（p.633）《廣韻》沒有「疕」字，「庇」，必至切；《集韻》「疕」、「庇」必至切。

4）嬖 匹計 滂 齊 開 四 去 蟹 ‖博計 幫 齊 開 四 去 蟹【必計】

按：「嬖」，嬖倖、嬖臣，共 70 次註音，其中「卑義翻，又必計翻」9 次、「卑義翻，又博計翻」54 次、「匹計翻，又卑義翻」2 次、「卑義翻，又匹計翻」1 次。

5）跛 普我 滂 歌 開 一 上 果 ‖布火 幫 戈 合 一 上 果【補火】

按：「跛」，足扁短，共 2 次註音，一爲「補火翻」，一爲「普我翻」。

6）芭 音葩 滂 麻 開 二 平 假 ‖伯加 幫 麻 開 二 平 假【披巴】

按：「鉅鹿侯芭師事焉。」胡三省音註：「服虔曰：芭，音葩。」（p.1217）《集韻》葩、芭同音，註與胡三省音註同。

7）鏢 甫招 幫 宵 開 三 平 效 ‖撫招 滂 宵 開 重四 平 效【卑遙】

按：「鏢」，錢鏢，人名，註音 3 次，註爲「甫招翻」2 次、「匹燒翻」1 次。「甫招翻」與《集韻》音同；「匹燒翻」與《廣韻》音同。

8) 麃 悲驕 　幫 　宵 　開重三 　平 效 　‖滂表 　滂宵開 　三 　上 效【悲嬌】

按：「麃公將卒攻卷。」胡三省音註：「《索隱》曰：麃，邑名，麃公，史失其姓名。麃，悲驕翻。將，即亮翻，又音如字。卷，逵員翻，邑名。」（p.204）胡三省音與《集韻》一致。

9) 庀 卑婢 　幫 　支 　開重四 　上 止 　‖匹婢 　滂支開 　重四 　上 止【普弭】

按：「庀」，具也。胡三省的註音與《集韻》聲母不同。僅 1 次註音。

10) 潷 必至 　幫 　脂 　開三 　去 止 　‖匹備 　滂脂開 　重三 　去 止【必至】

按：「潷」，潷水，在弋陽，此音採自《類篇》（p.8510）與《集韻》音義同。僅 1 次註音。

以上 10 個例子中有 6 個例子胡三省的註音與《集韻》相同。對照被註字的《集韻》反切，我們可以看到有些幫母與滂母的混註的被註字，胡三省音註與《集韻》是一致的，則說明幫滂混註不獨是胡三省《通鑑音註》的特點。

（三）同組塞音與鼻音混註（5 例）

1、明、幫混註（2 例）：

1) 邠 彌頻 　明 　眞 　開 　重四平 臻 　‖府巾 　幫 　眞 開 　重三 平 臻【悲巾】

按：「邠」，地名，共 27 次註音，以「卑」作反切上字 23 次，以「悲」作反切上字 2 次，以「彼」作反切上字 1 次。

2) 伯 莫白 　明 　陌 　開 　二 　入 梗 　‖博陌 　幫陌 開 　二 　入 梗【博陌】

按：「無農夫之苦，有仟伯之得。」胡三省音註：「師古曰：仟，謂千錢，伯，謂百錢也。伯，莫白翻，今俗猶謂百錢為一伯。」（p.493）

2、明、並混註（3 例）：

1) 瑁 蒲佩 　並 　灰 　合 　一 　去 蟹 　‖莫佩 　明灰合 　一 　去 蟹【莫佩】

按：「瑁」，瑇瑁、玳瑁，有 3 個註音：「蒲佩翻」1 次，「音妹」2 次。

2) 舶 莫百 　明 　陌 　開 　二 　入 梗 　‖傍陌 　並陌 開 　二 　入 梗【薄陌】

按：「舶」，市舶，有 7 次註音，「音白」3 次，「薄陌翻」1 次，「旁陌翻」1 次。

3) 蔔 莫北 　明 　德 　開 　一 　入 曾 　‖蒲北 　並 德 開 　一 　入 曾【步木】

按：「蔔」，萉蔔，共 13 次註音，其中「蒲北翻」12 次，「莫北翻」1 次。

（四）特殊音註

1）佖 支筆 章 質 開 三 入 臻 ‖房密 並 質 開 重三 入 臻【薄宓】

按：「佖」，王佖，人名，共 3 次註音：「毗必翻」1 次、「蒲必翻」1 次、「支筆翻，又頻筆翻」1 次。按：此例不可能是誤將「皮」寫作「支」造成的，「佖」是人名，胡三省爲「佖」註了兩個音：「佖，支筆翻，又頻筆翻」。「皮」和「頻」皆爲並母字，如果眞是誤寫，則註「又音」就沒有意義了。暫時存疑。

（五）《通鑑音註》的語音系統中重唇音的特點

1、並母有清化現象，清化的比例是 5.7%。

2、幫母字與滂母字有相混現象。

3、明母與並母有混註現象。

二、輕唇音

胡三省《通鑑音註》始作於 1256 年，完成於 1285 年，其語音系統的主要特點是非敷合流、奉、微獨立。輕唇音非組聲母來自重唇音幫、滂、並、明，其分化的條件是東三、鍾、微、虞、廢、文、元、陽、尤、凡十韻系。

非組字的註音共有 244 條，其中與《廣韻》音韻地位完全相同的有 186 條。非母字有 55 條音註，非母自註 47 條，與其他聲母混註的有 8 條；敷母字的註音 46 條，敷母自註 35 例，與其他聲母混註的有 11 例；奉母字的註音有 97 條，奉母自註 79 條，與其他聲母混註的有 18 條；微母字的註音有 46 條，微母自註 40 條，與其他聲母混註的有 6 條。

表 3-2：輕唇音字自註與混註統計表

	非	敷	奉	微
非	47	9	5	
敷	6	35	8	
奉	1	2	79	4
微	—		—	40
與其他聲母混註	非並 1	—	並奉 5	微明 1、微曉 1
總計	55	46	97	46
自註比例	85.5%	76.1%	81.4%	87.0%

（一）非敷合流

《通鑑音註》中，非聲母字與敷聲母字混註的共有 12 條音註，遠少於於其各自自註的次數。但這些材料所反映的是非敷合流的信息：

1）誹 敷尾 敷 微 合 三 上 止 ‖方味 非 微 合 三 去 止 【方未】

按：「誹」，誹謗，共註音 4 次，其中「敷尾翻」3 次，「音非，音沸」1 次（p.453）。《廣韻》「誹」有「非」、「沸」2 音。

2）傅 芳遇 敷 虞 合 三 去 遇 ‖方遇 非 虞 合 三 去 遇 【芳無】

按：「傅」，相也，官職名。此義之「傅」註音僅 1 次。《集韻》平聲卷有「芳無切」，與胡三省音對應；去聲卷有「方遇切」與胡三省義相同。

3）昉 孚往 敷 陽 合 三 上 宕 ‖分兩 非 陽 開 三 上 宕 【甫兩】

按：「昉」，人名，共有 10 次註音，註為「方往翻」1 次、「分罔翻」4 次、「分兩翻」1 次、「甫兩翻」3 次。

4）郙 方無 非 虞 合 三 平 遇 ‖芳無 敷 虞 合 三 平 遇 【芳無】

5）郙 音膚 非 虞 合 三 平 遇 ‖芳無 敷 虞 合 三 平 遇 【芳無】

按：「郙」，地名，共 31 次註音，註為「芳無翻」2 次、「芳蕪翻」1 次、「方無翻」2 次、「音夫」13 次、「音膚」11 次、「音敷」2 次。「夫」、「膚」、「芳」皆敷母字。

6）覆 方目 非 屋 合 三 入 通 ‖芳福 敷 屋 合 三 入 通 【方六】

按：「覆」，蓋也，反覆也，註音共 65 次，其中「敷救翻」16 次，「敷又翻」44 次，「方目翻」2 次，等等。

7）桴 方無 非 虞 合 三 平 遇 ‖芳無 敷 虞 合 三 平 遇 【芳無】

8）桴 音膚 非 虞 合 三 平 遇 ‖縛謀 奉 尤 開 三 平 流 【芳無】

按：「桴」，胡三省音註有桴筏義，音「方無翻」2 次、音「芳無翻」2 次；還有用作「枹」的通假字，註為「音膚」，1 次。《廣韻》桴，屋棟也，縛謀切，無桴筏義；「泭」，防無切，其下註云：「水上泭漚，《說文》曰編木以渡也，本音孚。」「孚」，《廣韻》芳蕪切。「桴」通作「枹」，鼓槌義，音膚，風無切，與《集韻》音義一致；《廣韻》桴、枹同音，枹，鼓槌，縛謀切。

9）仆 方遇 非 虞 合 三 去 遇 ‖芳遇 敷 虞 合 三 去 遇 【芳遇】

按：仆，頓也，有 3 次註音，註音為「音赴」2 次，方遇翻 1 次。

10）俘　方無　非　虞　合　三　平　遇　‖芳蕪　敷　虞　合　三　平　遇　【芳無】

按：「俘」，俘獲，共 4 次註音，其中方無翻 3 次，芳無翻 1 次。

11）泛　方勇　非　鍾　合　三　上　通　‖孚梵　敷　凡　合　三　去　咸　【方勇】

按：「殘、賊公行，莫之或止；大命將泛，莫之振救。」胡三省音註：「孟康曰：泛，方勇翻，覆也。師古曰：字本作㲻，此通用」（p.451）㲻，《廣韻》方勇切，覆也，正與孟康音義同。《集韻》㲻、泛異體字，方勇切，義亦與胡三省同。

12）紡　甫罔　非　陽　合　三　上　宕　‖妃兩　敷　陽　合　三　上　宕　【撫兩】

按：「六月癸未隋詔郊廟冕服必依禮經。」胡三省音註：「凡綬，先合單紡為一絲。」（p.5442）《廣韻》、《集韻》音相同。

輕唇音聲母從重唇音幫滂並明 4 母中分化出來時，最初的音值是非[pf]、敷[pf‘]、奉[bv]、微[m]。非、敷最先發生合流音變：敷母失去送氣成分，與非母合而為一，演變為[f]。北宋後期，以開封、洛陽一帶語音為代表的共同語，非、敷已經沒有區別。周祖謨《宋代汴洛語音考》說邵雍《皇極經世·聲音唱和圖》中的十二音圖，「若與宋人三十六字母相較，則非敷合而為一」〔註2〕。南宋大梁人趙與時的《賓退錄》有「射字法」字母詩，其中也只有非[f]、肥[v]、微[m]母而沒有敷母，由此看宋時非、敷兩母已經合併〔註3〕。《通鑑音註》中非、敷的合併的例子少，其關鍵因素在於其書的性質。《通鑑音註》是訓詁書，不是專門的韻書。另外，根據我們的研究，其註音字所反映的音系性質是共同語讀書音〔註4〕，因此，儘管《通鑑音註》中非、敷合流的例子較少，但卻反映了當時共同語的語音特點。

《通鑑音註》音系中，非、敷合流，音值是[f]。奉母和微母的自註比例都高於 80%，奉母獨立、微母獨立的情況是可以肯定的。鑒於奉母與微母混註的

〔註2〕周祖謨：《宋代汴洛語音考》，載周祖謨《問學集》（下冊），中華書局，2004 年版，第 582～583 頁。

〔註3〕周祖謨：《射字法與音韻》，載周祖謨《問學集》（下冊），中華書局，2004 年版，第 663～669 頁。

〔註4〕馬君花：《〈資治通鑑音註〉音系性質的研究》，《圖書館理論與實踐》，2010 年第 7 期，第 45～49 頁。

情況有 4 例，我們給奉母構擬的音值是[v]；又鑒於明母與微母有混註的情況，我們給微母構擬的音值是[ɱ]，也可以是[ʋ]。

（二）奉母清化

《通鑑音註》中，中古奉母字有清化的現象，具體表現是：一是用非母、敷母的字給奉母字作反切上字或直音，二是用並母字作非母、敷母的字作反切上字或直音。這樣的用例有 18 條：

1、奉、非混註（7 例）

平平相註（2 例）：

1）簠 音扶　奉　虞　合　三　平　遇　‖甫無　非　虞　合　三　平　遇　【風無·】

按：「簠」，簠簋，有 2 次註音：音扶 1 次，「音甫，又音扶」1 次。《集韻》簠、扶同音。

2）枹 音膚　非　虞　合　三　平　遇　‖縛謀　奉　尤　開　三　平　流　【風無·】

按：枹，擊鼓杖，凡 54 次註音，「音膚」53 次，「芳無翻」1 次。《集韻》枹、膚同音。

仄仄相註（5 例）：

1）復 音複　非　屋　合　三　入　通　‖房六　奉　屋　合　三　入　通　【方六】

2）復 音腹　非　屋　合　三　入　通　‖房六　奉　屋　合　三　入　通　【方六】

3）復 方目　非　屋　合　三　入　通　‖房六　奉　屋　合　三　入　通　【方六】

按：「復」，註音共 3145 次，意義有 6 種：① 再、又，「扶又翻」2931 次；「扶又翻，又如字」105 次。②「還也、往返也」，註「如字」，9 次。③ 除其賦役也，「方目翻」66 次，「芳目翻」1 次；等等。④ 魚復侯，人名，「音腹」，2 次；⑤ 復道，「與複同，音方目翻」，1 次。《廣韻》複，重複，方六切。⑥ 反復，「音覆」，1 次；等等。

4）澓 音福　非　屋　合　三　入　通　‖房六　奉　屋　合　三　入　通　【方六】

按：「曾孫因依倚廣漢兄弟及祖母家史氏，受詩於東海澓中翁。」胡三省音註：「澓，服虔曰音福。師古曰：姓澓，字中翁也。澓，房福翻。」（p.790）胡三省音義與《集韻》同。

5）俸 方用　非　鍾　合　三　去　通 ‖扶用　奉　鍾　合　三　去　通 【房用】

按：「俸」，俸祿、官俸，註音共 27 次，其中註音為扶用翻 23 次，註為芳用翻 2 次，註為方用翻 2 次。

2、奉、敷混註（11 例）

平平互註（6 例）

1）郮 音夫　奉　虞　合　三　平　遇 ‖芳無　敷　虞　合　三　平　遇 【芳無】

按：上文已經述及，「郮」，地名，「郮」，地名，共 31 次註音，其中「音夫」13 次。

2）蕃 音翻　敷　元　合　三　平　山 ‖附袁　奉　元　合　三　平　山 【符袁ˊ】

按：「蕃」，凡 29 次註音，其中蕃城、蕃縣、蕃郡、姓氏，註音有以下幾種情況：「音皮，又音翻」（p.4751）、「音皮，又音反，讀曰翻」（p.3608）《集韻》有此二音，義並同。

3）枹 芳無　敷　虞　合　三　平　遇 ‖防無　奉　虞　合　三　平　遇 【芳無】

4）璠 孚袁　敷　元　合　三　平　山 ‖附袁　奉　元　合　三　平　山 【孚袁】

5）璠 音翻　敷　元　合　三　平　山 ‖附袁　奉　元　合　三　平　山 【孚袁ˊ】

6）璠 音番　敷　元　合　三　平　山 ‖附袁　奉　元　合　三　平　山 【孚袁】

按：「璠」，人名，凡 40 次註音，其中「孚袁翻」27 次，「音翻」2 次，「音番」2 次。《廣韻》翻、番皆「孚袁切」。

平仄互註（1 例）

1）培 芳遇　敷　虞　合　三　去　遇 ‖縛謀　奉　尤　開　三　平　流 【芳遇】

按：「培」，共 12 次註音。其中培克，斂聚財也，音「蒲侯翻」，9 次；頓兵罷去义，音「芳遇翻」，1 次（p.438）。

仄仄互註（4 例）

1）覆 扶又　奉　尤　開　三　去　流 ‖縛救　敷　尤　開　三　去　流 【扶富】

按：「覆」，註音共 65 次，其中覆蓋義註音情況是：「敷救翻」16 次、「敷又翻」44 次，「扶又翻」2 次。

2）俸 芳用　敷　鍾　合　三　去　通 ‖扶用　奉　鍾　合　三　去　通 【房用】

按：上文已經述及，共 27 次註音，其中註音爲「扶用翻」23 次，註爲「芳用翻」2 次，註爲「方用翻」2 次。方、芳同時用作「俸」的反切上字，除了反映濁音清化的問題之外，還反映了非敷合流問題。

3）復　芳目　敷　屋　合　三　入　通　‖房六　奉　屋　合　三　入　通　【方六】

4）復　音覆　敷　屋　合　三　入　通　‖房六　奉　屋　合　三　入　通　【方六·】

按：「復」，反復義，註音爲「音覆，又如字。」（p.8093）除其賦役也，註音爲方目翻 66 次，芳目翻，1 次。

《通鑑音註》出現於宋元之交，這一時期共同語中非、敷早已合流，奉母也正處在濁音清化的進程中。奉母字註音 97 次，自註 79 次，用方母字、敷母字作反切上字的共 15 次，清化比例是 15.5%。

（三）奉、微混註（4 例）

1）刎　扶粉　奉　文　合　三　上　臻　‖武粉　微　文　合　三　上　臻　【武粉】

按：「刎」，刎頸、自刎，凡 27 次註音，其中「扶粉翻」16 次，「武粉翻」11 次。

2）芴　扶拂　奉　物　合　三　入　臻　‖文弗　微　物　合　三　入　臻　【文弗】

按：「芴」，芺也（p.79），僅 1 次註音。

3）輞　扶紡　奉　陽　合　三　上　宕　‖文兩　微　陽　合　三　上　宕　【文紡】

按：「輞」，車輮也，有 2 次註音，其一爲「音罔」，與《廣韻》音同。

4）紊　扶問　奉　文　合　三　去　臻　‖亡運　微　文　合　三　去　臻　【文運】

按：「紊」，亂也，凡 21 次註音，「扶問翻」1 次，「音問」16 次，「亡運翻」4 次。

（四）輕、重唇音的混註現象

1、奉、並混註（7 例）

1）方　音旁　並　唐　開　一　平　宕　‖符方　奉　陽　合　三　平　宕　【蒲光·】

按：「方」，共 5 次註音：① 方與，地名，註爲「音房」（4 次），與《廣韻》同；② 方洋天下，胡三省音註：「方，音房，又音旁。洋音羊。師古曰：方洋，猶翱翔也。」（p.518）

2）伏 蒲北 並 德 開 一 入 曾 ‖房六 奉 屋 合 三 入 通 【鼻墨】

按：「伏」，蒲伏，共 4 次註音，註爲「蒲北翻」2 次。

3）蕃 音皮 並 支 開 重三 平 止 ‖附袁 奉 元 合 三 平 山 【蒲糜ˇ】

按：「蕃」，凡 29 次註音，其中蕃城、蕃縣、蕃郡、姓氏，註音有以下幾種情況：「音皮，又音翻」（p.4751），《集韻》有此二音，義並同。

4）蕡 音倍 並 咍 開 一 上 蟹 ‖房久 奉 尤 開 三 上 流 【簿亥ˇ】

按：「蕡」，蕡陽宮、黃蕡原，皆註爲「音蕡」（4 次）。

5）鰒 步各 並 鐸 開 一 入 宕 ‖房六 奉 屋 合 三 入 通 【弼角】

按：「鰒」，鰒魚，註音 1 次。

6）朴 音浮 奉 尤 開 三 平 流 ‖薄胡 並 模 合 一 平 遇 【披尤】

按：「朴」，朴胡，巴七姓夷王也，孫盛曰：「音浮」（p.2193）。《廣韻》：「朴」，弼角切；「樸」，薄胡切，註云：「樸劖（huán），縣名，在武威。」

7）費 父位 奉 脂 合 三 去 止 ‖扶涕 並 齊 開 四 去 蟹 【父沸】

按：「孔仁、趙博費興等以敢擊大臣，故見信任。」胡三省音註：「《姓苑》云：費氏，禹後，音父位翻。」（p.1201）胡三省音與《集韻》音皆奉母。

2、非、並混註（1 例）

1）莆 音蒲 並 模 合 一 平 遇 ‖方矩 非 虞 合 三 上 遇 【匪父】

按：「莆」，草也，又地名，莆口，皆音「蒲」（2 次）。

3、明、微混註（3 例）

1）毋 莫胡 明 模 合 一 平 遇 ‖武夫 微 虞 合 三 平 遇 【蒙晡】

按：「羅八珍於前。」胡三省音註：「《周禮》膳夫，珍用八物。《註》云：珍，謂淳熬、淳毋、炮豚、炮牂、擣珍、漬、熬、肝膋也。……毋，莫胡翻，一音武由翻。」（p.6028）《集韻》：毋，蒙晡切，其下註云：「熬餌也，禮：煎醢加於黍上，沃以膏曰淳毋。」又，毋，迷浮切，其下註云：「淳毋，膳珍也。」音義皆與胡三省同。

2）漫 音萬 微 元 合 三 去 山 ‖莫半 明 桓 合 一 去 山 【莫半】

按：「馬牛雜畜，長數百里，彌漫在野。」胡三省音註：「漫，音萬，又莫官翻。」（p.7181）

3）免 音問　微　文　合　三　去　臻　‖亡辨　明　仙　開　重三　上　山　【文運'】

按：「免」，袒免。

4、明、奉混註（1例）

1）宓 音伏　奉　屋　合　三　入　通　‖美筆　明　質　開　重三　入　臻　【莫筆】

按：「宓」，秦宓、李宓，人名，共 2 次註音：「莫必翻，通作密」、「音密，又音伏」。前者與《廣韻》、《集韻》音同。《五音集韻》：宓，芳福切，其下註云：「宓，同上，又人名，三國有秦宓，今增。」「同上」指的是上字「虙」：「虙，古虙犧字，《說文》云：虎貌，又姓，虙子賤是也。」

輕、重唇音混註情況《切韻》（《廣韻》）本來如是，《集韻》將輕重唇音的「類隔」切改爲「音和」切。胡三省《資治通鑑音註》對奉並、幫敷、幫非混註字的註音與被註字的《集韻》反切的音韻地位相同（除了「朴音浮」1 例）。就是說，胡三省也有改《廣韻》「類隔」切爲「音和」切的做法，此做法與《集韻》對唇音字反切的改動是一致的。

《資治通鑑音註》中的微母與明母不分，與奉母混註的情況說明，此時微母尚停留在[m]與[ʋ]兩可的過渡階段，明、微不分的，其音值爲[m]；奉、微不分的，其音值爲[ʋ]。現代吳方言中，奉微不分、明微不分。馮蒸先生《歷史上的禪日合流與奉微合流兩項非官話音變小考》認爲：「現代吳語的奉微合流也同樣是由於文白異讀所致，即與微母的文白異讀有關。在吳語中，微母大致白讀是 m（明母讀法），文讀是 v（奉母讀法），所以奉微的合流只限於文讀。」〔註 5〕吳方言的這一語音現象至遲在宋末元初之際已經形成。現代吳語絕大多數地區奉、微二母皆作 v，也存在著明、微不分的文白異讀層次，例如「未」，蘇州文讀 vi²，白讀 mi²；溫州文讀 vei²，白讀 mei²〔註 6〕。

（五）微母與曉母混註（1例）〔註 7〕

1）憮 音呼　曉　模　合　一　平　遇　‖武夫　微　虞　合　三　平　遇　【荒胡'】

〔註 5〕馮蒸：《歷史上的禪日合流與奉微合流兩項非官話音變小考》，載《馮蒸音韻論集》，學苑出版社，2006 年版，第 457～460 頁。

〔註 6〕北京大學中文系語言學教研室編《漢字方音字彙》，語文出版社，2003 年版，第 174 頁。

〔註 7〕下文論及牙喉音與唇音字混註時又引此例。

按：「琦作《外戚箴》、《白鵠賦》以風。」胡三省音註引《後漢書・文苑列傳・崔琦傳》：「詩人是刺，德用不憮。」（p.1744）李賢註曰：「憮，大也，音呼。」此音義皆與《集韻》同。

（六）關於明並、明幫、明奉以及奉微混註的分析

這幾個聲母混註實際上反映的是明母的音變現象。對此問題的分析我們援引馮蒸先生《〈爾雅音圖〉音註所反映的宋初非敷奉三母合流》提及的「口音化」這一概念[註8]。「口音化」是 demasalization 的譯名，日本和台灣學者稱之為「去鼻音化」。中古時期的鼻音聲母有明 m-、泥 n-、娘 n-、疑 ŋ-、微 ɱ-和日 ȵ-六種，後來在不同的方言中發生了口音化的音變，其中微、日二母的口音化範圍較廣，似乎遍及大部分方言，而且看來產生的時代也最早，而其余四個鼻音聲母的口音化看起來產生得較晚，而且主要見於西北方言和閩方言。微、日二母的口音化結果是變成了濁擦音，另外的四個鼻音聲母的口音化結果是變成了同一發音部位的濁塞擦音：

明母 m-〉mb-〉b-，
泥母 n-〉nd-〉d-，
娘母 n-〉nd-〉d-，
疑母 ŋ-〉ŋg-〉g-，
微母 ɱ-〉ɱv-〉v-〉u-，
日母 ȵ-〉nʑ-〉ʑ-〉z̢。

具體到《資治通鑑音註》，明母與幫母、並母的混註正是由於明母的口音化不夠徹底而引起的，而明母與奉母的混註則是由於混同了明母和微母而造成的。微母與奉母混註也是由於微母的口音化的緣故：宋人三十六字母中奉母的擬音是濁塞擦音 bv，後來演變成濁擦音 v，再後來演變成清擦音 f；而微母的口音化進程中也有變作濁擦音 v 的階段，在這一階段上，奉與微混同，均為 v。

考察鼻音明母與同部位唇音的並母、幫母混註的這 5 個例子，我們看到，《廣韻》的註音與《集韻》的註音相同，而與胡三省的音註不同。《蒙古字韻》、

〔註 8〕馮蒸：《〈爾雅音圖〉音註所反映的宋初非敷奉三母合流》，《雲夢學刊》，1994 年第4 期，第 78～82 頁。

《中原音韻》明母與幫、並二母都不混同。這說明，明母與並母、明母與幫母的混同是吳方言的現象，現代閩語中就有把 m 聲母字讀同 b 聲母字的現象，如廈門話，磨刀的磨，文讀 ₌mɔ̃，白讀 ₌bua；石磨的磨，讀 boˀ；模，文讀 ₌mɔ̃，白讀 ₌bɔ；牡，讀 ˋbɔ；棉，文讀 ₌biɛn，白讀 ₌mĩ。另外潮州話也有此現象。奉、微二母的混同也是方言的現象，如肥，蘇州文讀 ₌vi，白讀 ₌bi；溫州文讀 ₌vei，白讀 ₌bei。

（七）輕唇音的演變特點

1、非敷合流。奉母獨立，微母獨立。

2、奉母有清化現象，清化的比例是 15.5％。

3、奉微有混同現象。

4、輕、重唇音有混同現象，明微、明奉、奉微有混同現象。

（八）餘論：輕重唇音分化的過程

任何一個音變並不是一朝一夕就能完成的，輕唇音的分化就經歷了一個很長的時期。宋人三十六字母中的敷母，在元代已經與非母合流，《中原音韻》中非、敷、奉母已經合流，稍後的《洪武正韻》也不保留敷母，現代吳語的敷母字也混入非母讀同[f]〔註9〕。《通鑑音註》中非敷混註當是實際語音中非敷已經合流的反映。

現代吳語古微母字有[v]、[m]兩讀。讀[v]者多是文讀，讀[m]者多是口語。例如「問」，文讀 vən，白讀 mən；「味」，文讀 vi，白讀 mi。中古微母在現代方言中大體有四種反映，即 m-、b-、v-及零聲母-u-（合口）。除了閩方言以 b-形式出現外，南方方言多爲 m-形式。如有文白異讀，則白讀爲 m-，文讀爲 v-。北方方言則以 v-或零聲母的形式出現，幾乎沒有 m-。相對來說，南方方言比北方方言更保守。微母的歷史演變過程大致如下：即 m-〉ɱ-〉v-〉-u-（零聲母）。現代南方方言中微母字讀 m-的現象是中古語音在方音中的遺存。v-作爲文讀與北方方言一致。現代普通話中古微母讀零聲母-u-，而方言口語中還讀 v-。

根據楊劍橋《漢語現代音韻學》，《切韻》時代不分輕唇、重唇，到八世紀末九世紀初，《慧琳一切經音義》的音切顯示輕重唇音的分化已經完成，而

〔註 9〕趙元任：《現代吳語的研究》，科學出版社，1956 年版。

且非敷兩母也開始混同；北宋邵雍《皇極經世書天聲地音圖》裏，奉母尚未併入非、敷，奉母與非敷清濁對立，可見奉母仍是 v；從 1269 元世祖頒佈的八思巴字中，可以看出非敷奉已經合爲一類，1324 年周德清的《中原音韻》非敷奉徹底合流。明母分化出微母的時間比其他三母較爲滯後。顏師古《漢書註》中，幫、滂、並、明和非、敷、奉已經分化，但明和微依舊相混。到八世紀末九世紀初，明母三等 C 類字開始演變爲 ɱ，例如「無」由 ma 變爲 mjo，因此晚唐一些詩人開始用「麼」、「磨」來代替語氣詞「無」。到《中原音韻》和《韻略易通》（1442）的「早梅詩」裏，微母又變成了 v，據陸志韋《記五方元音》（1947）所論，這個 v 要到十七世紀才變成元音 u。下面是重唇音演變爲輕唇音的過程示意圖〔註10〕：

圖 1：輕唇化產生、分化的具體過程示意圖

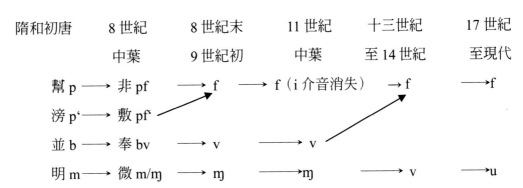

隋和初唐	8 世紀中葉	8 世紀末9 世紀初	11 世紀中葉	十三世紀至 14 世紀	17 世紀至現代
幫 p	非 pf	f	f（i 介音消失）	f	f
滂 p'	敷 pf'				
並 b	奉 bv	v	v		
明 m	微 m/ɱ	ɱ	ɱ	v	u

第二節　舌頭音

《通鑑音註》中，舌頭音包括中古的端、透、定、泥（娘）4 個聲母，主要特點是全濁音獨立，泥母包含了娘母。

舌頭音端、透、定、泥的註音約共有 688 條，其中有 553 條與《廣韻》的音韻地位完全相同。端母字有 147 條註音，自註 131 條，與其他聲母混註的有 16 例；透母字的註音有 176 條，自註 145 條，與其他聲母混註的有 31 條；定母字的註音有 303 條，自註 271 條，與其他聲母混註的有 32 條；泥母字有 60 條音註，自註 55 條，與其他聲母混註的有 5 條。

〔註10〕楊劍橋：《漢語音韻學講義》，復旦大學出版社，2005 年版，第 150 頁。

表3-3：舌頭音自註與混註情況統計表

	端	透	定	泥
端	131	5	5	0
透	4	145	9	0
定	7	17	271	0
泥	0	2	0	55
與其他聲母混註	端澄2、端徹1、端昌1、端禪1	透來1、透知1、透章2、透昌1、透船1、透初1	定澄7、定徹1、定禪1、定來2、定云2、定以1、定章1、定精1、定邪1、定溪1	泥娘1、泥日3、泥明1
總計	147	176	303	60
自註比例	89.1%	82.4%	89.5%	91.7%

中古端組聲母字自註的比例均在82%以上，表現出各自獨立的特點。我們給它們構擬的音值分別是[t]、[tʻ]、[d]、[n]，與中古的音值相同。其中泥母[n]字中包含了中古的娘母字〔註11〕。

一、定母的清化問題

《通鑑音註》中全濁音定母有清化的現象，表現爲二：一是以中古端母字和透母字作定母字的反切上字或直音，二是以中古的定母字作端母字和透母字的反切上字或直音。具體的用例如下：

（一）端母與定母混註（12例）

平平混註（9例）：

1）緹 丁奚 端 齊 開 四 平 蟹 ‖ 杜奚 定 齊 開 四 平 蟹 【都黎】

按：「緹」，緹騎，武官名，註音爲：「杜兮翻，又他禮翻」（p.1522）、「他弟翻，又音啼」（p.1759）、「丁禮翻，又丁奚翻」（p.1578）又音區別的是平、上聲調的不同。《廣韻》有杜奚、他禮二切。《集韻》都黎切，音與胡三省音相同。

2）芀 都聊 端 蕭 開 四 平 效 ‖ 徒聊 定 蕭 開 四 平 效 【丁聊】

按：樹芀木爲柵，胡三省音註：「史炤曰：芀，都聊切，又音調。余按：《廣

〔註11〕娘母字併入泥母的問題，將在知組的討論中論及。此節不列。

韻》芳，都聊切。又音調者，葦華也，其字從艸、從刀。又《類篇》有從艸、從力者，香荣也，歷得切。」（p.8066）胡三省音義與《集韻》同。

3）澹 丁甘 端 談 開 一 平 咸 ‖徒甘 定 談 開 一 平 咸 【都甘】

按：「澹」，澹林，地名，音「丁甘翻」（1 次）。澹然義，反切上字皆定母字（28 次）。胡三省音義與《集韻》同。

4）儋 徒甘 定 談 開 一 平 咸 ‖都甘 端 談 開 一 平 咸 【徒甘】

按：「儋」，儋州、儋耳、鄭儋，凡 13 次註音。其中「丁甘翻」3 次，「都甘翻」9 次，「徒甘翻」1 次。《集韻》姓也，徒甘翻，音與胡三省一致。

5）鞮 田黎 定 齊 開 四 平 蟹 ‖都奚 端 齊 開 四 平 蟹 【都黎】

按：「鞮」，外族人名用字，如「弟拔立為烏稽侯尸逐鞮單于」，共 22 次註音，註為「田黎翻」3 次，以「丁」為反切上字者 19 次。

6）敦 徒門 定 魂 合 一 平 臻 ‖都昆 端 魂 合 一 平 臻 【徒渾】
7）敦 音屯 定 魂 合 一 平 臻 ‖都昆 端 魂 合 一 平 臻 【徒渾】
8）敦 大門 定 魂 合 一 平 臻 ‖都昆 端 魂 合 一 平 臻 【徒渾】
9）敦 徒渾 定 魂 合 一 平 臻 ‖都昆 端 魂 合 一 平 臻 【徒渾】

按：敦，① 敦煌，音「徒門翻」80 次、「音屯」6 次、「大門翻」1 次；② 姓也，「徒渾翻」，1 次；③ 闐敦，地名，音頓，又音對，1 次；④「盡玄黓困敦凡三十五年」之「敦」，「音頓」，1 次。

平仄混註（1 例）：

1）提 音抵 端 齊 開 四 上 蟹 ‖杜奚 定 齊 開 四 平 蟹 【典禮ˊ】

按：「帝朝太后，太后以冒絮提帝。」胡三省音註：「提，徒計翻，《索隱》音抵，擲也。」（p.463）又，「近臣尚書以下至見提曳。」胡三省音註：「提，讀如『冒絮提文帝』之提，音大計翻，擲物以擊之也。一說：提，讀如字」（p.1439）如字音平聲，提攜。《集韻》提，典禮切，其下註云：「提，絕也，一曰《史記》『以冒絮提文帝』。蕭該讀。」音與《索隱》音同。

仄仄混註（2 例）：

1）毒 音篤 端 沃 合 一 入 通 ‖徒沃 定 沃 合 一 入 通 【徒沃】

按：「毒」，身毒，鄧展曰：毒音篤，李奇曰：一名天篤（p.628）。

2）虉 徒蓋 定 泰 開 一 去 蟹 ‖都計 端 齊 開 四 去 蟹 【徒蓋】

按：「王邑、王林、王巡、虉惲等分將兵，距擊北闕下。」「師古曰：虉，音帶，又音徒蓋翻」（p.1249），師古音皆見於《集韻》。

（二）透母與定母混註（26例）

平平混註（5例）：

1）洮 徒刀 定 豪 開 一 平 效 ‖土刀 透 豪 開 一 平 效 【徒刀】

按：「洮」，洮州，音「土刀翻」37次，「徒刀翻」1次。《集韻》有此音。

2）他 徒何 定 歌 開 一 平 果 ‖託何 透 歌 開 一 平 果 【湯河】

3）他 唐何 定 歌 開 一 平 果 ‖託何 透 歌 開 一 平 果 【湯河】

4）他 徒河 定 歌 開 一 平 果 ‖託何 透 歌 開 一 平 果 【湯河】

按：他，徐他、費他、元他，人名，凡3次註音。《廣韻》、《集韻》音同。

5）它 徒河 定 歌 開 一 平 果 ‖託何 透 歌 開 一 平 果 【湯何】

按：「它」，項它，人名。《廣韻》、《集韻》音同。

平仄混註（2例）：

1）蓨 音條 定 蕭 開 四 平 效 ‖他歷 透 錫 開 四 入 梗 【田聊'】

按：「蓨」，蓨縣，凡6次註音，皆「音條」。《集韻》蓨、條同音。

2）跳 他弔 透 蕭 開 四 去 效 ‖徒聊 定 蕭 開 四 平 效 【徒弔】

按：「跳」，跳躍，共5次註音，其中4次註為他弔翻，1次註為大么翻（p.2571）〔註12〕。

仄仄混註（19例）：

1）貸 敵德 定 德 開 一 入 曾 ‖他代 透 咍 開 一 去 蟹 【敵德】

2）貸 惕德 定 德 開 一 入 曾 ‖他德 透 德 開 一 入 曾 【敵德】

按：「貸」，假借也。

3）軑 音汰 透 泰 開 一 去 蟹 ‖徒蓋 定 泰 開 一 去 蟹 【他蓋'】

〔註12〕 按：《五音集韻》么，一笑切，其下註云：「么，詞令名，有六么令也。」胡三省音註中還有「䯝，倪么翻」、「絢，丁么翻」、「鄒，古么翻」、「縈，力么翻」皆同此切。《廣韻》、《集韻》皆無此音。

按:「軑」,軑縣,胡三省音註:「孟康曰:軑,音汰,師古曰:軑,又音徒系翻。」(p.3985)《廣韻》有二切,與師古音同。

4)紿 湯亥 透 咍 開 一 上 蟹 ‖徒亥 定 咍 開 一 上 蟹 【蕩亥】

按:「紿」,欺也,註爲「湯亥翻」2 次,以「蕩」作反切上字 10 次,以「徒」作反切上字 16 次。

5)蕩 音宕 定 唐 開 一 去 宕 ‖他浪 透 唐 開 一 去 宕 【大浪'】

6)蕩 徒浪 定 唐 開 一 去 宕 ‖他浪 透 唐 開 一 去 宕 【大浪'】

按:「蕩」,狼湯渠,共 2 次註音,與《集韻》音同。

7)帑 徒朗 定 唐 開 一 上 宕 ‖他朗 透 唐 開 一 上 宕 【坦朗】

按:「帑」,藏金帛之所也,凡 29 次註音,其中「他朗翻」24 次,徒朗翻 1 次。

8)賧 徒濫 定 談 開 一 去 咸 ‖吐濫 透 談 開 一 去 咸 【吐濫】

按:「賧」,蠻夷贖罪貨也,共 4 次註音,註爲吐濫翻 3 次。

9)啖 吐濫 透 談 開 一 去 咸 ‖徒濫 定 談 開 一 去 咸 【徒濫】

按:「啖」,噍也,食也,又氏姓,凡 14 次註音,以「徒」作反切上字者 13 次。

10)噉 吐濫 透 談 開 一 上 咸 ‖徒敢 定 談 開 一 上 咸 【徒濫】

按:「噉」,食也,凡 27 次註音,以「徒」作反切上字者 26 次。

11)珽 屯鼎 定 青 開 四 上 梗 ‖他鼎 透 青 開 四 上 梗 【他頂】

12)珽 徒鼎 定 青 開 四 上 梗 ‖他鼎 透 青 開 四 上 梗 【他頂】

13)珽 待鼎 定 青 開 四 上 梗 ‖他鼎 透 青 開 四 上 梗 【他頂】

按:「珽」,人名,凡 16 次註音,以「他」作反切上字者 13 次。

14)挺 他鼎 透 青 開 四 上 梗 ‖徒鼎 定 青 開 四 上 梗 【他頂】

按:「挺」,挺劍、挺身,共 8 次註音,註爲待鼎翻 5 次、大鼎翻 1 次,徒鼎翻 1 次。

15)拓 達各 定 鐸 開 一 入 宕 ‖他各 透 鐸 開 一 入 宕 【闥各】

按:「拓」,拓州,地名,註音 2 次,皆音達各翻。《集韻》有此音。

16)柝 達各 定 鐸 開 一 入 宕 ‖他各 透 鐸 開 一 入 宕 【闥各】

按：「柝」，擊柝，凡 3 次註音，他各翻 2 次，達各翻 1 次。《集韻》闥各切與胡三省同。

17）糴 他歷 透 錫 開 四 入 梗 ‖ 徒歷 定 錫 開 四 入 梗 【亭歷】

按：「糴」，糴粟，以「徒」、「亭」為反切上字 3 次，音「他歷翻」1 次。

18）闒 吐盍 透 盍 開 一 入 咸 ‖ 徒盍 定 盍 開 一 入 咸 【託盍】

按：「闒」，闒茸，不肖也，劣也，共註音 2 次，皆「吐盍翻」。《集韻》與此音義同。

19）沓 他合 透 合 開 一 入 咸 ‖ 徒合 定 合 開 一 入 咸 【託合】

按：「沓」，沓，冒其頭也（p.1002），《集韻》與此音義同。

定母字的註音總數是 303 次，定母自註 271 次；以端母字、透母字作定母字反切上字的數是 13 次，定母清化的比例是 4.3%。

二、端母與透母字混註

1）緹 丁禮 端 齊 開 四 上 蟹 ‖ 他禮 透 齊 開 四 上 蟹 【天以】

按：「緹」，緹騎，武官名，註音共 3 次，皆兩音，上文已述及，此處不贅。

2）帑 底朗 端 唐 開 一 上 宕 ‖ 他朗 透 唐 開 一 上 宕 【坦朗】

按：「帑」，藏金帛之所也，凡 29 次註音，其中「他朗翻」24 次，徒朗翻 1 次，「底朗翻」1 次。《廣韻》、《集韻》音同。

3）党 他朗 透 唐 開 一 上 宕 ‖ 多朗 端 唐 開 一 上 宕 【底朗】

按：「党」，凡 32 次註音，党項、党仁弘（人名），音「底朗翻」30 次，「他朗翻」1 次，「抵朗翻」1 次。《廣韻》、《集韻》音同。

4）擔 他甘 透 談 開 一 平 咸 ‖ 都甘 端 談 開 一 平 咸 【都甘】

按：「擔」，擔負、擔糧，又黑水羌酋丘擔、西突厥十姓酋長都擔，「都甘翻」（10 次），「他甘翻」1 次。

5）紞 吐感 透 覃 開 一 上 咸 ‖ 都敢 端 談 開 一 上 咸 【都感】

按：「紞」，馮紞，人名，6 次註音，反切上字為「都」的 4 次、為「丁」1 次。

6）搭 多臘 端 盍 開 一 入 咸 ‖ 吐盍 透 盍 開 一 入 咸 【德合】

按：「搭」，搭鉤，僅 1 次註音。

7）搨 吐盍 透 盍 開 一 入 咸 ‖ 都榼 端 盍 開 一 入 咸 【託合】

按：「搨」，打也，僅 1 次註音。

8）縃 德盍 端 盍 開 一 入 咸 ‖ 託盍 透 盍 開 一 入 咸 【託盍】

按：縃，胡註云：「今讀與搨同，德盍翻，或曰吐合翻」（p.6507），《廣韻》、《集韻》無收；「縃」字最早見於毛晃《增修互註禮部韻略》，託盍切，與「榻」同音，義爲以索冐物。毛晃以爲是俗字：「俗作縃，增入。」

三、端組聲母知、章、莊、精組聲母混註的情況

中古端組聲母在《通鑑音註》中有與知、莊、章、精四組聲母混註的現象，端組與知組混註表現在胡三省用知組字作端組字的反切上字和直音，也用端組字作知組字的反切上字和直音。端組與章組、莊組、精組的混註現象也與此同。我們把端組與知、莊、章、精組的混註用例都放在此節予以討論，下文此類例子所反映的現象不再列出。

（一）端組與知組的混註現象（17 例）

1、端組一等與知組三等混註（6 例）

1）搥 傳追 澄 脂 合 三 平 止 ‖ 都回 端 灰 合 一 平 蟹 【都回】

按：「搥車壁歎曰：『車前無八騶，何得稱丈夫！』」（p.4332）《集韻》：「椎、棉，傳追切，《說文》擊也，齊謂之終葵，或作棉，通作搥。」此處「搥」，《集韻》都回切，擿也，與「搥」音義皆不同。

2）酖 直禁 澄 侵 開 三 平 深 ‖ 丁含 端 覃 開 一 平 咸 【都含】

按：「酖」，僅 1 次註音，但《通鑑》中出現「酖」字的句子中有給其他字註音的情況，被我們收入數據庫的有 9 個句子，其意義皆如「文侯飲酖死」（p.219）、「齊主遣使酖殺之」（p.5323）之類。可見文獻中常以「酖」爲「鴆」。「趙王年少，不能蚤起，太后使人持酖飲之。」（p.409）胡三省音註：「《廣志》：鴆鳥，大如鴞，毛紫綠色，有毒，頸長七八寸，食蝮蛇，雄名運日，雌名陰諧。以其毛歷飲食則殺人。范成大曰：鴆，聞邕州朝天鋪及山深處有之，形如鴞差大，黑身，赤目，音如羯鼓；唯食毒蛇，遇蛇則鳴聲邦邦然。蛇入石穴，則於穴外禹步作法，有頃石碎，啄蛇吞之。山有鴆，草木不生。秋多之間脫羽。往時人以銀作爪拾取，著銀瓶中，否則手爛墮。鴆矢著人立死；集於石，石亦裂。

此禽至兇極毒。所謂酖，即鴆酒也。陸佃《埤雅》曰：鴆，似鷹而紫黑，喙長七八寸，作銅色，食蛇，蛇入口輒爛；屎溺著石，石亦為之爛。羽翮有毒，以瀝酒，飲殺人。惟犀角可以解，故有鴆處必有犀。」據胡三省的註解，可知「酖」即鴆酒，與《說文》「樂酒」、《廣韻》的「嗜酒」義皆不同。《廣韻》、《集韻》「酖」皆無此音。

　　3）瑒 音蕩 透 唐 開 一 去 宕 ∥丑亮 徹 陽 開 三 去 宕 【待朗ʼ】

按：「瑒」，《廣韻》除了丑亮切外，還有徒杏切與胡三省的音相對應：庚開二上梗，與胡三省音註「音蕩」的差別主要在清濁不同、庚二韻字與唐韻字混同。此處用「丑亮切」和「徒杏切」都可以。胡三省的音註與《集韻》的註音一致。

　　4）魋 音椎 澄 脂 合 三 平 止 ∥杜回 定 灰 合 一 平 蟹 【傳追ʼ】

按：「陸生至，尉佗魋結。」胡三省音註：「服虔曰：今士兵椎頭髻也。師古曰：椎髻者，一撮之髻，其形如椎。魋，音椎。結，讀曰髻。」（p.395）《廣韻》椎，直追切，註云：「椎，椎鈍不曲橈，亦棒椎也，又椎髻。」可見此處「魋音椎」是明假借。《廣韻》魋，杜回切，註云：「魋，獸似熊而小，又人名。」「司馬牛受桓魋之罰。」胡三省音註「魋，徒回切」（p.4404），正與《廣韻》同。

　　5）洮 音兆 澄 宵 開 三 上 效 ∥土刀 定 豪 開 一 平 效 【直紹ʼ】

按：「洮」，洮水，胡三省音註：「蘇林曰：洮，音兆。徐廣曰：洮，音道，在江、淮間。余據布軍既敗走江南，則洮水當在江南。羅含《湘中記》：零陵有洮水。《水經註》：洮水出洮陽縣西南，東流註於湘水。如淳註：洮陽之洮，音韜。」（p.402）《廣韻》洮，土刀切，水名，出西羌，與此處洮水非一。《集韻》洮，直紹切，註云：「洮，水名，在淮南。」

　　6）肇 大可 定 歌 開 一 上 果 ∥治小 澄 宵 開 三 上 效 【直紹】

按：「孝和皇帝上。」胡三省音註：「諱肇，肅宗第四子也。……《伏侯古今註》曰：肇之字曰『始』，音兆。賢曰：案許慎《說文》肇，音大可翻；上諱也。但伏侯、許慎並漢時人，而帝諱音不同，蓋別有所據。」（p.1518）

2、端組一等與知組二等混註（1例）

　　1）澤 音鐸 定 鐸 開 一 入 宕 ∥場伯 澄 陌 開 二 入 梗 【達各ʼ】

按：「漢三都尉居塞上。」胡三省音註：「張掖兩都尉，一治日勒澤索谷，一治居延；又有農都尉，治番和。是爲三都尉。」（p.1043）

3、端組四等和知組三等混註（4例）

1）泜 丁計 端 齊 開 四 去 蟹 ‖直尼 澄 脂 開 三 平 止【丁計】
2）泜 丁禮 端 齊 開 四 上 蟹 ‖直尼 澄 脂 開 三 平 止【丁計】

按：「於是漢兵夾擊，大破趙軍，斬成安君泜水上。」胡三省音註：「師古曰：泜，音祇，又丁計翻，又丁禮翻」（p.327）

3）擿 他狄 透 錫 開 四 入 梗 ‖直炙 澄 昔 開 三 入 梗【他歷】
4）擿 他歷 透 錫 開 四 入 梗 ‖直炙 澄 昔 開 三 入 梗【他歷】

按：「擿」，發動也，挑刺也，註爲「他狄翻」11次，註爲「他歷翻」4次。

4、端組四等與知組二等混註（1例）

1）蔕 丑介 徹 皆 開 二 去 蟹 ‖都計 端 齊 開 四 去 蟹【丑邁】

按：「若能委信君子，使各盡懷，散蔕芥之嫌。」胡三省音註：「張晏曰：蔕芥，刺鯁也。師古曰：蔕，音丑介翻。」（p.2715）《集韻》蔕芥義音丑邁切，徹夬開二去蟹，與胡三省相近。

5、另外還有以下類似「類隔」的反切存在（5例）

1）恫 敕動 徹 東 合 一 上 通 ‖徒弄 定 東 合 一 去 通【吐孔】

按：「僵尸萬計，搜羅枝蔓，中外恫疑。」胡三省音註：「恫，音通，痛也，又敕動翻。」（p.7923）恫，還有「他紅翻」的2次註音，義同。《集韻》音與胡三省音相近：透東合一上通，義同。

2）沓 長苔 澄 合 開 一 入 咸 ‖徒合 定 合 開 一 入 咸【達合】

按：「且沓渚去淵，道里尚遠。」胡三省音註：「遼東郡有沓氏縣，西南臨海渚。應劭曰：沓，長苔翻。」（p.2288）

3）啖 直覽 澄 談 開 一 上 咸 ‖徒敢 定 談 開 一 上 咸【杜覽】

按：「今太子仁孝天下皆聞之，呂后與陛下攻苦食啖。」胡三省音註：「余按《周禮·卝人註》：物地占其形色，知鹹啖也。《釋文》：啖，直覽翻；《疏》作「鹹淡」，則知啖、淡古字通用。」（p.403-404）

4）偫 大理 定 之 開 三 上 止 ‖直里 澄 之 開 三 上 止【丈里】

按：「偫」，儲偫義，胡三省音註用「直」作反切上字 13 次，用「丈」作反切上字 3 次。

5）縋 他偽 透 支 合 三 去 止 ‖馳偽 澄 支 合 三 去 止 【馳偽】

按：「縋」，懸繩，凡 24 次註音，音「馳偽翻」22 次，「直偽翻」1 次。

胡三省《通鑑音註》有 17 例端知混註的語音現象，用知組聲母與一等韻字相拼，或者以端組聲母與三等韻相拼，說明胡三省語音系統中的確存在著端知不分的情況。根據現代方言，這種端知不分的情況應當是將知讀同端。

端知不分，知讀如端，在現代吳語中也偶有此語音現象。例如鄭張尚芳先生就曾指出，在麗水、溫州、台州、金華四個地區有八個縣端母字讀ˀd；而好些縣知母白讀字也讀ˀd，如桌ˀdoˀ4。又如傅國通等（1986：6-7）提到浙江省西南部有十七縣市都有知系字白話讀舌尖塞音的現象，例如麗水：豬 ₌ti，椿 ₌tioŋ，張 ₌tiã，長（短）dəŋ 等﹝註13﹞。就是說，在現代吳語有些方言中，存在著知讀同端的現象，這種現象大致局限在白話音裏。據丁邦新的研究，「吳語的底層具有閩語的成分，可能南北朝時的吳語就是現在閩語的前身，而當時的北語則是現在的吳語的祖先。」﹝註14﹞

知讀同端在現代方言中屬於白讀層，在宋末元初是否也是白讀層呢？一般的方言裏文白夾雜，使用方言的人並不一定知道何者是文讀，何者是白讀。研究者要加以分析並不容易，因為常有大部分的字是文白讀音相同的。大體上，文讀與共同語接近，白讀則是方音的底層。白讀比文讀更為古老。從端知不分的幾個例子與《集韻》反切或音韻地位相同或基本相同這一點上看，《通鑑音註》中端知不分應當是白讀層面的語音特點，因為《集韻》裏收錄了一些古音，而方言中也保留了一些古音。現代吳語中端知不分的情況反映的也是白讀層面，此白讀音是古音的遺存。因此我們認為知讀如端是胡三省方言中的白讀層。其文讀音端知分明。

﹝註13﹞ 註：轉引自丁邦新《吳語中的閩語成分》，載《丁邦新語言學論文集》，商務印書館，1998 年版，第 250 頁。

﹝註14﹞ 丁邦新：《吳語中的閩語成分》，載《丁邦新語言學論文集》，商務印書館，1998 年版，第 254 頁。

《通鑑音註》中，知讀同端是存古的語音現象，只在白讀中存在。另外書中也還有一些端章、端莊、端精不分的語音現象存在。下面我們就這個問題繼續討論。

（二）端組與章組混註的現象（13例）

1、端組一等與章組混註（3例）

1）襜 都甘 端 談 開 一 平 咸 ‖ 處占 昌 鹽 開 三 平 咸 【都甘】

按：「襜」，襜襤，胡名，在代地。胡三省音義皆與《集韻》同。

2）橐 章夜 章 麻 開 三 去 假 ‖ 他各 透 鐸 開 一 入 宕 【之夜】

按：「橐」，橐皋，地名，胡三省引陸德明曰：「橐，章夜翻，又音託」（p.2211）。

3）猗 食爾 船 支 開 三 上 止 ‖ 吐盍 透 盍 開 一 入 咸 【甚尔】

按：「語有之曰：『猗穄及米。』」胡三省音註：「師古曰：猗，古狧字，食爾翻。」（p.518）此例胡三省的聲母與《集韻》的聲母是船與禪的不同。

2、端組四等字與章組字混註（5例）

1）呫 叱涉 昌 葉 開 三 入 咸 ‖ 他協 透 帖 開 四 入 咸 【尺涉】

按：「呫」，呫囁，細語也，凡3次註音，2次註爲「叱涉翻」。胡三省音與《集韻》同。

2）佔 昌占 昌 鹽 開 三 平 咸 ‖ 丁兼 定 添 開 四 平 咸 【處占】

按：「顧無多辭，喋喋佔佔。」胡三省音註：「師古曰：顧，思念也。喋喋，利口也；佔佔，衣裳貌也；言漢人且當思念，無爲喋喋佔佔。佔，昌占翻。」（p.469）此音義皆與《集韻》同。

3）肫 徒渾 定 魂 合 一 平 臻 ‖ 章倫 章 諄 合 三 平 臻 【徒渾】

4）肫 徒昆 定 魂 合 一 平 臻 ‖ 章倫 章 諄 合 三 平 臻 【徒渾】

5）肫 音豚 定 魂 合 一 平 臻 ‖ 章倫 章 諄 合 三 平 臻 【徒渾·】

按：此三例皆是「肫」字的註音。《資治通鑑》：「妃索煮肫。」（p.4446）胡三省音註：「肫，之春翻，鳥藏曰肫。又徒渾翻，豕也。」又，「曹子丹佳人，生汝兄弟，犭賣犢耳！」胡三省音註：「犭賣，與豚同。小豕曰犭賣，小牛曰犢。」（p.2378）《廣韻》「肫」，有章倫切，其義爲「鳥藏」，與胡三省的「之春翻」

相對應。《廣韻》屯，徒渾切，其下有「豚」，義爲「豕子」。《集韻》屯，徒渾切，下列「豚独独」，釋云：「說文：小豕也……或作豚、独、独，通作肫。」可見「独」、「肫」、「豚」是異體字，通假字作「豚」。這裏「徒渾」、「徒昆」切的是「豚」，豕子也。根據《廣韻》、《集韻》的音、義信息，則此 3 例「肫」本當爲「独」，其《廣韻》音切爲「徒渾切」。胡三省的註音與《廣韻》、《集韻》的註音一致，不當作爲音變的例子來看待。

3、胡三省用章組字拼切端組四等字（1 例）

1）鋌　時廷　禪　青　開　四　上　梗　‖徒鼎　定　青　開　四　上　梗　【待鼎】

按：鋌，作爲人名，胡三省讀「時廷翻」；作爲銀子的計量單位，讀「徒鼎翻」。

4、胡三省用章組字與一等韻拼切端組一等字（2 例）

1）咄　常沒　禪　沒　合　一　入　臻　‖當沒　端　沒　合　一　入　臻　【當沒】

按：咄，凡 42 次註音，其中 41 次註爲「當沒翻」。《廣韻》、《集韻》皆「當沒切」。此處疑誤將「當」抄作「常」。

2）蔀　主苟　章　侯　開　一　上　流　‖天口　透　侯　開　一　上　流　【他口】

按：「先王蔀纊塞耳，前旒蔽明」，胡三省音註：「如淳註曰：蔀，音主苟翻。」（p.4338）

5、胡三省用端組字作章組字的反切上字（2 例）

1）單　特連　定　仙　開　三　平　山　‖市連　禪　仙　開　三　平　山　【時連】

按：「在卯曰單閼」，胡三省音註：「單，音丹，又音特連翻。」（p.1）「特連翻」與《集韻》音韻母相同。

2）單　達演　定　仙　開　三　上　山　‖常演　禪　仙　開　三　上　山　【上演】

按：「與杜國紇單貴王聊等直指京師」，胡三省音註：「單，多寒翻，又音達演翻。」（p.6508）

上文第 3、4、5 項中胡三省《通鑑音註》聲母與《集韻》都不同。用章組字作一、四等韻字的反切上字，又用端組字作三等字的反切上字，說明章組、端組聲母的性質在胡三省音系中的確已經有端章混同情況的存在，這種註音不同於《廣韻》和《集韻》。

（三）端組與莊組的混註現象（3例）

透-初混註：

1）佻 初彫 初 蕭 開 四 平 效 ‖吐彫 透 蕭 開 四 平 效 【他彫】

按：「佻」，輕佻，反切上字爲「他」者6次，爲「土」者4次，爲「初」者1次。

2）衰 吐回 透 灰 合 一 平 蟹 ‖楚危 初 支 合 三 平 止 【倉回】

按：「衰」，衰絰，反切上字爲「倉」者31次，爲「叱」者3次，爲「七」者6次，爲「士」者1次，爲「吐」者1次（p.4309）

透二崇混註：

3）咋 吐格 透 陌 開 二 入 梗 ‖鋤陌 崇 陌 開 二 入 梗 【實窄】

按：「咋」，齧也，共3次註音，另外兩個音是「側革翻」、「鉏陌翻」。《廣韻》：齚，鋤陌切，齧也；咋，哜咋多聲。《集韻》：齰、齚，實窄切，齧也。或從乍，通作「咋」；咋，哜咋多聲。可見此處「咋」是個通假字，其本字爲「齚」，齧也。

按：中古音端組不和二、三等韻拼切，莊組不和一、四等韻拼切。這裏有兩個例子恰恰與這一原則相違背。《通鑑音註》的這種不合於中古反切構成原則的反切，恰恰說明了實際音變的特點：莊組字已經與章組、知組合併爲一組，在胡三省的口中或許知莊章三組字已經分辨不清，所以方言白讀中端知偶爾不分、端章偶爾不分中混入了莊組字也是在所難免。

（四）端組與精組混註現象（3例）

1）峒 嵸董 精 東 合 一 上 通 ‖徒弄 定 東 合 一 去 通 【杜孔】

按：峒峿鎭（p.9407），胡三省音註：「峒，達貢翻，又嵸董翻」。《廣韻》與《集韻》同音。

2）褅 徒計 定 齊 開 四 去 蟹 ‖先擊 心 錫 開 四 入 梗 【他計】

3）褅 他計 透 齊 開 四 入 梗 ‖先擊 心 錫 開 四 入 梗 【他計】

按「褅」，張褅，人名，有2次註音：「他計翻，又先擊翻」（p.8163）、「先擊翻，又徒計翻」（p.8201），《集韻》有「先的切」、「他計切」與胡三省音相對應。

　　《通鑑音註》中端組字與章組、莊組、精組的這些混註的現象，說明在胡三省的方音中，其口語中除了把知讀同端外，還存在著把章、莊、精也讀同端的語音現象，這是方言裏的口語音，在文讀音中端與精知莊章並不相混。

　　我們的這個結論，與李紅《〈九經直音〉中所反映的知、章、莊、精組聲母讀如/t/現象》一文的結論一致，她認爲是贛方言保留古讀的特點：「在贛方言的發展歷史中，上古時期，見組發生顎化變成 t、t'，在見母字向 t、t'顎化的過程中，可能經歷了＊tɕ、＊ts 的過程，這個過程中的一部分字演變爲精莊母字，另一部分字繼續顎化與來自端組音 t、t'的字合流。然而在進一步的語音演變中，它們中的一部分又一起經歷了喉化的過程，讀如[h]，另一部分經過顎化合流，讀音上便讀如 t、t'。變化到喉音[h]這個過程很快就消失了，只在端組中還有所保留。而精、莊、知、章組受共同語的影響很快又從喉音中分立出來，一部分與原來顎化後讀如 t、t'的部分合流，一部分發展到 ts、tʂ，與共同語的精、莊、知、章同音。所以在現今的贛方言中，這幾組聲母雖然大部分與共同語語音一致，但還保留著部分古讀。」〔註15〕

　　對此首先應該補充的一點是在吳方言中也存在著精知莊章讀同端的現象。我們認爲是方言保存了古讀。吳方言中這種古讀的遺存，有些與《集韻》所收錄的古讀相一致。

四、同組塞音、塞擦音與鼻音的混註情況

透母與泥母混註（2例）

　　1）暾 乃昆 泥 魂 合 一 平 臻 ‖他昆 透 魂 合 一 平 臻 【他昆】

　　按：「暾」，凡 8 次註音，其中劉暾，他昆翻，7 次；暾欲谷，乃昆翻（p.6720），1 次。

　　2）聃 乃甘 泥 談 開 一 平 咸 ‖他酣 透 談 開 一 平 咸 【乃甘】

　　按：「聃」，凡 8 次註音，皆人名，其中 7 次反切上字是「他」；「周公、康叔、聃季，皆入爲三公」之「聃」，音「乃甘翻」（p.2583）。

〔註15〕李紅：《〈九經直音〉中所反映的知、章、莊、精組聲母讀如/t/現象》，《延邊大學學報》（社會科學版），2005 年第 4 期。

五、特殊音註 [註16]

泥母與明母構成又音關係（1例）：

儒，奴卧翻，又萬亂翻，原文「雉奴儒，恐不能守社稷。」（p.6206）。《廣韻》「儒」有乃卧、人朱二切。《廣韻》「愞」下云：「弱也。或從需。下文同。乃卧切，又乃亂切。」《五音集韻》：「愞、偄、儒，乃卧切，弱也，或從需。下文同。又乃亂切。」此處的「萬亂翻」之「萬」疑是「乃」之形誤。「乃」與「万」形似，形似而誤，《集韻》有「萬」、「万」二形，後者義為計數，通作「萬」。在文獻傳抄過程中這種情況是存在的。

六、端組聲母的演變特點

1、定母有清化現象，清化比例是 4.3%。

2、端、透有混註現象。

3、端組字與知組字、章組字、莊組字、精組字有不同程度的混註現象，反映的是吳方言的特點。

4、泥母字中包含了娘母字。

第三節　齒頭音

中古齒音發展到《通鑑音註》，齒頭音的特點是有精、清、從、心、邪五母，正齒音發生了與知組聲母合流的音變。

齒頭音精、清、從、心、邪五母的註音有986條，其中與《廣韻》音韻地位完全相同的有778條。精母字的註音有245條，自註220條，精母與其他聲母混註的有25條。清母字註音有181條，自註158條，清母與其他聲母混註的有23條。從母字的註音有210條，自註166條，與其他聲母混註的有44條。心母字的註音有281條，自註261條，與其他聲母混註的有20條。邪母字的註音有69條，自註54條，與其他聲母混註的有15條。

[註16] 註：端組字與喉牙音之間混註的例子，我們放到喉牙音裏討論了；端組字與來母、日母的混註例子，我們也都在分析來母和日母時加以引用，此處不再列出。

表3-4：精組字的自註與混切情況統計表

	精	清	從	心	邪
精	220	7	18	2	1
清	4	158	5	2	0
從	9	1	166	0	3
心	7	3	4	261	1
邪	1	1	4	1	54
其他	精知1、精澄1、精崇2	清昌5、清徹4、清疑1、清日1	從日4、從見1、從群1、從知1、從莊2、從章1、從崇1、從以1、從匣1	心定2、心透1、心來1、心徹2、心生8、心書2、心日2、心精2、心邪1	邪以2、邪禪1、邪澄1、邪崇2、邪書3、邪日2
總計	245	181	210	281	69
自註比例	89.8%	87.3%	79.1%	92.9%	78.3%

從中古精組聲母字的自註比例可以看出，精組聲母在《通鑑音註》中還是表現出各自獨立的特點。我們給它們構擬的音值分別是[ts]、[ts']、[dz]、[s]、[z]。

一、從母、邪母清化的問題

（一）從母的清化現象

1、精、從混註（23例）

平平混註（7例）

1）倧 俎多 從 多 合 一 平 通 ‖ 作多 精 多 合 一 平 通 【祖賓】

按：「倧」，人名，共3次註音，註為「俎多翻」2次，註為「作多翻」1次。

2）琮 祖宗 精 多 合 一 平 通 ‖ 藏宗 從 多 合 一 平 通 【祖宗】

按：「琮」，人名，共13次註音，其中以「藏」、「徂」為反切上字的共10次，以「祖」為反切上字的3次。

3）賨 臧宗 精 多 合 一 平 通 ‖ 藏宗 從 多 合 一 平 通 【祖宗】

按：「賨」，南蠻賦也，也作人名，共9次註音，其中以「藏」、「徂」為反切上字的有8次，以「臧」為反切上字的1次。

4）齊 津夷 精 脂 開 三 平 止 ‖ 徂奚 從 齊 開 四 平 蟹 【津私】

按：「齊」，齊縗，此義註音有「音咨」7 次，「津夷翻」1 次，二者音皆與《集韻》音相同。

5）糟 音曹 從 豪 開 一 平 效 ‖作曹 精 豪 開 一 平 效 【臧曹】

按：「糟」，糟粕，陸德明音「曹」（p.2914）。

6）鰌 即由 精 尤 開 三 平 流 ‖自秋 從 尤 開 三 平 流 【雌由】

按：「鰌」共 2 次註音：音秋，清尤開三平流，藉也；即由翻，魚名，《集韻》有字秋切、雌由切，皆與之對應。

7）鄫 茲陵 精 蒸 開 三 平 曾 ‖疾陵 從 蒸 開 三 平 曾 【慈陵】

按：「鄫」，古國名，註音僅 1 次。

平仄混註（1 例）

1）欑 作管 精 桓 合 一 上 山 ‖在丸 從 桓 合 一 平 山 【祖管】

按：「橫江水起浮橋、關樓，立欑柱以絕水道。」胡三省音註：「欑，徂官翻。叢木爲柱曰欑柱。又作管翻。」（p.1361）「作官翻」與《集韻》音相同；「徂官翻」與《廣韻》音相同。

仄仄混註（15 例）

1）從 子用 精 鍾 合 三 去 通 ‖疾用 從 鍾 合 三 去 通 【足用】

按：「王不可以不強，不強則宰牧從橫。」胡三省音註：「從，子用翻，又子容翻。」（p.1532）。又，從橫、合從，註爲「子容翻」62 次。胡三省音與《廣韻》「縱」字的音相同。《集韻》縱、從異體字，音足用切，與胡三省的「子用翻」音相同。

2）族 音奏 精 侯 開 一 去 流 ‖昨木 從 屋 合 一 入 通 【千候】

按：「車馬、衣裘、宮室，皆競修飾，調五聲使有節族。」（p.601）胡三省《音註》：「蘇林曰：族，音奏。師古曰：節止也，奏準也。」《廣韻》「蔟」有「千木」、「倉奏」二切，註曰：「太蔟，律名」。《集韻》：「蔟、族，太蔟，律名。蔟，湊也，萬物始大湊地而出也。一曰蠶蓐，或作族。」千候切。可見此處之「族」當是「蔟」字。

3）蕞 祖外 精 泰 合 一 去 蟹 ‖才外 從 泰 合 一 去 蟹 【祖外】

按：「蕞」，蕞爾，小貌，用「徂」作反切上字 8 次，用「祖」作反切上字

2 次，用「茲」作反切上字 1 次。祖、茲皆古精母字。

　　4）載 祖亥 從 咍 開 一 上 蟹 ‖作亥 精 咍 開 一 上 蟹 【子亥】

　　按：「載」，人名，註爲「祖亥翻，又音如字」者 18 次，註爲「祖亥翻，又音如字」者 1 次。

　　5）霽 才詣 從 齊 開 四 去 蟹 ‖子計 精 齊 開 四 去 蟹 【才詣】

　　按：師古曰：霽，雨止曰霽，音子詣翻，又才詣翻（p.964）。註音僅 1 次。

　　6）鐏 祖悶 從 魂 合 一 去 臻 ‖祖悶 精 魂 合 一 去 臻 【徂悶】

　　按：「鐏」，人名，胡三省音註：「祖悶翻，又在甸翻，祖悶翻。」（p.2314）《廣韻》有在甸、祖悶二讀。

　　7）儁 字兗 從 仙 合 三 上 山 ‖子峻 精 諄 合 三 去 臻 【祖峻】

　　按：「儁」，儁山，胡三省音註：「長沙下儁縣之山也。師古曰：儁，字兗翻，又辭兗翻。」（p.2684）《廣韻》、《集韻》「儁」皆諄韻字。《集韻》雋，粗兗切。註云：長沙有下雋縣，亦姓。與下例 8）結合起來看，則此「儁」乃「雋」字之誤也。

　　8）雋 子兗 精 仙 合 三 上 山 ‖徂兗 從 仙 合 三 上 山 【粗兗】

　　按：「雋」有 4 次註音，其「下雋縣」註音爲「子兗翻」、「辭兗翻」；姓氏則註音爲「徂兗翻，又辭兗翻。」

　　9）撙 慈損 從 魂 合 一 上 臻 ‖茲損 精 魂 合 一 上 臻 【祖本】

　　按：「撙」，撙節，又人名，有 5 次註音，其中「慈損翻」3 次，「子本翻」1 次，「祖本翻」1 次。

　　10）進 才刃 從 眞 開 三 去 臻 ‖即刃 精 眞 開 三 去 臻 【即刃】

　　按：「車乘進用不饒」，胡三省音註：「《索隱》曰：進者，財也，宜依小顏讀爲賮，古字多假借用之進，音才刃翻。」（p.183）

　　11）坐 左臥 精 戈 合 一 去 果 ‖徂臥 從 戈 合 一 去 果 【徂臥】
　　12）坐 祖臥 精 戈 合 一 去 果 ‖徂臥 從 戈 合 一 去 果 【徂臥】

　　按：「坐」，在坐、就坐、神坐等義，讀曰「座」，註音有「才臥翻」（3 次）、「徂臥翻」（81 次）、「左臥翻」（1 次）。八坐，一種官職，音「徂臥翻」4 次、「祖臥翻」1 次。

13）苲 音作　精 鐸 開 一 入 宕 ‖ 在各 從 鐸 開 一 入 宕 【疾各】

按：「苲」，古地名，有 3 次註音：「音昨，又音作」（1 次）、「才各翻」（2 次）。

14）藏 祖浪　精 唐 開 一 去 宕 ‖ 徂浪 從 唐 開 一 去 宕 【才浪】

按：「藏」，府藏，帑藏，音「徂浪翻」101 次，「祖浪翻」1 次，「才浪翻」3 次。

15）偮 音接　精 葉 開 三 入 咸 ‖ 疾葉 從 葉 開 三 入 咸 【即涉'】

按：「偮」，偮仔，婕好也。共 7 次註音，皆音「接」。《集韻》偮接同音。

2、清、從混註（5 例）

平平混註（3 例）

1）鶖 音秋　清 尤 開 三 平 流 ‖ 自秋 從 尤 開 三 平 流 【雌由'】

按：「鶖」，鳥也，僅 1 次註音。胡三省音與《集韻》同。

2）鰌 音秋　清 尤 開 三 平 流 ‖ 自秋 從 尤 開 三 平 流 【雌由'】

按：「鰌」，魚名，《集韻》有「字秋切」、「雌由切」，皆與之對應。

3）請 音清　清 清 開 三 平 梗 ‖ 疾盈 從 清 開 三 平 梗 【親盈'】

按：「盤水加劍，造請室而請罪耳。」胡三省音註：「應劭曰：請室，請罪之室。蘇林曰，音潔清之清。」（p. 479）

平仄混註（1 例）

1）怚 音麤　清 模 合 一 上 遇 ‖ 慈呂 從 魚 合 三 上 遇 【聰徂'】

按：「王翦曰：『不然。王怚中而不信人。』」胡三省音註：「《史記註》：怚，音麤。徐廣曰：一作『粗』。」（p.230）

仄仄混註（1 例）

1）峭 才笑　從 宵 開 三 去 效 ‖ 七肖 清 宵 開 三 去 效 【七肖】

《通鑑音註》中，從母字的註音 210 條，其中用精母字和清母字作反切上字或直音的有 19 次，清化的比例是 9.0%。

（二）邪母的清化現象

《通鑑音註》中沒有中古邪母字用心母字作反切上字或直音的用例，但有 1 例心母字被用邪母字作反切上字的用例，也反映了邪母清化的現象：

1）朐 音旬 邪 諄 合 三 平 臻 ‖相倫 心 諄 合 三 平 臻 【松倫】

按：朐，朐卷縣，胡三省音註：「應邵曰：朐，音旬日之旬。卷，音箘簬之箘。」（p.1599）

心、邪混註是濁音清化的問題，胡三省用邪母字爲心母字註音，則說明邪母有清化的現象。因爲胡註沒有邪母字用心母字作直音或反切上字的用例，故無法統計其清化的比例。

二、同組聲母混註的現象

（一）精、清混註（10 例）

1）積 七賜 清 支 開 三 去 止 ‖子智 精 支 開 三 去 止 【子智】

按：積，七賜翻，僅 1 見；子賜翻 12 見；子智翻 4 見；皆委積義。

2）次 音咨 精 脂 開 三 平 止 ‖七四 清 脂 開 三 去 止 【津私˙】

按：「乃潛由且次出武威。」胡三省音註：「武威有揟次縣。孟康曰：揟，音子如翻。次，音咨。即且次也。」（p. 2194-2195）

3）次 音恣 精 脂 開 三 去 止 ‖七四 清 脂 開 三 去 止 【千咨˙】

按：揟次縣，胡三省曰：「孟康曰：揟，音子如翻。次，音恣。」（p. 3359）《集韻》有此音。

4）苴 音酢 清 模 合 一 去 遇 ‖子與 精 魚 合 三 去 遇 【徐嗟】

按：「異牟尋懼，築苴咩城。」（p.7271）胡三省音註：「咩，莫者翻，又徐婢翻。史炤曰：苴，音酢，又徐嗟切。咩，音養，又彌嗟切。」《集韻》「苴」下云：「苴咩城，在雲南。……徐嗟切，」與史炤之又音同。

5）疽 子與 精 魚 合 三 去 遇 ‖七余 清 魚 合 三 平 遇 【子與】

按：疽，《廣韻》七余切，《集韻》有千余、子與二切，子與切的音是去聲字。「殷病風疽。」胡三省音註：「史炤曰：疽，千余切，又子與切，痒病，一本從『疒』從『旦』，音多但翻，又音旦，釋云瘡也。」（p.8265）史炤的兩個音切與《集韻》相同。

6）擠 七細 清 齊 開 四 去 蟹 ‖子計 精 齊 開 四 去 蟹 【子計】

按：「擠顏眞卿於死地，激李懷光使叛。」（p.7511）胡三省音註：「擠，七細翻，又牋西翻。」胡三省的註音与《集韻》相同。

7）妻　子細　精　齊　開　四　去　蟹　‖七計　清　齊　開　四　去　蟹　【七計】

按：「妻」，胡三省音註有千細、七細、子細三種拼切，皆以女妻之之意。其中「千細翻」有 7 次註音，「七細翻」有 117 次註音，「子細翻」有 4 次註音。

8）愀　子小　精　宵　開　三　上　效　‖親小　清　宵　開　三　上　效　【子小】

按：「愀」，胡三省音註有七小、子小兩種拼切，其中「子小翻」3 次，「七小翻」6 次。

9）箐　倉甸　清　先　開　四　去　山　‖子盈　精　清　開　三　平　梗　【倉甸】

按：「伏兵千人於野橋箐以邀官軍。」（p.8279）胡三省音註：「蜀人謂篁竹之間爲箐。李心傳曰：『箐，林箐也，音咨盈切。』又薛能工律詩，有《邊城作》二聯云：『管排蠻戶遠，出箐鳥巢孤。』自註云：『蜀人謂稅戶爲排戶，謂林爲叢箐。』史炤曰：『箐，倉甸切，蓋從去聲，亦通。』」《廣韻》箐，子盈切，胡三省所引李心傳，與此相同；「倉甸切」與《集韻》音同。

10）戚　將毒　精　沃　合　一　入　通　‖倉歷　清　錫　開　四　入　梗　【昨木】

按：「泗川守壯兵敗於薛，走至戚。」（p.265）胡三省音註：「戚，如字；如淳將毒翻。」《集韻》「戚」下云「縣名，在東海」，昨木切，從屋合一入通，與如淳音義近。

（二）精、心混切（9 例）

1）齏　相稽　心　齊　開　四　平　蟹　‖祖稽　精　齊　開　四　平　蟹　【牋西】

按：齏，《廣韻》祖稽切，胡三省《音註》中，「齏」爲持付義的註音是「子分翻」、「則分翻」，其中「則分翻」6 見，「子分翻」1 見，「牋西翻」1 見，「相稽翻」只 1 見。「相」當爲「祖」之誤。

2）櫅　相稽　心　齊　開　四　平　蟹　‖祖稽　精　齊　開　四　平　蟹　【牋西】

按：櫅，只一見於胡三省音註中，《廣韻》齏、櫅同音，亦當爲「祖稽切」，「相」爲誤字。

3）揟　子如　精　魚　合　三　平　遇　‖相居　心　魚　合　三　平　遇　【子余】

按：「揟」在《音註》中出現了 3 次，皆指揟次縣，胡三省引孟康註曰：「揟，音子如翻。」（p. 3359）《集韻》有此音。

4）譟　則竈　精　豪　開　一　去　效　‖蘇到　心　豪　開　一　去　效　【先到】

按：「譟」在胡三省音註中有三種切語：則竈翻（7次）、蘇到翻（3次）、先到翻（1次）。

5）將 息浪 心 唐 開 一 去 宕 ‖子亮 精 陽 開 三 去 宕 【即亮】

6）將 息亮 心 陽 開 三 去 宕 ‖子亮 精 陽 開 三 去 宕 【即亮】

按：「將」的將領、將兵義，《廣韻》子亮切，《集韻》即亮切；胡三省《音註》僅「即亮翻」，有約 1900 餘次，「息亮翻」6 次，「息浪翻」1 次。

7）朘 音揎 心 仙 合 三 平 山 ‖子泉 精 仙 合 三 平 山 【荀緣ʼ】

8）朘 息緣 心 仙 合 三 平 山 ‖子泉 精 仙 合 三 平 山 【荀緣】

按：「民日削月朘。」胡三省音註：「孟康曰：朘音揎，謂轉蹴也。蘇林曰：朘，音鐫石，俗語謂胸為朘縮。師古曰：孟說是也。」（p.555）《廣韻》「朘」，縮胸，子泉切。《集韻》「朘，縮也」，與「宣」、「揎」同音荀緣切。

9）殲 息廉 心 鹽 開 三 平 咸 ‖子廉 精 鹽 開 三 平 咸 【思廉】

按：「殲」在《音註》中有「息廉」（7次）、「子廉」（1次）兩種切語。胡三省的音義與《集韻》相同。

（三）清、心混切（3 例）

1）遷 音仙 心 仙 開 三 平 山 ‖七然 清 仙 開 三 平 山 【親然】

按：「其立安為新遷王。」胡三省音註：「服虔曰：安，莽第三子也。遷，音仙。莽改汝南新蔡曰新遷。師古曰：遷，猶仙耳，不勞假借音。」（p.1222）

2）脞 音鎖 心 戈 合 一 上 果 ‖倉果 清 戈 合 一 上 果 【撍果ʼ】

按：「夫人君聽納之失，在於叢脞。」胡三省音註：「孔安國曰：叢脞，細碎無大略。馬融曰：叢，總也。脞，小也。陸德明曰：脞，倉果翻，徐音鎖。」（p.4934）徐音義與《集韻》同。

3）逡 音峻 心 諄 合 三 去 臻 ‖七倫 清 諄 合 三 平 臻 【須閏ʼ】

按：「聰遂寇逡遒、阜陵。」（p.2943）胡三省音註：「師古曰：逡，音峻；遒，音才由翻。」《集韻》「逡，逡遒縣名，在淮南」，與「峻」同一音組，須閏切。《廣韻》「峻，私閏切」。

（四）精、邪混註（2 例）

1）儁 辭兗 邪 仙 合 三 上 山 ‖子峻 精 諄 合 三 去 臻 【祖峻】

按：「昌逃於下雟山，其眾悉降。」（p.2684）胡三省音註：「師古曰：雟，字兗翻，又辭兗翻。」

2）邪 即斜 精 麻 開 三 平 假 ‖ 似嗟 邪 麻 開 三 平 假 【徐嗟】

按：「邪」字共有 142 次註音，其表示疑辭、若邪、琅邪等註為「音耶」（129 次）、「讀曰耶」（10 次）、「余遮翻」（1 次）、「以奢翻」（1 次）；其表示不正義的註音為「即斜翻」（1 次）、「士嗟翻」（1 次）。

（五）清、邪混切（1 例）

1）諯 徐園 邪 元 合 三 平 山 ‖ 此緣 清 仙 合 三 平 山 【逡緣】

按：「諯」，人名。《廣韻》、《集韻》音同。

（六）從、心混切（4 例）

1）踐 悉銑 心 先 開 四 上 山 ‖ 慈演 從 仙 開 三 上 山 【才線】
2）踐 息淺 心 仙 開 三 上 山 ‖ 慈演 從 仙 開 三 上 山 【才線】
3）踐 息演 心 仙 開 三 上 山 ‖ 慈演 從 仙 開 三 上 山 【才線】

按：踐，共有 32 次註音，其中「慈演翻」22 次，「慈淺翻」1 次，「慈衍翻」1 次，「息淺翻」6 次，「息演翻」1 次，「悉跣翻」1 次，皆踩踐義。

4）雜 先合 心 合 開 一 入 咸 ‖ 徂合 從 合 開 一 入 咸 【昨合】

按：「三難異科，雜焉同會。」（p.1027）胡三省音註：「師古曰：雜，謂相參也。一曰，音先合翻。雜焉，總萃。」

（七）從、邪混切（7 例）

1）磁 祥之 邪 之 開 三 平 止 ‖ 疾之 從 之 開 三 平 止 【牆之】
2）瘁 似醉 邪 脂 合 三 去 止 ‖ 秦醉 從 脂 合 三 去 止 【秦醉】
3）吮 徐兗 邪 仙 合 三 上 山 ‖ 徂兗 從 仙 合 三 上 山 【豎尹】

按：吮，共有 9 次註音，有「徐兗翻」（2 次）、「徂兗翻」（4 次）、「如兗翻」（2 次）、「士兗翻」（1 次），皆為吮吸義。《廣韻》有二切，其「食尹切」，義為吸舐也，船諄合三上臻；其「徂兗切」，義為欶也，其下曰「又徐兗切」，即與食尹切對應，邪仙合三上山，也與胡三省音相同；如此則此例不是變例。《集韻》吮吸義的「吮」，豎尹切；有「粗兗切」，義為欶也，與胡三省的音是從與邪的關係。

4) 雋　辭兗　邪　仙　合　三　上　山　‖祖兗　從　仙　合　三　上　山　【粗兗】

按：「雋」字註音 4 次，作爲姓氏的「雋」，採納了師古的音：「雋，音祖兗翻，又辭兗翻。」作爲下雋縣的「雋」，有「子兗」、「辭兗」兩種註音。

5) 璿　從宣　從　仙　合　三　平　山　‖似宣　邪　仙　合　三　平　山　【旬宣】

按：「璿」，人名，《音註》爲「璿」字註音 14 次，其中「從宣翻」3 次，「似宣翻」6 次，「旬緣翻」2 次，「音旋」2 次，「如宣翻」1 次。

6) 琁　從宣　從　仙　合　三　平　山　‖似宣　邪　仙　合　三　平　山　【旬宣】

7) 還　從宣　從　仙　合　三　平　山　‖似宣　邪　仙　合　三　平　山　【旬宣】

按：「還」的註音有 631 次，皆爲回返義，其中「還，從宣翻，又音如字」者 490 次。《廣韻》：「還，仄也，退也，顧也，復也，户關切，又音旋。」「還，音旋」的意義爲還返，與《通鑑音註》的音義相同。

《廣韻》從、邪分立，《通鑑音註》中從母與邪母互註，表明從、邪不分。現代吳方言中，從邪相混，不是合爲[dz]，就是合爲[z]，有濁塞擦音與濁擦音兩種發音方法，可見吳方言從邪混同的情況由來已久。《顏氏家訓·音辭篇》指出南方人從、邪不分，周祖謨據《萬象名義》推求原本《玉篇》音系是從、邪不分，而這個音系正是六朝時南方之音。但是從宋人三十六字母及宋代韻圖《四聲等子》、《切韻指掌圖》以及金代韻書《五音集韻》對從、邪的分列都是比較清楚的。胡三省《音註》中從母字的註音有 210 條，邪母的註音有 69 條，從邪混註的有 7 條。這 7 條從邪混註的例子，大概是方言的流露。

從我們的分析看胡三省《音註》與《廣韻》和《集韻》的註音都不同，而被註字的《廣韻》和《集韻》的音韻地位相同；《蒙古字韻》從、邪分得很清楚，《中原音韻》的從母和邪母已經清化，併入到相應的清音裏去了。從《切韻》從、邪二母的擬音看，從母是[dz]，邪母是[z]，從母的先塞後擦的發音方法在方言裏很容易忽略塞音的音色而發成擦音，由此看胡三省《音註》的從、邪不分體現了作者胡三省的方音特點。我們認爲胡三省《音註》中從、邪也應當分成兩個層次：共同語標準音層次從邪分，胡三省方音層次從、邪不分，這個結論可以幫助我們解釋胡三省《通鑑音註》中的心母與從母以及與精、

清的互切現象。胡三省《音註》從邪不分，因而與邪母的清音心母字有清濁的對立；精、清與從也由於清濁的對立關係而連帶地與心母發生互切的關係。這是吳語的特點。

三、齒頭音演變特點

1、濁音有清化現象，從母清化比例是 9.0%，邪母的清化比例無法統計。

2、同組聲母有混註現象；從、邪不分，是吳方言的特點。

第四節　舌上音和正齒音

一、知組聲母的演變〔註17〕

舌上音聲母字的註音有 480 條（包括娘母字），其中與《廣韻》音韻地位完全相同的有 347 條。知母字的註音有 152 條，自註 109 條，與其他聲母字混註的有 43 條。徹母字的註音有 85 條，自註 68 條，與其他聲母字混註的有 27 條。澄母字的註音有 183 條，自註 157 條，與其他聲母字混註的有 26 條。娘母字的註音有 60 條，自註 52 條，與其他聲母混註的有 8 條。

表 3-5：中古知組聲母在《通鑑音註》中自註與混註的情況統計表

	知	徹	澄	娘
知	109	4	3	2
徹	6	68	1	0
澄	5	3	157	0
娘	0	0	0	52
與其他聲母混註次數	知章 13、知昌 1、知禪 6、知莊 4、知初 1、知精 5、知日 2	徹章 1、徹昌 5、徹禪 1、徹書 1、徹日 1、徹清 1、徹定 1、徹透 1、徹來 1、徹溪 1、徹曉 2	澄端 2、澄定 3、澄透 4、澄精 1、澄章 2、澄昌 1、澄書 1、澄禪 4、澄以 2、澄云 1、澄莊 1	娘泥 3、娘日 2、娘疑 1
總　　計	152	85	183	60

〔註17〕 舌上音部分以及下文的正齒音部分，僅列出濁音清化、同聲母組清音不送氣音和送氣音的混註以及塞擦音與鼻音的混註等。與端組混註的用例已在端組的討論中論及。與章組、莊組混註的用例將在「知莊章合流」中一併予以討論。

（一）澄母清化問題

1、知母與澄母混切（6例）

平平混註（1例）

1）徵 音懲 澄 蒸 開 三 平 曾 ‖陟陵 知 蒸 開 三 平 曾 【持陵·】

按：「自北屈進屯杏城。」胡三省音註：「魏收《地形志》：澄城縣有杏城。師古曰：澄城，漢馮翊之徵城。徵，音懲。」（p.3161）「徵」作為地名註音僅1次。

仄仄混註（6例）

1）貯 直呂 澄 魚 合 三 上 遇 ‖丁呂 知 魚 合 三 上 遇 【展呂】

按：「貯」，藏也，蓄也，音丁呂翻54次，音直呂翻4次。《集韻》貯，知母字。

2）紵 竹呂 知 魚 合 三 上 遇 ‖直呂 澄 魚 合 三 上 遇 【展呂】

按：「紵」，麻紵，凡6次註音，其中註為「直呂翻」4次、「音佇」1次。竹呂翻與《集韻》音同。

3）中 直眾 澄 東 合 三 去 通 ‖陟仲 知 東 合 三 去 通 【直眾】

按：「吾鬢髮中白。」胡三省音註：「毛晃曰：中，直眾翻，半也。」（p.3174）

4）戇 直降 澄 江 開 二 去 江 ‖陟降 知 江 開 二 去 江 【陟降】

按：「戇」，愚也，註為「陟降翻」4次，「竹巷翻」2次，「直降翻」1次。

5）矺 音宅 澄 陌 開 二 入 梗 ‖陟革 知 麥 開 二 入 梗 【闥各·】

按：「十公主矺死於杜。」胡三省音註：「《索隱》曰：矺，貯格翻。《史記正義》音宅，與磔同，謂磔裂支體而殺之；溫公《類篇》音竹格翻，磓也。」（p.252）

6）擿 丁力 知 職 開 三 入 曾 ‖直炙 澄 昔 開 三 入 梗 【直炙】

按：「或置鼙鼓殿下，天子自臨軒檻上，隤銅丸以擿鼓。」胡三省音註：「擿，投也，持益翻；一曰：擿，磓也，丁力翻。」（p.950）持益翻，澄昔開三入梗，與《廣韻》、《集韻》同。

2、徹與澄混註（6 例）

平仄混註（2 例）：

1）暢 仲郎 澄 唐 開 一 平 宕 ‖ 丑亮 徹 陽 開 三 去 宕 【仲良】

2）暢 音場 澄 陽 開 三 平 宕 ‖ 丑亮 徹 陽 開 三 去 宕 【仲良˙】

按：「春，蒙驁伐魏，取暢、有詭。」胡三省音註：「暢，徐廣音場，《索隱》音暢，《類篇》又直亮翻、仲郎翻」（p.209）

仄仄混註（4 例）：

1）暢 直亮 澄 陽 開 三 去 宕 ‖ 丑亮 徹 陽 開 三 去 宕 【直諒】

按：「暢」，古地名，此音來自《類篇》，與《集韻》音相同。

2）鶉 敕角 徹 覺 開 二 入 江 ‖ 直角 澄 覺 開 二 入 江 【敕角】

按：「鶉」，鶉衣，皇后服。

3）瑒 雉杏 澄 庚 開 二 上 梗 ‖ 音暢 徹 陽 開 三 去 宕 【丈梗】

4）瑒 杖梗 澄 庚 開 二 上 梗 ‖ 音暢 徹 陽 開 三 去 宕 【丈梗】

按：「瑒」，人名，註音凡 21 見，其中「雉杏翻，又音暢」15 次、「杖梗翻，又音暢」1 次，胡三省音皆與《集韻》音同。

澄母總數是 183，與知母字、徹母字混註的總數是 3，清化的比例是 1.6%。

（二）知母與徹母混切（9 例）

1）憃 陟降 知 江 開 二 去 江 ‖ 抽用 徹 江 開 二 去 江 【陟降】

按：「隱性憃直」，胡三省音註：「憃，書容翻，愚也，又陟降翻。」「策年十一，素憃弱」，胡三省音註：「憃，與戇同，陟降翻，愚也。」《廣韻》「憃」字分兩處註音。鍾韻的註音是「書容切」，義為愚也。江韻的註音是：「憃，愚也，丑江切，又丑龍切，又抽用切。」胡三省所註的「陟降翻」與《廣韻》的「抽用切」相同，與《集韻》註音用字相同。

2）逴 丁角 知 覺 開 二 入 江 ‖ 敕角 徹 覺 開 二 入 江 【竹角】

按：「逴」，人名，胡三省的註音有兩種：「賢曰：逴，音丁角翻，又音卓」、（p.1596）「逴，敕角翻，又敕略翻」（p.2511）。《廣韻》「逴」有 2 個註音：「敕角切」、「丑略切」。《集韻》「逴」有 3 個註音：「竹角切」、「敕角切」、「敕略切」，「丁」，《廣韻》兩見於知母和端母。胡三省的註音與《集韻》相同。

3）昶 知兩　知　陽　開　三　上　宕 ‖ 丑兩　徹　陽　開　三　上　宕 【丑兩】

按：「昶」，人名，共 25 次註音，其中 24 次註爲「丑兩翻」，僅 1 次被註爲「知兩翻」（p.4374）。

4）湞 癡貞　徹　清　開　三　平　梗 ‖ 陟盈　知　清　開　三　平　梗 【癡貞】

5）湞 音樫　徹　清　開　三　平　梗 ‖ 陟盈　知　清　開　三　平　梗 【癡貞˙】

按：湞，水名，註音共有 2 次：「鄭氏曰：湞，音樫。孟康曰：湞，音貞。師古曰：湞，丈庚翻」（p.668）、「湞，癡貞翻」（p.8521）《廣韻》「湞」、「樫」是知、徹的不同，在《集韻》里，「湞」與「樫」同一音組，徹母；「湞」與「貞」同一音組，知母；義與《音註》同。

6）惙 丑例　徹　祭　開　三　去　蟹 ‖ 陟劣　知　薛　合　三　入　山 【丑芮】

7）惙 丑捩　徹　屑　開　四　入　山 ‖ 陟劣　知　薛　合　三　入　山 【株劣】

按：「惙」，凡 3 次註音，義皆爲「氣息惙然」：「惙，陟劣翻，《類篇》丑例翻，困劣也；言其氣息惙然，僅相屬也」（p.3082）、「惙，積雪翻，疲乏也」（p.4253）、「惙，丑捩翻」（p.5178）。《廣韻》惙，陟劣切；《集韻》惙，丑芮、株劣二切，義與《音註》同。胡三省所引的《類篇》的音「丑例翻」與《廣韻》有送氣與不送氣的區別，但與《集韻》音相同；「丑捩翻」與《廣韻》、《集韻》皆不相同。

8）絀 丑律　徹　術　合　三　入　臻 ‖ 竹律　知　術　合　三　入　臻 【敕律】

9）絀 敕律　徹　術　合　三　入　臻 ‖ 竹律　知　術　合　三　入　臻 【敕律】

按：「絀」，凡 8 見，皆貶下、黜退義。其中「敕律翻」5 次、「丑律翻」1 次，「讀曰黜」2 次。《集韻》「黜」敕律切，貶下也。「絀」縫也；無貶下義。胡三省音與《集韻》音相同。

（三）同組塞擦音與鼻音混註

娘母與知母混註（2 例）：

1）淖 音卓　知　覺　開　二　入　江 ‖ 奴教　娘　肴　開　二　去　效 【竹角】

2）淖 竹角　知　覺　開　二　入　江 ‖ 奴教　娘　肴　開　二　去　效 【竹角】

按：「與其父易王所幸淖姬等及女弟徵臣姦。」胡三省音註：「淖，鄭氏音卓，師古音奴教翻。淖，姓也。」（p.632）《集韻》斲，竹角切，下收 54 字，其中有「卓」、「淖」。「淖」下註云：「姓也」，與此處之「淖」同義。

與此情況相同的還有「輾」字的註音：「會云梯輾地道，一輪偏陷，不能前却。」胡三省音註：「輾，豬輦翻，又尼展翻」。（p.7375）《廣韻》「輾」字有知演、女箭二切，基本可以和胡三省的註音相對應。

（四）知、徹、澄三母的演變特點

中古知組聲母在《通鑑音註》中的演變特點是：

1、澄母有清化現象，清化比例是 1.6%。

2、知、徹有混註現象。

3、知組與章組、莊組合流，在吳方言例，知章莊合流後併入精組。

4、知母與日母混註、徹母與日、溪、曉混註、澄母與以母混註。

（五）餘論：泥、娘合流及其與日母、疑母混註現象的討論

《通鑑音註》中泥娘合流，娘母併入泥母，還有泥母和日母混註、娘母和疑母混註的情況存在。下面我們分別來說。

1、泥、娘合流

《通鑑音註》泥母字的註音有 60 條，娘母的註音有 60 條，其中，泥娘混註的有 3 例：

1）橈 奴高 泥 豪 開 一 平 效 ‖奴教 娘 肴 開 二 去 效 【如招】

按：「橈」字註音共 39 次，曲也、屈也，其中奴教翻 29 次，奴高翻 1 次。

2）拏 音奴 泥 模 合 一 平 遇 ‖女加 娘 麻 開 二 平 假 【女居】

按：「拏」，凡註音 9 次，有紛拏義、子義，還用作人名。其中註音為「奴加翻」者 2 次，註音為「女加翻」者 1 次，註為「女居翻」者 4 次，註為「女余翻」者 1 次，註為「音奴」者 1 次。

3）躡 泥輒 泥 葉 開 三 入 咸 ‖尼輒 娘 葉 開 三 入 咸 【昵輒】

按：「躡」，共 18 次註音，其中註為「尼輒翻」16 次，「泥輒翻」1 次。

等韻區分泥母和娘母，泥母排在韻圖一、四等的位子，娘母排在二、三等的位子。從《廣韻》的反切系統看，泥、娘二母是有分別的。系聯反切上字可以得出端知、透徹、定澄各是兩類的結論，同樣也可以得出泥、娘分為兩類。但是由於在現代方言中泥、娘的區別無跡可尋，所以有些學者不承認二者的區別。李榮《切韻音系》說：「無論就《切韻》系統或者方言演變說，

娘母都是沒有地位的。」〔註18〕邵榮芬《切韻研究》對此持反對意見，認爲：
「雖然在現代方言裏我們一時還找不到證據，那可能是由於我們在這方面知
識的局限性造成的。隨著方言調查工作的進一步深入，很可能會有新的發現。
而且即使泥、娘的區分在現代方言裏確實已經消失，恐怕也不能否定它們在
中古的存在。因爲歷史上的某些語言差別在後來的方言裏找不到相應的反
映，是完全可能的。」〔註19〕中古泥母與一、四等韻相拼切，娘母與二、三等
韻相拼切。胡三省《通鑑音註》中，以娘母作反切上字時，選用二、三等韻
的下字與之相拼切，以泥母作反切下字時則基本上選用一、四等韻的下字與
之相拼切（僅 1 個例外，詳見下文），胡三省《通鑑音註》的反切上字與下字
搭配關係原則與《切韻》（《廣韻》）相同。泥母和娘母混註的用例只有 4 例：
泥母字的註音有 60 條，用娘母字作反切上字的只有 1 例；娘母字的註音有 60
條，用泥母字作反切上字或直音的只有 3 例。有 2 個例子是胡三省用泥母字
與一等韻字構成反切上下字的關係，拼切《廣韻》娘母字，顯示出除了聲母
有相混的情況外，韻母的等位也發生了變化：《廣韻》看韻到胡三省《通鑑音
註》變同豪韻，魚韻變同模韻；而「躡」《廣韻》娘母字，胡三省《通鑑音註》
「泥輒翻」，「輒」是葉韻三等字，胡三省《通鑑音註》用泥母作反切上字，
不合《廣韻》反切原則（也與胡三省《通鑑音註》的反切原則不合），這說明，
胡三省《通鑑音註》中，泥母和娘母已經混併了，娘母併入了泥母，所以才
有用泥母字作三等韻字的反切上字的情況。

　　對比《集韻》反切，我們看到除了「橈」字，其他被註字的《集韻》的聲
母與《廣韻》相同。《蒙古字韻》泥娘分立，《中原音韻》娘母併入泥母。《通鑑
音註》中泥、娘混註，則說明泥娘合流了。泥娘合併後的音值是[n]。

2、泥日、娘日混註及其所反映的音變現象

　　胡三省《通鑑音註》中泥日、娘日也有混註的情況。這種情況在共同語中
是不存在的。根據丁鋒《〈同文備考〉音系》，日、泥、疑三母相混是吳語的特
點〔註20〕。

〔註18〕 李榮：《切韻音系》，科學出版社，1956 年版，第 156 頁。

〔註19〕 邵榮芬：《切韻研究》，中國社會科學出版社，1982 年版，第 39 頁。

〔註20〕 丁鋒：《〈同文備考〉音系》，〔日本〕中國書店，2001 年版，第 166 頁、第 245 頁。

泥日混註（7例）：

1）儂 如多 日 多 合 一 平 通 ‖奴多 泥 多 合 一 平 通 【奴多】

按：「儂」，懊儂，僅1次註音（p.4425）。

2）㖧 奴獨 泥 屋 合 一 入 通 ‖而蜀 日 燭 合 三 入 通 【奴沃】

按：「㖧」，西㖧，胡三省音註：「孟康曰：㖧，音辱，匈奴種。師古曰：㖧，音奴獨翻。余謂……非匈奴種也。」（p.807）。僅1次註音。

3）洱 乃吏 泥 之 開 三 去 止 ‖仍吏 日 之 開 三 去 止 【仍吏】

按：「洱」，西洱河，地名，註音共6次，註為「乃吏翻」3次。

4）毦 乃吏 泥 之 開 三 去 止 ‖仍吏 日 之 開 三 去 止 【仍吏】

按：「毦」，羽飾也，共4次註音，乃吏翻2次，仍吏翻2次。

5）嚅 而掾 日 仙 合 三 去 山 ‖乃亂 泥 桓 合 一 去 山 【乳兗】

6）嚅 人兗 日 仙 開 三 上 山 ‖乃亂 泥 桓 合 一 去 山 【乳兗】

按：「嚅」，柔怯也。凡21次註音，其中註為「而掾翻」1次、「人兗翻」1次，其余反切上字為「乃」、「奴」。《廣韻》嚅，人朱切，又乃亂切；又愞，軟弱也，而兗切，又乃亂切。《集韻》嚅、愞異體字，音乳兗切、奴亂切、汝朱切、奴臥切。胡三省音註中，「嚅」被當作「愞」字，音當為「而兗切」，如此則「嚅」字則不存在音變問題。

7）奞 乃亂 泥 桓 合 一 去 山 ‖而兗 日 仙 合 三 上 山 【奴亂】

按：「人有懼心，精鋭銷奞」，胡三省音註：「師古曰：奞，乃亂翻，又乳兗翻。」（p.1000）

娘日混註（2例）：

1）吶 如悅 日 薛 合 三 入 山 ‖女劣 娘 薛 合 三 入 山 【如劣】

按：「吶」，共4次註音，義為吶吶者，註音3次：「如悅翻，又奴劣翻」（2次）、「女劣翻」（1次）；吶龍，人名，註音為「女劣翻，又女鬱翻」（1次）。《廣韻》「吶」，女劣切，又內骨切。而「內骨切」下無「吶」字，有「訥」字，註云：「謇訥。」又，「㖧」，言遲聲，如劣切。《集韻》吶、訥，奴骨切，《說文》言難也；又「吶」，言緩也，或書作『㖧』，如悅切。可見，《通鑑》中的「吶」被胡三省當作其異體字「㖧」來註音的，而胡三省的音與《集韻》相同。

2）絮 人餘 日 魚 合 三 平 遇 ‖尼據 娘 魚 合 三 去 遇 【人余】

按：「絮」，絮舜，人名，胡三省音註：「李奇曰：絮，音挐。師古曰：絮，姓也，音女居翻，又音人餘翻」（p.879）。《集韻》有「人余切」與胡三省音註的音義相同。

3、娘母與疑母混註（1例）

1）碾魚蹇 疑 仙 開 三 上 山 ‖女箭 娘 仙 開 三 去 山 【尼展】

按：「碾」，碾磑，共 5 次註音：註為「魚蹇翻」2 次、「尼展翻」1 次、「尼展翻，丁度《集韻》女箭翻」1 次、「紐善翻」1 次。

胡三省音註用疑母字為娘母字註音，而胡三省《通鑑音註》中的娘母已經併入泥母，所以此處的娘與疑的混註我們認為是由於疑母細音變同泥母的緣故。

《廣韻》泥母[n]、娘母[ɳ]、日母[nʑ]，在胡三省的方言裏，泥娘混併；同樣，日母的部分字在失去其濁擦音成分後變得像娘母，隨後又失去其鼻音音色而變得像泥母。胡三省《通鑑音註》系統中的部分日母字就這樣變成了泥母，因而在註音時就表現為泥日互註。泥娘疑合流的部分，讀同泥母，其音值是[n]。娘日、泥日混同的字也讀同泥母。

二、莊組聲母的演變

中古正齒音聲母分莊組和章組兩組聲母。我們分別介紹其在《通鑑音註》中的音變現象。

莊組字有 357 條音註，其中與《廣韻》音韻地位完全相同的有 256 條。莊母字的註音有 79 條，自註 61 條，發生音變的註音有 18 條。初母字的註音有 75 條，自註 52 條，發生音變的有 23 條。崇母字的註音有 78 條，自註 61 條，發生音變的有 17 條。生母字的註音有 124 條，自註 115 條，發生音變的有 9 條。胡三省《通鑑音註》中俟母字的註音只有 1 例，且與邪母混切。

表 3-6 莊組聲母自註與混註情況統計表

	莊	初	崇	生	俟
莊	61	3	6	0	0
初	1	52	2	1	0
崇	0	2	61	0	0

	莊	初	崇	生	俟
生	0	1	0	115	0
俟	0	0	0	0	0
其他	莊知 1、莊章 2、莊從 3、莊精 9、莊清 1、莊溪 1	初精 3、初清 6、初昌 4、初徹 2、初澄 1、初透 1	崇禪 1、崇日 1、崇精 1、崇清 1、崇從 3、崇邪 1、崇透 1	生清 2、生心 3、生從 1、生來 2、生匣 1	俟邪 1
總計	79	75	78	124	1

（一）濁音崇母和俟母的清化問題

1、崇母的清化問題

（1）莊、崇混註（5例）

平平混註（1例）：

1）查 莊加 莊 麻 開 二 平 假 ‖鉏加 崇 麻 開 二 平 假 【莊加】

按：「查，查浦」，地名，註音 1 次。

仄仄混註（4例）：

1）饌 皺戀 莊 仙 合 三 去 山 ‖士戀 崇 仙 合 三 去 山 【雛戀】

2）饌 皺皖 莊 刪 合 二 上 山 ‖雛鯇 崇 刪 合 二 上 山 【雛綰】

按：「饌」，酒饌，共 41 次註音，其中以「雛」為反切上字者 36 次。「饌，皺戀翻，又皺皖翻」（p.6199），1 次。

3）襈 皺戀 莊 仙 合 三 去 山 ‖士戀 崇 仙 合 三 去 山 【雛變】

按：「襈」，衣緣也，共 5 次註音，其中以「雛」為反切上字者 4 次。

4）齟 壯所 莊 魚 合 三 上 遇 ‖牀呂 崇 魚 合 三 上 遇 【壯所】

按：「齟」，齟齬不和，僅 1 次註音，《集韻》有此音。

（2）初、崇混切（3例）

平平混註（2例）：

1）衰 士回 崇 灰 合 一 平 蟹 ‖楚危 初 支 合 三 平 止 【倉回】

按：「衰」，縗服，共 42 次註音，以「倉」為反切上字者 30 次，以「七」為反切上字者 6 次，「士回翻」僅 1 次。

2）勦 初交 初 肴 開 二 平 效 ‖鉏交 崇 肴 開 二 平 效 【初交】

按：「勦」，絕也，共 3 次註音，皆爲「子小翻」；「上騁辯必勦說而折人以言」，略取也，胡三省音註：「勦，初交翻，又初教翻。」（p.7383）其音義與《集韻》同。

平仄混註（1 例）：

1）勦 初教 初 肴 開 二 去 效 ‖ 鉬交 崇 肴 開 二 平 效 【楚教】

崇母字有 78 條音註，用莊母字、初母字作反切上字或直音的有 7 例，清化比例是 8.97%。

2、俟母的清化問題

《通鑑音註》中，俟母字的註音只有一條，是與邪母的混註，無清化的例子，故無法統計其清化的比例。

（二）同組聲母混註的現象

1、莊、初混註（4 例）

1）簀 測革 初 麥 開 二 入 梗 ‖ 側革 莊 麥 開 二 入 梗 【側革】

按：「簀」，竹簀，共 2 次註音，另一音爲「竹革翻」。

2）柵 側革 莊 麥 開 二 入 梗 ‖ 測革 初 麥 開 二 入 梗 【測革】

按：「柵」，凡 1 見，胡三省音註：「《類篇》云：色責翻，糝也；又側革翻，粽也。」《廣韻》無「柵」字，《集韻》「糝也」，色責切；「粽也」測革切。

3）柵 側革 莊 麥 開 二 入 梗 ‖ 楚革 初 麥 開 二 入 梗 【測革】

按：「柵」，凡 8 見，有 6 次註爲「測革翻」，註爲「直革翻」1 次、「側革翻」1 次，義並爲柵豎木立柵、村柵。

4）鍤 側洽 莊 洽 開 二 入 咸 ‖ 楚洽 初 洽 開 二 入 咸 【測洽】

按：「鍤」，鍫也，所以鍫土，凡 6 見，「則洽翻」2 次，「側洽翻」2 次，「測洽翻」1 次，「楚洽翻」1 次。

2、初、生混切（2 例）

1）刹 所轄 生 鎋 開 二 入 山 ‖ 初鎋 初 鎋 開 二 入 山 【初轄】

按：「刹」，凡 4 見，皆羅刹義，註音爲「初轄翻」2 次，「所轄翻」1 次，「初鎋翻」1 次。

2）索音冊　初　麥　開　二　入　梗　‖山責　生　麥　開　二　入　梗　【色窄】

按：「楚起於彭城，常乘勝逐北，與漢戰滎陽南京、索間」，胡三省音註：「晉灼曰：索，音冊。師古音求索之索。」（p.320-321）求索之索，《廣韻》註音爲「山戟切」、「山責切」。

（三）中古莊組字在《通鑑音註》中的演變

1、崇母有清化現象，俟母的清化現象尚不明確。

2、莊、初混切，初、生混切。

3、中古莊組聲母已經與知組、章組合流，在吳方言裏，知莊章合流後又歸入精組。

4、莊組字與端組字有混註現象。

三、章組聲母的演變

章組字的註音有 550 條，其中與《廣韻》的音韻地位完全相同的有 410 條。章母字的註音有 196 條，自註 166 條，與其他聲母混註的有 30 條。昌母字的註音有 89 條，自註 79 條，與其他聲母混註的有 10 條。禪母字的註音有 115 條，自註 88 條，與其他聲母混註的有 27 條。書母字的註音有 106 條，自註 90 條，與其他聲母混註的有 20 條。船母字的註音有 44 條，自註 19 條，與其他聲母混註的有 28 條。

表 3-7：章組字自註與混註情況統計表

	章	昌	船	書	禪
章	166	0	0	1	4
昌	0	79	0	0	1
禪	11	0	15	1	88
書	0	0	1	90	2
船	0	0	19	0	5
其他	章知5、章徹1、章崇1、章精5、章群3、章日1、章定3	昌徹4、昌澄1、昌端1、昌清2、昌心1、昌曉1	船澄3、船邪2、船來1、船日1、船透1	書徹1、書生3、書日1、書心5、書見1、書以3	禪知1、禪澄1、禪定2、禪從1、禪來1、禪以1、禪日8
總計	196	89	43	106	115

（一）濁音禪母和船母的清化問題

1、禪母的清化問題

（1）章、禪混註（14例）

平平混註（11例）：

1）隄 是兮　禪 齊 開 四 平 蟹　‖章移　章 支 開 四 平 止　【常支】

2）隄 是支　禪 支 開 三 平 止　‖章移　章 支 開 四 平 止　【常支】

按：「隄」，人名，胡三省音註：「是支翻，又是兮翻。」（p.8646）僅 1 次註音。

3）昭 時招　禪 宵 開 三 平 效　‖止遙　章 宵 開 三 平 效　【時饒】

4）昭 上招　禪 宵 開 三 平 效　‖止遙　章 宵 開 三 平 效　【時饒】

5）昭 音韶　禪 宵 開 三 平 效　‖止遙　章 宵 開 三 平 效　【時饒’】

6）昭 市招　禪 宵 開 三 平 效　‖止遙　章 宵 開 三 平 效　【時饒】

7）昭 時遙　禪 宵 開 三 平 效　‖止遙　章 宵 開 三 平 效　【時饒】

按：昭，昭穆，共 18 次註音。胡三省音註：「本如字，爲漢諱昭，改音韶，或云晉文帝名昭，改音韶。」（p.3556）又註讀爲「佋」，音韶（p.1393），可見「昭穆」字當爲「佋」，市昭翻，禪宵開三平效，如此則胡三省音與《廣韻》、《集韻》同。

8）朱 音殊　禪 虞 合 三 平 遇　‖章俱　章 虞 合 三 平 遇　【傭朱’】

9）朱 音銖　禪 虞 合 三 平 遇　‖章俱　章 虞 合 三 平 遇　【傭朱’】

按：「朱」，朱提，地名，音「銖時」6 次（蘇林音）；音「殊」1 次（師古音）。

10）淳 之純　章 諄 合 三 平 臻　‖常倫　禪 諄 合 三 平 臻　【朱倫】

按：「淳」即前文述及之「淳熬」、「淳毋」等。

11）承 音烝　章 蒸 開 三 平 曾　‖署陵　禪 蒸 開 三 平 曾　【諸仍’】

按：「承」，承陽，地名，共 2 次註音，皆音「烝」。

仄仄混註（3例）：

1）蠋 音蜀　禪 燭 合 三 入 通　‖之欲　章 燭 合 三 入 通　【殊玉’】

按：「樂毅聞畫邑人王蠋賢」，胡三省音註：「班固《古今人表》作『歜』，音觸，據『蠋』字則當音蜀，或音之欲翻；康珠玉切。」（p.129）據胡三省音註，則「蠋」音「蜀」，或音「之欲翻」；另，「蠋曰：『忠臣不事二君，烈女不更二夫。』」胡三省音註：「蠋，音蜀。」（p.129）

2）襡 朱欲 章 燭 合 三 入 通 ‖市玉 禪 燭 合 三 入 通 【朱欲】

按：「遣內參詣晉陽取皇后服御襜翟等」，胡三省音註：「梁制：皇后謁廟，服褘襡大衣，蓋嫁服也。」（p.5359）

3）尰 止勇 章 鍾 合 三 上 通 ‖時宂 禪 鍾 合 三 上 通 【豎勇】

按：「尰」字《廣韻》不錄，《集韻》「尰尰」為異體字。《廣韻》「尰，足腫病，亦作尰，時宂切。」此處即用異體字之反切。

（2）禪母與昌母混切（1例）

1）贍 昌豔 昌 鹽 開 三 去 咸 ‖時豔 禪 鹽 開 三 去 咸 【時豔】

按：「贍」，賙濟，共22次註音，註為「昌豔翻」4次。

禪母字的註音總數是115，與章母字、昌母字混註總數為5，清化的比例是4.3%。

（3）禪母與書母混切（4例）

平平混註（1例）：

1）諶 世壬 書 侵 開 三 平 深 ‖氏壬 禪 侵 開 三 平 深 【時任】

按：「諶」，人名，共38次註音，註為「世壬翻」2次，其他反切上字為「時」（6次）、「氏」（27次）、「是」（3次）。

仄仄混註（2例）：

1）剡 式冉 書 鹽 開 三 上 咸 ‖時染 禪 鹽 開 三 上 咸 【時染】

按：「剡」，削也，音以冉翻（2次），利也，音式冉翻（1次）。《廣韻》有以冉切、時染切二讀。

2）少 時照 禪 宵 開 三 去 效 ‖失照 書 宵 開 三 去 效 【失照】

按：「少」，共註音1033次，其中年少義，註音為「失照翻」（2次）、「詩照翻」（450次）、「時照翻」（5次）。

平仄混註（1 例）：

1）腄 音誰 禪 脂 合 三 平 止 ‖馳僞 書 支 合 三 去 止 【視隹】

按：「腄」僅 1 見：「『東腄』，《漢書》作『黃腄』。師古曰：黃、腄二縣並在東萊。……腄。直睡翻，又音誰。」（p.600）《廣韻》此意的「腄」有兩個註音，一是「羽求切」，一是「馳僞切」。《廣韻》此字還有「竹垂切」，瘢胝義。胡註「腄」的註音與「竹垂切」相近，但意義不相合。

2、船母的清化問題

船母與書母混切（1 例）：

1）諡 申至 書 脂 開 三 去 止 ‖神至 船 脂 開 三 去 止 【神至】

按：「諡」，諡號，共 25 次註音，以「申」為反切上字者 1 次，以「神」為反切上字者 23 次，以「時」為反切上字者 1 次。

船母字註音總數 43，與書母字混註 1 次，清化比例是 2.3%。

這裏需要說明的是：胡三省音註中，章母、昌母不與船母混註，反之亦然。

（二）禪母與船母混切（20 例）

1）汋 實若 船 藥 開 三 入 宕 ‖市若 禪 藥 開 三 入 宕 【實若】

2）墅 神與 船 魚 合 三 上 遇 ‖承與 禪 魚 合 三 上 遇 【上與】

3）璹 神六 船 屋 合 三 入 通 ‖殊六 禪 屋 合 三 入 通 【神六】

4）鉈 音蛇 船 麻 開 三 平 假 ‖視遮 禪 麻 開 三 平 假 【時遮】

5）折 食列 船 薛 開 三 入 山 ‖常列 禪 薛 開 三 入 山 【食列】

6）抒 常恕 禪 魚 合 三 去 遇 ‖神與 船 魚 合 三 上 遇 【上與】

7）抒 音墅 禪 魚 合 三 上 遇 ‖神與 船 魚 合 三 上 遇 【上與】

8）澠 時陵 禪 蒸 開 三 平 曾 ‖食陵 船 蒸 開 三 平 曾 【神陵】

9）貰 時夜 禪 麻 開 三 去 假 ‖神夜 船 麻 開 三 去 假 【神夜】

10）貰 市夜 禪 麻 開 三 去 假 ‖神夜 船 麻 開 三 去 假 【式夜】

11）鉥 十律 禪 術 合 三 入 臻 ‖食律ᵛ 船 術 合 三 入 臻

12）鉥 時迄 禪 迄 開 三 入 臻 ‖食律ᵛ 船 術 合 三 入 臻

13）鉥 時橘 禪 術 合 三 入 臻 ‖食律ᵛ 船 術 合 三 入 臻

14）乘 音承 禪 蒸 開 三 平 曾 ‖食陵 船 蒸 開 三 平 曾 【神陵】

15）乘 石證 禪 蒸 開 三 去 曾 ‖實證 船 蒸 開 三 去 曾 【石證】

16）乘 成正 禪 清 開 三 去 梗 ‖實證 船 蒸 開 三 去 曾 【石證】

17）乘 承正 禪 清 開 三 去 梗 ‖實證 船 蒸 開 三 去 曾 【石證】

18）嵊 石證 禪 蒸 開 三 去 曾 ‖實證 船 蒸 開 三 去 曾 【石證】

19）諡 時利 禪 脂 開 三 去 止 ‖神至 船 脂 開 三 去 止 【神至】

20）塍 石陵 禪 蒸 開 三 平 曾 ‖食陵 船 蒸 開 三 平 曾 【神陵】

船、禪不分由來已久，非《通鑑音註》獨有。中古時期的船禪二母就不易分辨。李方桂認為船禪有同一上古來源〔註21〕。中古時代《切韻》系的韻書雖有船、禪之分，但是從它分配的情形看來，除去少數例外，大都有船母字的韻就沒有禪母字，有禪母字的韻就沒有船母字。從近代方言的演變看起來，船禪也不易分辨。《守溫韻學殘卷》也只有禪母而無船母，也可以說是禪船不分。其他如《經典釋文》、《原本玉篇》〔註22〕也不分船禪。因此《切韻》系統的分船禪兩母似乎有收集方音材料而定為雅言的嫌疑。我們情願把《切韻》系統的分船禪認為是方音的混雜現象〔註23〕。李新魁《論〈切韻〉系統中牀禪的分合》〔註24〕認為，唐宋時代某些韻攝所維持的船禪分立的格局，純粹是書面上的東西，口語的實際讀法已經合併為一類。胡三省《通鑑音註》中的船禪混切，不過是共同語的現象，不是胡三省《通鑑音註》獨有的特點。

胡三省《通鑑音註》中船母的註音有 43 條，禪母的註音有 115 條。胡三省用禪母字給船母字註音 15 條，用船母字給禪母字註音 5 條。同從、邪不分一樣，《切韻》的禪母[ʥ]是濁塞擦音，而船母[ʑ]是濁擦音，由於發音方法的關係很容易把禪母的濁塞音成分丟掉而只發出濁擦音的音色，因而禪母總與船母混。

〔註21〕 李方桂：《上古音研究》，商務印書館，2003 年版，第 16 頁。

〔註22〕 周祖謨：《萬象名義中之原本玉篇音系》，載周祖謨《問學集》（上冊），2004 年版，第 315～316 頁。

〔註23〕 周祖謨：《萬象名義中之原本玉篇音系》，載周祖謨《問學集》（上冊），2004 年版，第 315～316 頁。

〔註24〕 李新魁：《論〈切韻〉系統中牀禪的分合》，載《李新魁音韻學論集》，汕頭大學出版社，1999 年版，第 60～68 頁。

（三）章、書混切（1 例）

1）葉之涉　章　葉　開　三　入　咸　‖書涉　書　葉　開　三　入　咸　【失涉】

按：「葉」凡 19 見，地名，註音爲「式涉翻」者 17 次，爲「七涉翻」者 1 次，另有「舊音攝，後音木葉之葉」1 次。《廣韻》、《集韻》攝、葉同音。

（四）章組聲母的特點

1、濁音有清化現象，船母的清化比例是 2.3%，禪母的清化比例是 4.3%。

2、船禪不分。

3、禪母與章母、昌母的混註多於船母。章母、禪母、船母都與書母有混註現象。

4、章組與端組、知組、莊組、精組都有混註現象。

5、章組與牙喉音也有混註現象。

四、中古知、莊、章、精四組聲母混註情況分析

《廣韻》知、莊、章三組聲母各自獨立，到《蒙古字韻》和《中原音韻》裏，知、莊、章三組合併爲一組〔註25〕。《通鑑音註》中，知、莊、章三組聲母已經合流，變爲[tʃ]組聲母。[tʃ]組聲母又併入精組，變成[ts]組。知莊章合流是宋末元初共同語的語音特點，而與精組合流則是吳方言的特點。

（一）知照合流

中古音系的知徹澄、莊初崇生俟、章昌禪書船三組聲母在《通鑑音註》中已經合流爲一個聲母組。王力《漢語史稿》認爲：「首先是章昌船書禪併入了莊初崇山（即守溫三十六字母的照穿牀審），後來知徹澄由破裂音變爲破裂摩擦之後，也併入莊初崇。莊初崇山的原音是 tʃ、tʃʻ、dʒ、ʃ，最後失去了濁音，同時舌尖移向硬顎，成爲 tʂ、tʂʻ、ʂ。」「這一過程大約在十五世紀以後才算完成，因爲在《中原音韻》裏，這一類字還有大部分沒有變成卷舌音。」〔註26〕

〔註25〕詳見鄭張尚芳：《從〈切韻〉音系到〈蒙古字韻〉音系的演變對應法則》，（香港）《中國語文研究》2002 年第 1 期（總第 13 期）；楊耐思：《中原音韻音系》，中國社會科學院，1981 年版；寧繼福：《中原音韻表稿》，吉林文史出版社，1985 年版。

〔註26〕王力：《漢語史稿》（重排本），中華書局，2005 年版，第 136～137 頁。

胡三省《通鑑音註》中莊、章、知、精四組聲母字都有混切的現象，本節從這四組聲母的相混現象入手考察，分析其混併現象及其條件，認爲胡三省《通鑑音註》中知二莊（tʂ）、知三章（tʃ）已經各自合流，而且知三章在某些韻裏（魚、祭合、眞開、宵、尤、陽、藥）與莊二混同，都變作[tʃ]了，也就是說，知、莊、章三組聲母已經合流爲一組聲母，這一結論與胡三省時代共同語的語音演變一致。知莊章合併後又在胡三省的方言裏合併入精組。

1、知三組與章組合併

胡三省《通鑑音註》中知組字反切和直音有 478 條。知三組的音註（特指反切和直音，下同）有 347 條（除娘母外），自註 297 條；章組的音註有 554 條，自註 407 條。知組三等字與章組字混註 48 例，占總數的 6%。

知三、章混註（18 例）

1）冢	之隴	章	鍾	合	三	上	通	‖	知隴	知	鍾	合	三	上	通	【展勇】
2）質	音至	章	脂	開	三	去	止	‖	陟利	知	脂	開	三	去	止	【脂利‧】
3）質	脂利	章	脂	開	三	去	止	‖	陟利	知	脂	開	三	去	止	【脂利】
4）質	音摯	章	脂	開	三	去	止	‖	陟利	知	脂	開	三	去	止	【脂利‧】

按：「質」凡 186 見，有三個意義：一是委質、屈膝義，音如字（9 次）、胡三省引《經典釋文》註爲職日翻（4 次）、之日翻（1 次）；二是人質、做人質義，音致（169 次）、音至（1 次）、脂利翻（1 次）；三是假借爲「鑕」，鐵椹也，職日翻（1 次）。此處三個「質」的音註，胡三省的註音與《集韻》的註音完全相同。

5）箠	止垂	章	支	合	三	平	止	‖	竹垂	知	支	合	三	平	止	【株垂】
6）蛛	音朱	章	虞	合	三	平	遇	‖	陟輸	知	虞	合	三	平	遇	【追輸】
7）鼝	音舟	章	尤	開	三	平	流	‖	張流	知	尤	開	三	平	流	【張流】
8）輈	音舟	章	尤	開	三	平	流	‖	張流	知	尤	開	三	平	流	【張流】
9）鎭	之人	章	眞	開	三	平	臻	‖	陟鄰	知	眞	開	三	平	臻	【知鄰】
10）長	之兩	章	陽	開	三	上	宕	‖	知丈	知	陽	開	三	上	宕	【展兩】

按：「長」凡 977 見，官長、長幼、助長、漲水義，音知兩翻（848 次）、亦音「知丈翻」（40 次）、亦音陟丈翻（2 次）、竹丈翻（1 次）、竹兩翻（3 次）、

之兩翻（1次），反映了知章字混用的現象。長短、多而有餘義，音直亮翻（51次）、亦音知亮翻（2次）、眞亮翻（1次）、尺亮翻（1次），反映了知、莊、章字混用的現象。

11）縶 音執 章 緝 開 三 入 深 ‖陟立 知 緝 開 三 入 深 【陟立】

按：「縶」凡5見，皆執縶義，音「陟立翻」（3次）「涉立翻」（1次）、「音執」（1次），反映的是知、章組字的混註。

12）著 職略 章 藥 開 三 入 宕 ‖張略 知 藥 開 三 入 宕 【陟略】

按：「著」凡137見，有多個義項。附著、土著義，音直略翻（43次）、職略翻（1次）；穿戴義，音陟略翻（61次）、側略翻（6次）、則略翻（18次）；著任義，竹助翻（2次）；著之書籍義，如字，音丁略翻（1次）、竹筯翻（1次）。

13）撾 職瓜 章 麻 合 二 平 假 ‖張瓜* 知 麻 合 二 平 假

按：「撾」，擊也，凡14見，反切下字用麻二之「瓜」、「加」，上字分別用「側」（5次）、「則」（6次）、「職」（1次）、「陟」（1次），反映了知莊章組字混註的情況，也反映了與精組字混同的情況。

14）肫 株倫 知 諄 合 三 平 臻 ‖章倫 章 諄 合 三 平 臻 【朱倫】

按：「肫」凡3見4種註音：「徒昆翻」（1次），豕子義、亦作人名；「株倫翻，又音豚」1次，人名；作鳥藏義的音爲「之春翻」（1次）。

15）侜 張流 知 尤 開 三 平 流 ‖章俱 章 虞 合 三 平 遇 【張流】

按：《廣韻》侜，章俱切，章虞合三平遇。「侜」，《集韻》有鍾輸、追輸、張流三切，其中讀「張流切」是作爲「倜」的異體字的：「倜、侜，莪也，太玄物咸倜倡，或作侜。」「吳賊侜張，遂至於此。」胡三省音註：「侜，舊音張流翻，蓋因《書》「譸張爲幻」，《爾雅》『譸』作『侜』，遂有此音。按《類篇》：侜，音張流切，其義華也。《書》所謂侜張，其義誕也。以文理求之，皆於此不近，姑闕之以待知者。」（p.5318）

16）軹 知氏 知 支 開 三 上 止 ‖諸氏 章 支 開 三 上 止 【掌氏】

按：「軹」凡7見，軹城，地名。其中「音只」4次，「音紙」1次，「音止」1次，皆章母字。

17）鷙 竹二 知 脂 開 三 去 止 ‖脂利 章 脂 開 三 去 止 【陟利】

按：「鷙」僅 1 見。此例胡三省採取了顏師古的註音，且與《集韻》的註音音韻地位相同。

18）屬 陟玉 知 燭 合 三 入 通 ‖ 之欲 章 燭 合 三 入 通 【朱欲】

按：「屬」凡 341 見，其付也、足也、會也、官眾也、儕等也等意義，音註為「之欲翻」333 次、朱欲翻 1 次、陟玉翻 2 次，「音蜀」1 次，殊玉翻 2 次，讀如本字 2 次〔註27〕。《廣韻》「屬」有兩讀：之欲切，義為付也、足也、會也、官眾也、儕等也；市玉切，義為附也、類也。從這些材料可以看出，同為付也、會也等義，「屬」的反切上字用到了知母字和章母字。

知三、禪混註（6 例）

1）屯 涉倫 禪 諄 合 三 平 臻 ‖ 陟倫 知 諄 合 三 平 臻 【殊倫】

按：「自文明草昧，天地屯象。」胡三省音註：「屯，涉倫翻。」（p.6485）胡三省的反切與《集韻》反切的音韻地位相同。

2）屯 音純 禪 諄 合 三 平 臻 ‖ 陟倫 知 諄 合 三 平 臻 【殊倫˙】

按：「淵遣劉曜寇太原，取汾氏、屯留、長子、中都。」胡三省音註：「師古曰屯，音純。」（p.2706）被註字與註音字在《集韻》中是同音字。

3）吒 涉駕 禪 麻 開 二 去 假 ‖ 陟駕 知 麻 開 二 去 假 【陟嫁】

4）尚 張羊 知 陽 開 三 平 宕 ‖ 市羊 禪 陽 開 三 平 宕 【辰羊】

5）椹 音甚 禪 侵 開 三 上 深 ‖ 知林 知 侵 開 三 平 深 【食荏˙】

按：被註字與註音字在《集韻》中是同音字。

6）縶 涉立 禪 緝 開 三 入 深 ‖ 陟立 知 緝 開 三 入 深 【陟立】

徹三、章混註（2 例）

1）疹 丑刃 徹 眞 開 三 去 臻 ‖ 章忍 章 眞 開 三 上 臻 【丑刃】

按：此例胡三省的反切與《集韻》反切相同。

2）乏 音綽 章 藥 開 三 入 宕 ‖ 丑略 徹 藥 開 三 入 宕 【敕略】

徹三、昌混註（8 例）

1）鴟 丑之 徹 之 開 三 平 止 ‖ 處脂 昌 脂 開 三 平 止 【稱脂】

2）嗤 丑之 徹 之 開 三 平 止 ‖ 赤之 昌 之 開 三 平 止 【充之】

〔註27〕讀如本字是胡三省明假借的術語。此字是「囑」的假借字。

3）絺 充知 昌 支 開 三 平 止 ‖丑飢 徹 脂 開 三 平 止 【抽遲】

4）怵 尺律 昌 術 合 三 入 臻 ‖丑律 徹 術 合 三 入 臻 【敕律】

5）哩 昌栗 昌 質 開 三 入 臻 ‖丑栗 徹 質 開 三 入 臻 【敕栗】

6）稱 敕陵 徹 蒸 開 三 平 曾 ‖處陵 昌 蒸 開 三 平 曾 【蚩承】

7）坼 斥格 昌 陌 開 二 入 梗 ‖恥格˙ 徹 陌 開 二 入 梗

8）覘 昌占 昌 鹽 開 三 平 咸 ‖丑廉 徹 鹽 開 三 平 咸 【癡廉】

澄三、章混註（2例）

1）鍾 音鍾 章 鍾 合 三 平 通 ‖直容 澄 鍾 合 三 平 通 【諸容˙】

2）長 眞亮 章 陽 開 三 去 宕 ‖直亮 澄 陽 開 三 去 宕 【直諒】

澄三、昌混註（2例）

1）處 直呂 澄 魚 合 三 上 遇 ‖昌與 昌 魚 合 三 上 遇 【敞呂】

2）長 尺亮 昌 陽 開 三 去 宕 ‖直亮 澄 陽 開 三 去 宕 【直諒】

澄三、船混註（3例）

1）舓 池爾 澄 支 開 三 上 止 ‖神帋 船 支 開 三 上 止 【甚爾】

2）舓 直氏 澄 支 開 三 上 止 ‖神帋 船 支 開 三 上 止 【甚尒】

3）抒 直呂 澄 魚 合 三 上 遇 ‖神與 船 魚 合 三 上 遇 【丈呂】

澄三、禪混註（6例）

1）傳 殊戀 禪 仙 合 三 去 山 ‖直戀 澄 仙 合 三 去 山 【株戀】

2）撣 音纏 澄 仙 開 三 平 山 ‖市連 禪 仙 開 三 平 山 【澄延˙】

3）撣 音廛 澄 仙 開 三 平 山 ‖市連 禪 仙 開 三 平 山 【澄延˙】

按：「撣」，音譯字。先賢撣，人名，凡3次註音：「師古曰：撣，音廛」（p.722）、「鄭氏曰：撣，音纏束之纏。晉灼曰：音田。師古曰：晉音是也。」（p.859）

4）澄 署陵 禪 蒸 開 三 平 曾 ‖直陵 澄 蒸 開 三 平 曾 【持陵】

5）橙 時陵 禪 蒸 開 三 平 曾 ‖直陵 澄 蒸 開 三 平 曾 【持陵】

6）沈 時林 禪 侵 開 三 平 深 ‖直深 澄 侵 開 三 平 深 【持林】

知組三等字組與章組字混註48條，占總數的6%。相混的情況出現在鍾（燭）、支脂之、魚虞、尤、眞諄（質術）、仙、陽（藥）、蒸、昔、陌二、侵（緝）、鹽諸韻裏。

2、知二組與莊組合併

知二組字的音註有 73 條，自註 55 條；莊組字的音註有 350 條，自註 302 條（莊二音註 179 條，自註 161 條；莊三音註 171 條，自註 138 條）。知二組與莊二組混註 6 例，占總數的 2.3%。

知二、莊二混註（4 例）

1）撾 側瓜 莊 麻 合 二 平 假 ‖ 張瓜ˊ 知 麻 合 二 平 假
2）檛 側加 莊 麻 開 二 平 假 ‖ 陟瓜 知 麻 合 二 平 假 【莊華】
3）檛 側瓜 莊 麻 合 二 平 假 ‖ 陟瓜 知 麻 合 二 平 假 【莊華】
4）簀 竹革 知 麥 開 二 入 梗 ‖ 側革 莊 麥 開 二 入 梗 【側革】

知二、初二混註（1 例）

1）吒 初加 初 麻 開 二 平 假 ‖ 陟駕 知 麻 開 二 去 假 【陟加】

徹二、初二混註（1 例）

1）齪 敕角 徹 覺 開 二 入 江 ‖ 測角 初 覺 開 二 入 江 【測角】

按：《通鑑音註》中沒有知二組與莊三組混註的例子。前文已經說過，胡三省的《音註》是註釋性質的註釋書，不是專門的韻書，他只是隨文去註音、釋義、註史、評說，而不會去考慮語音系統上是否完整的。某類例子多或者少，都是語音發生了變化的證明，我們不能說例子多的就足以證明音變的發生，而例子少的則不能證明。因此胡三省的《音註》中沒有知二組與莊三組混註的例子是很正常的，而且這並不影響我們的結論。

知二組與莊二組混註 6 例，占總數的 2.3%；相混的情況出現在麻二韻和覺韻、麥韻。

胡三省《通鑑音註》裏知三章、知二莊的這種混同，與其後出現的代表北方共同語的韻書《中原音韻》裏的知照組聲母的合併相一致。《中原音韻》中常見的合流情況是知三章和知二莊兩組，莊章合流只限於止攝開口，知莊章三組合流只限於通攝，且總體合流的比例不到三分之一。根據蔣冀騁（1997：p.187）的統計，《中原音韻》中莊、章、知三組的小韻共 275 個，其中知三、章合流的 55 例，知二、莊合流的 12 例，莊、章合流的 5 例，莊、章、知三合流的 1 例，知三、莊合流的 1 例，章、知二、知三合流的 1 例，三組有關聯的共 75 例，分用的共 200 例。三組聲母合流的比例占 27.27%，不到三分之一。但是有迹象表明，在

《通鑑音註》語音系統中，這兩個聲母組已經合併了，即知莊章合流爲一組了，都變爲[tʃ]了。

3、知莊章合流

胡三省《通鑑音註》中已經有知莊章合流的迹象，這可以通過下面幾類例子看出：

（1）章組與知二莊組混註（15 例）

① 胡三省用章組字作知組二等韻字的反切上字（6 例）

知₂、「章₂」混註（1 例）：

1）撾　職瓜　章　麻　合　二　平　假 ‖ 張瓜ˊ 知　麻　合　二　平　假

知₂、「昌₂」混註（1 例）：

1）吒　叱稼　昌　麻　開　二　去　假 ‖ 陟駕　知　麻　開　二　去　假 【陟嫁】

知₂、「禪₂」混註（1 例）：

3）咤　涉駕　禪　麻　開　二　去　假 ‖ 陟駕　知　麻　開　二　去　假 【陟嫁】

徹₂、「昌₂」混註（1 例）：

1）坼　斥格　昌　陌　開　二　入　梗 ‖ 恥格ˊ 徹　陌　開　二　入　梗

按：此例中被註字胡三省的註音與《集韻》的反切音韻地位相同。

澄₂、書混註（1 例）：

1）澤　音釋　書　昔　開　三　入　梗 ‖ 場伯　澄　陌　開　二　入　梗 【施隻ˊ】

按：「使張黶陳澤往讓陳餘曰。」胡三省音註：「澤，《史記正義》曰：澤，音釋。」（p.285）

徹₂、「禪₂」混註（1 例）：

1）憃　涉降　禪　江　開　二　去　江 ‖ 丑江　徹　江　開　二　平　江 【陟降】

知₂與章混註發生在江攝、假攝和梗攝。中古章組只與三等韻相拼切，胡三省《通鑑音註》中章組字被用來作知組二等字的反切上字，這種情況發生在江、麻₂及陌₂韻裏，這也說明了從《廣韻》到胡三省《通鑑音註》，章組聲母的性質已經有所改變。章組字與知組二等字混註 6 例，占總數的 0.95％。

② 章組與莊組混註（9例）

章、崇二混註（1例）：

1）屬 音鸄 崇 覺 開 二 入 江 ‖之欲 章 燭 合 三 入 通 【朱欲】

昌、初二混註（1例）：

1）差 叱駕 昌 麻 開 二 去 假 ‖楚懈 初 佳 開 二 去 蟹 【楚嫁】

禪母、崇二母混註（1例）：

1）鄛 上交 禪 肴 開 二 平 效 ‖鉏交 崇 肴 開 二 平 效 【鋤交】

按：此例胡三省《通鑑音註》用禪母與二等韻拼切中古崇母二等字，說明禪母的性質已經發生了改變，不再是三等專有聲母了。

莊三、章混註（2例）：

1）沮 音諸 章 魚 合 三 平 遇 ‖側魚 莊 魚 合 三 平 遇 【臻魚】

2）甄 之人 章 眞 開 三 平 臻 ‖側鄰 莊 眞 開 三 平 臻 【之人】

初三、昌混註（1例）：

1）毳 充芮 昌 祭 合 三 去 蟹 ‖初稅 初 祭 合 三 去 蟹 【充芮】

生三、書混註（3例）：

1）紓 山於 生 魚 合 三 平 遇 ‖傷魚 書 魚 合 三 平 遇 【商居】

2）首 所救 生 尤 開 三 去 流 ‖舒救 書 尤 開 三 去 流 【舒救】

3）少 所沼 生 宵 開 三 上 效 ‖書沼 書 宵 開 三 上 效 【始紹】

莊二組與章組混註出現在江攝入聲燭韻、蟹攝二等佳韻、效攝二等肴韻裏。章組在中古是三等專有聲母，胡三省《通鑑音註》中用章組字與二等韻相拼切，說明從《廣韻》到胡三省《通鑑音註》，章組聲母的性質已經有所改變。莊二與章混註3次，占總數的0.40%。莊三與章混切出現在遇、蟹、臻、效、流諸攝。胡三省《通鑑音註》中莊三的反切和直音有159條，其中與《廣韻》完全相同的有117條，莊組三等與章組混註6次，占總數的0.84%。莊章混註共有9次，占總數的1.02%。

（2）知三與莊組混註（3例）

知三與莊三混註（2例）：

1）鎮 側人 莊 眞 開 三 平 臻 ‖陟鄰 知 眞 開 三 平 臻 【知鄰】

2）著 側略 莊 藥 開 三 入 宕 ‖張略 知 藥 開 三 入 宕 【陟略】

知三與初三混註（1 例）：

1）愴 丑亮 徹 陽 開 三 去 宕 ‖初亮 初 陽 開 三 去 宕 【楚亮】

知三組反切和直音共有 347 條，知三發生音變的有 50 條；知三與莊三混註 3 例，占總數的 0.58%；相混的情況出現在臻攝和宕攝的開口。

知三與莊二也沒有混註的例子。理由和沒有知二組與莊三組混註的例子一樣，與文獻材料的性質有關。前文已經述及，此處不贅。

從知三章與知二莊的混註情況看，《通鑑音註》中，中古的知照組在某些韻裏存在著合併的現象，這些韻是江、佳、祭、魚、眞、肴、宵、尤、麻二、陽諸韻以及入聲韻燭、藥、陌二諸韻。兩個聲母組混同後的音值是[tʃ]。

表 3-8：知、莊、章三組聲母混註比例及其音變條件統計表

	莊	章	音變條件
知二	6（莊二）	6	知二章：江、假、梗
知三	3（莊三）	48	知三莊：臻、宕的開口
莊	—	9	莊章：江、蟹、遇、臻、效、流

從表中顯示的資料看，知三章組與知二莊組混註的次數較少（18 次），而知三章本身就有 47 個例子，《通鑑音註》中知二組與莊組混的例子本身就少（6 例）。數字上的這種多與少，在註釋性的著作中不能用來作爲評判音變與否的硬性標準。研究表明，中古知照組在後期合流的具體過程是：首先是知、徹、澄三母的二等字與莊、初、崇三母合流，知、徹、澄三母的三等字與章、昌、船合流，然後才是莊、初、崇、生（包括知二、徹二、澄二）同章、昌、船、書、禪（包括知三、徹三、澄三）合流〔註28〕。《通鑑音註》中知三章、知二莊已經各自合流，而且知三章組字在江、佳、祭合、魚、眞開、肴、宵、尤、陽、麻二以及入聲韻燭、藥、陌二諸韻裏與知二莊組字的混併，說明中古知、莊、章三組聲母在《通鑑音註》中已經合併爲一組聲母。《通鑑音註》中，中古的知照組聲母已經合併爲一組，這一特點與當是北方共同語讀書音的韻書《蒙古字韻》的聲母系統相一致，也與反映明代讀書音系統《四聲通解》（〔朝鮮〕崔世珍，1517）的聲母系統相一致。

〔註28〕馮蒸：《漢語音韻學》，載《語言文字詞典》，學苑出版社，1999 年版，第 394 頁。

　　《四聲通解》將齒頭音分爲兩類：齒頭音精組合正齒音照組，因爲朝鮮語音本身的齒音只有齒頭與正齒之間的ㅈ[ʧ]、ㅊ[ʧ']、ㅅ[ʃ]一類。爲了表示這兩類齒音，以左腿長的ᄼ、ᄼ、ᄼ註爲齒頭音[ts]、[ts']、[s]，以右腿長的ᄾ、ᄾ、ᄾ註爲正齒音[tʂ]、[tʂ']、[ʂ]。〔註29〕從《蒙古字韻》到《四聲通解》都是反映同一個體系的共同語讀書音，二者的知莊章合流爲一組，可見《通鑑音註》作爲反映共同語讀書音體系的著作，其知莊章三組聲母合流爲一組是肯定的。然而關於《中原音韻》知莊章三組聲母的分合與音值問題一直存在著爭論。羅常培、趙蔭堂、楊耐思、李新魁主張合併爲一組，陸志韋、寧繼福（忌浮）認爲知二莊組聲母不跟韻母[-i]及帶[i]介音的韻母相拼，而知三章組聲母則相反，二者呈互補關係，可以合併爲一個音位，包括兩個變體。合併爲一組的觀點認爲知二莊、知三章的對立主要是韻母的不同，前者不帶[i]介音，後者帶[i]介音，支思部中音位韻母是[ɿ（ʅ／ʮ）]，沒有介音，所以在支思部裏章組和莊組也就沒有對立。持二分觀點的學者主要是把韻母的不同擴大到聲母音值的不同。由於對卷舌聲母[tʂ]等能否帶[i]介音存在原則上的分歧，學術界對《中原音韻》知莊章三組聲母的音值構擬有兩種意見：一種意見認爲卷舌聲母不能和[i]介音或主元音[i]相拼，陸志韋（1988：p.1-34）主張把知照組分成知二莊組與知三章組兩套聲母，分別擬作[tʂ]、[tɕ]等。甯繼福《中原音韻表稿》（1985：p.213-215）認爲[tʂ]和[ʧ]是互補的關係，擬作[tʂ]，[tʂ]與介音[i]或主元音[i]相拼時讀作[ʧ]。羅常培（2004：p.85-110）、董同龢（2004：p.61）、楊耐思（1981：p.24）三位先生主張知莊章三組合流，擬作舌葉音[ʧ]等。另一種意見認爲[tʂ]等聲母能與[i]相拼，李新魁（1983：p.63）主張知、莊、章三組合流，擬作[tʂ]等。我們傾向於知莊章三組聲母合流爲一組、音值構擬爲[ʧ]的觀點。《通鑑音註》中知莊章三組聲母合併成了一個聲母組，不僅如此，這個聲母組又進一步演變，發生了與精組聲母合併爲一組的音變。我們認爲發生這一音變的前提首先是知莊章合併爲一組，否則我們就無法解釋南方某些方言中只有平舌音而沒有卷舌音的現象了。知莊章合流後又與精組合併，這一特點在《蒙古字韻》和《中原音韻》中沒有，說明這是吳方言的特點。根據耿振生（1998：p.156）的研究，吳方言中的確存在著知莊章三組聲母變同精組聲母的語音現象。

〔註29〕張曉曼：《〈四聲通解〉研究》，齊魯書社，2005年版，第59頁。

《通鑑音註》中，中古的知、莊、章三組聲母合流，其音值的構擬如下：

[tʃ]（知莊章，部分澄崇禪）

[tʃʻ]（徹初昌，部分澄崇禪）

[dʒ]（澄崇禪船）

[ʃ]（生書）

[ʒ]（船禪俟）

（二）知照歸精

《通鑑音註》中，中古的知莊章三組聲母與精組聲母發生了合併現象：先是共同語中知莊章合流爲一組[tʃ]，後是[tʃ]組在吳語中併入精組[ts]。中古的知莊章三組聲母併入精組的現象是吳語的特徵。胡三省《通鑑音註》精組與知莊章混併的特點與其他材料研究得出的結論基本相同。李新魁《〈射字法〉聲類考》（1985：p.82-83）考定《射字法》的語音系統是元代的吳語系統，知組在元代以前併入照系，而照系在吳方言中又與精系合流。根據耿振生（1998：p.156）的研究，吳語的知照系聲母的演變歷程有以下三種情況：與精組完全合流、部分知照字歸入精組、與精系區別分明。胡三省的《通鑑音註》中知照組歸入精組的情況即屬其中之一。胡三省是天台人，現代天台方言屬於吳語的台州小片，其聲母沒有卷舌音，只有平舌音（戴昭銘 2003：p.16-36），結合中古語音在現代方言中的音變特點，我們認爲宋末元初知莊章三組聲母在吳語中併入了精組，即其聲母的音值是[ts]組。

1、莊組與精組混註的現象（40 例）

精組字的音註有 988 條，其中與《廣韻》音韻地位完全相同的有 771 條。莊組字的音註有 350 條，其中與《廣韻》音韻地位完全相同的有 247 條。莊組二等字有 179 條音註，莊組三等字有 167 條音註。

（1）精組三等字與莊組三等字混註（20 例）

精三莊三混註（6 例）：

1）騶 則尤 精 尤 開 三 平 流 ‖側鳩 莊 尤 開 三 平 流 【甾尤】

按：「騶」凡 12 見，騶官義，其中註音爲「側尤翻」者 6 次，「側鳩翻」3次，「則尤翻」2 次，「仄尤翻」1 次。

2）鄒 則尤 精 尤 開 三 去 流 ‖側救 莊 尤 開 三 去 流 【側救】

3）毷 則救　精 尤 開 三 平 流　‖側救 莊 尤 開 三 去 流　【側救】

按：「毷」凡 4 見，甓也。其中「側救翻」1 次，「則救翻 2 次。「則尤翻」1 次。義皆同。

4）溱 茲詵　精 臻 開 三 平 臻　‖側詵 莊 臻 開 三 平 臻　【緇詵】

按：「溱」凡 6 見，地名，其中「溱，緇詵翻」2 次，「側詵翻」2 次，「茲詵翻」1 次，「仄詵翻，又音秦」1 次。

5）斮 則略　精 藥 開 三 入 宕　‖側略 莊 藥 開 三 入 宕　【側略】

按：「斮」凡 5 見，斬也。註音爲「側略翻」者 4 次，「則略翻」者 1 次，

6）戢 則立　精 緝 開 三 入 深　‖阻立 莊 緝 開 三 入 深　【側立】

按：「戢」凡 15 見，註音爲「則立翻」者 6 次，「阻立翻」者 3 次，「疾立翻」者 3 次，「側立翻」者 1 次，「阻立翻，又疾立翻」1 次，「則立翻，又疾立翻」1 次。

精≡初≡混註（1 例）：

1）滄 則亮　精 陽 開 三 去 宕　‖初亮 初 陽 開 三 去 宕　【楚亮】

按：「滄」凡 1 見：胡三省音註：「《前書》枚乘諫吳王曰：『欲湯之滄，一人炊之，百人揚之，無益也，不如絕薪止火而已。』滄，音則亮翻，寒也。」（p.1898-1899）《廣韻》「滄」有二切：「七岡切」，寒貌；「初亮切」，寒也。後者與胡三省的音相近、義相同。

清≡莊≡混註（1 例）：

1）甄 七人　清 眞 開 三 平 臻　‖側鄰 莊 眞 開 三 平 臻　【之人】

按：「甄」作爲姓氏，有「之人翻」25 次、「七人翻」1 次，「側鄰翻」2 次。

清≡初≡混註（2 例）：

1）愴 七亮　清 陽 開 三 去 宕　‖初亮 初 陽 開 三 去 宕　【楚亮】

按：「愴」有 5 見，註音有「初亮翻」2 次，「丑兩翻」1 次，「楚亮翻」1 次，「七亮翻」，悽愴義。《廣韻》去聲有「初亮切」，音與義與之相應。

2）讖 七譖　清 侵 開 三 去 深　‖楚譖 初 侵 開 三 去 深　【楚譖】

按：「讖」凡 37 見，圖讖義，其中「楚譖翻」35 次，「七譖翻」1 次，「楚讚翻」1 次。

從₃莊₃混註（5 例）：

1）俎 在呂 從 魚 合 三 上 遇 ‖側呂 莊 魚 合 三 上 遇 【壯所】

按：「俎」僅 1 見，俎豆義。

2）沮 音阻 莊 魚 合 三 上 遇 ‖慈呂 從 魚 合 三 上 遇 【壯所＊】

按：「沮」凡 194 見，其中「在呂翻」，凡 125 次，「子余翻」45 次。另外「七余翻」（2 次）、「千余翻」（3 次）、「音俎」（2 次）等；沮洳城、沮澤之「沮」，音「將預翻」（3 次）、「將豫翻」（2 次）。地名沮陽之「沮」，音「阻。」（p.3426），與《集韻》的音義相同。

3）咀 莊助 莊 魚 合 三 去 遇 ‖慈呂 從 魚 合 三 上 遇 【在呂】

按：「咀」凡 4 見，嚼也，音切爲「在呂翻」2 次，「材汝翻」1 次，「莊助翻」1 次。

4）溱 音秦 從 眞 開 三 平 臻 ‖側詵 莊 臻 開 三 平 臻 【緇詵】

按：「溱」字的註音情況上文已作說明。此切語與「仄詵翻」是又音關係。

5）戢 疾立 從 緝 開 三 入 深 ‖阻立 莊 緝 開 三 入 深 【側立】

按：「戢」字的註音情況上文已作說明。「疾立翻」出現了 3 次，「阻立翻，又疾立翻」1 次。

從₃崇₃混註（2 例）：

1）潺 音踐 從 仙 開 三 上 山 ‖士限 崇 山 開 二 上 山 【仕限／士免】

按：「潺」凡 10 見，指地名潺陵，胡三省音註：「應劭音踐，師古士連翻」（p.2136）《廣韻》潺陵之「潺」，士限切，《集韻》相應的意義有二音，其士免切與「踐」韻同。

2）吮 士兗 崇 仙 合 三 上 山 ‖徂兗 從 仙 合 三 上 山 【豎兗】

按：上文已介紹到《通鑑音註》中，「吮」共有 9 次註音，「徐兗翻」（2 次）、「徂兗翻」（4 次）、「如兗翻」（2 次）、「士兗翻」（1 次），皆爲吮吸義。《廣韻》有二切，其「食尹切」，義爲吸舐也，船諄合三上臻；其「徂兗切」，義爲歃也，其下曰「又徐兗切」，邪仙合三上山，也不與胡三省音相同。

邪俟混註（1 例）：

1）漦 似甾 邪 之 開 三 平 止 ‖俟甾 俟 之 開 三 平 止 【俟甾】

按：「漦」僅 1 見，龍漦。《廣韻》：「漦，涎沫也。又順流也。俟甾切。」《集韻》：「漦，棧山切，魚龍身濡滑者，或說蛟將齧人，先以漦被之。齧死者漦著身厚尺許，以鐵刮之乃散。夏后所藏龍漦是也。」《廣韻》、《集韻》義與《通鑑音註》同，音不同。《集韻》另有「超之切」：「《博雅》瀁也，一曰龍吐沫。」「升基切」，沫也；「充之切」，流涎也。皆與胡三省的音不同。

邪崇₃混註（2 例）：

1）邪 士嗟 崇 麻 開 三 平 假 ‖似嗟 邪 麻 開 三 平 假 【徐嗟】

按：邪，士嗟翻，僅 1 見，不正義，另有「即斜翻」1 次，亦不正義。

2）斜 士嗟 崇 麻 開 三 平 假 ‖似嗟 邪 麻 開 三 平 假 【時遮】

按：左谷蠡王伊稚斜，匈奴單于名，譯音。

精組三等字與莊組三等字混註出現在支、之、魚、尤、臻、仙、麻₃、陽、侵諸韻里。

（2）精組三等字與莊組二等字混註（4 例）

精₃崇₂混註（1 例）：

1）潀 音巢 崇 肴 開 二 去 效 ‖子小 精 宵 開 三 上 效 【鋤交ʾ】

按：「潀」，僅 1 見，潀湖之潀。胡三省音註：「潀，音巢，又子小翻。」（p.5194）

邪崇₂混註（1 例）：

1）苴 徐嗟 邪 麻 開 三 平 假 ‖鉏加 崇 麻 開 二 平 假 【徐嗟】

按：「崔佐時至雲南所都羊苴哶城。」胡三省音註：「苴，蜀《註》：苴，徐嗟翻。」（p.7552）

清₃生₂混註（2 例）：

1）數 七欲 清 燭 合 三 入 通 ‖所角 生 覺 开 二 入 江 【趨玉】

2）數 趨玉 清 燭 合 三 入 通 ‖所角 生 覺 开 二 入 江 【趨玉】

按：「數」凡 1045 見，多次義音「所角翻」，884 次；「七欲翻」（1 次）、「趨玉翻」（2 次），記的是「密也」；另有數落義，音「所具翻」（117 次）。

（3）精組一等字與莊組二等字混註（2例）

從一崇二混註（1例）：

1）饌 徂皖 從 刪 合 二 上 山 ‖ 雛鯇 崇 刪 合 二 上 山 【鶵免】

精一崇二混註（1例）：

1）籑 音撰 崇 刪 合 二 上 山 ‖ 蘇管 精 桓 合 一 上 山 【雛縮ˋ】

按：「置孝元廟故殿以爲文母籑食堂。」胡三省音註：「孟康曰：「籑，音撰。晉灼曰：籑，具也。」（p.1199）。《廣韻》「籑」，籃屬，無具義，其「饌」下註云「說文曰具食也，七戀切。」《集韻》「籑、饌，具食也，或作饌。」音與撰、籑同，鶵免切、雛縮切。可見「籑」是假借字，本字當爲「饌」。

心一生二混註（1例）：

1）狦 先安 心 寒 開 一 平 山 ‖ 所姦 生 刪 開 二 平 山 【所晏】

（4）精組一等字與莊組三等字混註（2例）

精一莊三混註（1例）：

1）捒 音鄒 莊 尤 開 三 平 流 ‖ 側九 精 尤 開 三 上 流 【甾尤ˋ】

按：「四年春，正月，大旱，關東民無故驚走，持藁或捒一枚。」（p.1094）胡三省音註：「捒，音鄒，又側九翻」。此例中被註字與註音字在《集韻》中是同音字，胡三省的音註與《集韻》的註音相同。

心一生三混註（1例）：

1）艘 疏留 生 尤 開 三 平 流 ‖ 蘇遭 心 豪 開 一 平 效 【蘇遭】

按：「艘」，船的數量單位，凡71見，以「蘇」作反切上字69次，以「疏」作反切上字2次。

（5）胡三省用莊組字與一等韻字拼切精組一等字（2例）

心一、「生一」混註（2例）：

1）艘 疏刀 生 豪 開 一 平 效 ‖ 蘇遭 心 豪 開 一 平 效 【蘇遭】

2）掃 所報 生 豪 開 一 去 效 ‖ 蘇到 心 豪 開 一 去 效 【先到】

胡三省《資治通鑑音註》用用莊組字與一等韻字拼切《廣韻》精組一等字，這類反切的存在說明此處莊組字已經不再是中古時代的莊組字了，具體說就是心母與生母混同了。

（6）胡三省用精組字與二等韻拼切莊組二等字（10例）

「精二」、莊二混註（4例）：

1）瘵 則界 精 皆 開 二 去 蟹 ‖ 側界 莊 皆 開 二 去 蟹 【側界】

按：「瘵」凡3見，病也，胡三省註爲「側界翻」（p.8190）、「仄界翻」（p.7437）、「則界翻」（p.6170）。

2）爭 則迸 精 耕 開 二 去 梗 ‖ 側迸 莊 耕 開 二 去 梗 【側迸】

按：「爭」凡44見，爲諫爭義註音43次：胡三省音註「讀曰諍」或「讀與諍同」，共39次，「則迸翻」2次、「側迸翻」2次，如字1次。《廣韻》：諍，諫諍也，止也，亦作爭，側迸切。《集韻》爭、諍同音組，側迸切：諍，《說文》止也，通作爭。

3）娖 則角 精 覺 開 二 入 江 ‖ 側角 莊 覺 開 二 入 江 【測角】

按：「娖」凡4見，娖隊義，註爲「側角翻」者3次，註爲「則角翻」者1次。

4）查 祖加 精 麻 開 二 平 假 ‖ 鉏加 崇 麻 開 二 平 假 【莊加】

按：「查」，共9次註音，查瀆，地名，胡三省音註：「裴松之曰：查，音祖加翻。」（p.1986）註音1次。還有「查浦」，地名，莊加翻，註音1次。

「精二」初二混註（2例）：

1）鍤 則洽 精 洽 開 二 入 咸 ‖ 楚洽 初 洽 開 二 入 咸 【測洽】

2）㭱〔註30〕測洽 精 洽 開 二 入 咸 ‖ 楚洽 初 洽 開 二 入 咸 【測洽】

〔註30〕㭱，《通鑑》：「其梓柱生枝葉，扶疏上出屋，根㭱地中。」（p.987）胡三省音註：「康曰：㭱，測洽切。余按字書，測洽之『㭱』，從干、從臼，與今『㭱』字不同。漢書作『根垂地中』，意『㭱』即『垂』字也。」按：康音與《集韻》同。《廣韻》「㭱」與「插」同音，楚洽切，舂去皮也。《集韻》：「㭱鍤㭱，磣歃切，舂穀去皮也。或從金，亦作鍤。」《廣韻》、《集韻》之「㭱」義與《通鑑》無涉。《通鑑》之「㭱」當爲「插」。「插」，《廣韻》楚洽切，刺入；《集韻》測洽切，刺肉。又磣歃切，刺也。《漢書》宋祁曰「垂作㭱，一作㭱。」《前漢書卷三十六考證》：「胡三省曰：孟康云㭱則洽切，按字書測洽之㭱與㭱字不同意，《漢書》『㭱』字即『垂』字也。臣照按：今本或作垂、作㭱，而汲古閣本尚作㭱字。」古人爭論沒有結果。筆者以爲「㭱」當據文義爲「楚洽切」之「插」。

「清二」崇二混註（1 例）：

1）饞 七咸 清 咸 開 二 平 咸 ‖士咸 崇 咸 開 二 平 咸 【鋤咸】

按：「饞」僅 1 見，貪食義。

「從二」崇二混註（2 例）：

1）犲 徂齋 從 皆 開 二 平 蟹 ‖士皆 崇 皆 開 二 平 蟹 【牀皆】

按：「犲」僅 1 見，犲狼。

心二生二混註（1）：

1）索 昔客 心 陌 開 二 入 梗 ‖山戟 生 陌 開 二 入 梗 【色窄】

胡三省《資治通鑑音註》用精組字與二等韻拼切莊組二等字的現象發生在皆、耕以及覺、陌二、洽等二等韻裏。對照被註字的《集韻》反切，可以看到這一現象在《集韻》中有所體現。

從以上分析我們可以看出，精組與莊組的混併因「等」而異：精三與莊三的次數相混遠遠高於精三與莊二、精一與莊二莊三的相混次數。由此我們說胡三省《通鑑音註》中精組與莊組的混併主要發生在三等韻。精組與莊組發生音變的條件是支之、魚、尤侯、豪、臻、仙、麻、庚、陽（藥）、侵（緝）等韻。精組四等字沒有與莊組聲母混註的例子。

2、章組與精組混註的現象（26 例）

（1）精組三等字與章組字混註（22 例）

精三章混註（4 例）：

1）賑 即忍 精 眞 開 三 上 臻 ‖章忍 章 眞 開 三 上 臻 【止忍】

2）賑 津忍 精 眞 開 三 上 臻 ‖章忍 章 眞 開 三 上 臻 【止忍】

按：「賑」凡 36 次註音，「即忍翻」1 次，「津忍翻」27 次。「止忍翻」1 次，「之忍翻」7 次。

3）枕 即任 精 侵 開 三 去 深 ‖之任 章 侵 開 三 去 深 【職任】

按：「枕」凡 62 見，「即任翻」1 次，「之任翻」9 次，「之鴆翻」7 次，「職任翻」41 次，「職鴆翻」3 次，如字 1 次。

4）讋 即涉 精 葉 開 三 入 咸 ‖之涉 章 葉 開 三 入 咸 【質涉】

按：「讐」凡 7 見，「之涉翻」5 次，「質涉翻」1 次，「即涉翻」1 次。並失氣義。

清三昌混註（5 例）：

1）趣 尺玉 昌 燭 合 三 入 通 ‖親足 清 燭 合 三 入 通 【趣玉】

按：「趣」在《資治通鑑》中多借爲「趣」，表示趨向義，音七喻翻，121次；「尺玉翻」表示催促義的「趣」，此義《廣韻》親足切。

2）趣 春遇 昌 虞 合 三 去 遇 ‖七句 清 虞 合 三 去 遇 【逡遇】

按：「趣」凡 495 見，有兩種意義和音讀：義爲趨向者，多音「七喻翻」325次，「春遇翻」僅 1 次；義爲催促者，讀曰促，135 次。

3）姝 逡須 清 虞 合 三 平 遇 ‖昌朱 昌 虞 合 三 平 遇 【春朱】

按：「姝」凡 2 見，「逡須翻」1 次，「春朱翻」1 次，義美也。

4）壍〔註31〕尺豔 昌 鹽 開 三 去 咸 ‖七豔 清 鹽 開 三 去 咸
【七艷】

5）瞋 七人 清 眞 開 三 平 臻 ‖昌眞 昌 眞 開 三 平 臻 【稱人】

按：「瞋」凡 37 見，其中「七人翻」15 次，「昌眞翻」22 次，皆瞋目義。

從三禪混註（1 例）：

1）單 慈淺 從 先 開 四 上 山 ‖常演 禪 仙 開 三 上 山 【上演】

按：「單」凡 116 次註音，其中作爲漢人姓氏的「單」：「音善」20 次、「慈淺翻」5 次、「常演翻」1 次，「上演翻」3 次。

心三昌混註（1 例）：

1）倡 先向 心 陽 開 三 去 宕 ‖尺亮 昌 陽 開 三 去 宕 【尺亮】

按：「倡」凡 27 見，倡優義，註音爲「音昌」的 21 次，「齒良翻」2 次，「齒羊翻，又音唱」1 次，「音昌，又尺亮翻」1 次，「尺良翻」1 次，「師古曰：倡，音先向翻」1 次。《廣韻》「倡」有尺良、尺亮二切。

〔註31〕胡三省註云：「壍，即塹字。」《康熙字典》云：「塹，《唐韻》、《集韻》、《韻會》、《正韻》並七豔切，音槧。《說文》：坑也。又遶城水也。《史記·秦紀》：塹山堙谷千八百里。一作壍。《史記·秦紀》壍河旁。《高祖本紀》深壍而守。又作『壍』，司馬相如傳：隤牆填壍。」

心三書混註（6例）：

1）僿 西志 心 之 開 三 去 止 ‖式吏 書 之 開 三 去 止 【相吏】

按「僿」見於《音註》中，僅1見：「文之敝小人以僿，故救僿莫若以忠。」
（p.1558）胡三省音與《集韻》同。

2）少音小 心 宵 開 三 上 效 ‖書沼 書 宵 開 三 上 效 【始紹】

按：「最少，不肖，而臣憐愛之」，胡三省音註：「少，失照翻，又音小。」
（p.164）

3）饟 息亮 心 陽 開 三 去 宕 ‖式亮 書 陽 開 三 去 宕 【式亮】

按：「饟」凡3見，註明「古『餉』字」1次，註音爲「息亮翻」2次。《廣
韻》「餉」、「饟」同音，式亮切。

4）深 悉禁 心 侵 開 三 去 深 ‖式禁 書 侵 開 三 去 深 【式禁】

按：「深」，凡28見，度深曰深，註音爲「式禁翻」16次，「式浸翻」9次，
「式鴆翻」2次，「悉禁翻」1次。

5）苫 息廉 心 鹽 開 三 平 咸 ‖失廉 書 鹽 開 三 平 咸 【詩廉】

按：「苫」凡3見，「詩廉翻」2次，「息廉翻」1次。

6）驤 始將 書 陽 開 三 平 宕 ‖息良 心 陽 開 三 平 宕 【思將】

按：「驤」凡82見，龍驤，註音爲「思將翻」者80次，「斯將翻」1次，「始
將翻」1次。

邪書混註（3例）：

1）抒音舒 書 魚 合 三 平 遇 ‖徐與 邪 魚 合 三 上 遇 【上與】

按：「抒」3見，「直呂翻」1次，「叙呂翻」1次。「抒意通指」，胡三省音
註：「《索隱》曰：抒，音墅。抒者舒也，又常恕翻；康曰：亦音舒。」（p.115）

2）徐音舒 書 魚 合 三 平 遇 ‖似魚 邪 魚 合 三 平 遇 【商居】

按：「徐」3見，皆註爲「音舒」。「吾吏有黔夫者，使守徐州」，胡三省音
註：「徐，音舒。丁度《集韻》『徐』作『徐』，音同。」（p.50）《集韻》：「徐，
徐州，地名，在齊，通作舒。」「徐」，詳余切，「徐」與之同一音組；「徐」下
註釋云：「《說文》緩也，亦姓。或作邪。通作徐。」

3）羨 式面 書 仙 開 三 去 山 ‖似面 邪 仙 開 三 去 山 【似面】

按:「羨」,羨餘、羨利義,有21次註音,註爲延面翻4次,弋線翻10次。弋戰翻4次,于線翻2次,式面翻1次。

邪禪混註（1例）:

1）寺 音侍 禪 之 開 三 去 止 ‖ 祥吏 邪 之 開 三 去 止 【時吏＊】

按:「寺」凡3見,註爲「如字,又音侍」,寺人之官義。

邪船混註（2例）:

1）食 音嗣 邪 之 開 三 去 止 ‖ 乘力 船 職 開 三 入 曾 【祥吏＊】

按:「食」凡62見。「楊端和伐魏」,胡三省音註:「又晉大夫楊食我食采於楊氏,子孫以邑爲氏。楊食,音嗣」（p.212）楊食之「食」,義當爲給食,是「飤」的假借字。《廣韻》「嗣」、「飤」同一音組,祥吏切。《集韻》食與嗣同音,祥吏切。

2）食 祥吏 邪 之 開 三 去 止 ‖ 乘力 船 職 開 三 入 曾 【祥吏】

按:「食」作爲供給食物義,讀日「飤」,出現了22次;音祥吏翻,出現了29次,後者與《廣韻》的「飤,祥吏切」相對應。

精組三等字與章組字混註的情況出現在之、魚虞、宵、麻三、眞、仙、陽、侵、鹽（葉）、職諸韻裏。

（2）精組一等字與章組字混註（1例）

1）漎 之戎 章 東 合 三 平 通 ‖ 徂聰＊ 從 東 合 一 平 通

按:「漎」僅1見,皇子名,胡三省音註:「漎,徂聰翻,又徂宗翻,又將容翻,又之戎翻。」（p.6802）《廣韻》無「漎」字,《集韻》、《五音集韻》「漎」是「潀」的異體字,徂聰切。「潀」,《廣韻》有職戎、徂紅、在多三切,小水入大水義。胡三省的音除了「將容翻」,其他的都與《廣韻》音相同。

（3）胡三省用章組字與一、四等韻字拼切精組一、四等韻字（3例）

清-「昌-」混註（2例）:

1）蹉 昌何 昌 歌 開 一 平 果 ‖ 七歌 清 歌 開 一 平 果 【倉何】

按:「蹉」凡15見,蹉跌義,音「倉何翻」5次,「七何翻」9次,「昌何翻」1次。

2）傪 昌含 昌 覃 開 一 平 咸 ‖ 倉含 清 覃 開 一 平 咸 【倉含】

按：「傪」凡 3 見，人名。註音有：「傪，七感翻，又倉含翻」、「傪，昌含翻，又七感翻」、「傪，七感翻，又倉含翻」。《廣韻》有倉含、七感二切。

心一「書四」混註（1 例）：

1）先 式薦 書 先 開 四 去 山 ‖蘇佃 心 先 開 四 去 山 【先見】

按：「先」凡 504 見，先後之先義，註明去聲的 6 次，註明如字的 1 次。註音為「悉薦翻」的 479 次，註為「昔薦翻」者 10 次，註為「息薦翻」者 4 次，「心薦翻」1 次，「式薦翻」1 次，「悉見翻」1 次。

精組聲母的一、三等韻字都與章組聲母字互註，這種情況與精組和莊組混同的情形相同，這表明胡三省《通鑑音註》精組字也與章組字發生了混併，而且胡三省《通鑑音註》用章組聲母字和一等韻相拼切精組一等韻字，說明胡三省《通鑑音註》中，中古的章組聲母的性質已經不同於《切韻》（《廣韻》）了。

3、知組與精組混註的現象（15 例）

（1）精組三等字與知組三等字混註（12 例）

精₃知₃混註（3 例）：

1）將 知亮 知 陽 開 三 去 宕 ‖子亮 精 陽 開 三 去 宕 【即亮】

按：「崔日用將兵誅諸韋於杜曲。」胡三省音註：「將，知亮翻，又音如字。」（p.6647）「將」在《通鑑音註》中凡 2105 見，其「將，即亮翻」有 1900 餘次，「即亮翻，又音如字」11 次。

2）魻 音接 精 葉 開 三 入 梗 ‖陟葉 知 葉 開 三 入 咸 【陟涉】

3）惙 積雪 精 薛 合 三 入 山 ‖陟劣 知 薛 合 三 入 山 【株劣】

清₃徹₃混註（5 例）：

1）瘳 且留 清 尤 開 三 平 流 ‖丑鳩 徹 尤 開 三 平 流 【丑鳩】

按：「瘳」凡 9 見，病愈義。註音作「丑留翻」者 8 次，「且留翻」者 1 次。此處疑「且」是「丑」的誤寫。

2）竣 丑緣 徹 仙 合 三 平 山 ‖七倫 清 諄 合 三 平 臻 【逡緣】

按：「竣」凡 7 見，皆人名。6 次註音作「七倫翻」，1 次為「七倫翻，又丑緣翻。」

3）佺 丑緣 徹 仙 合 三 平 山 ‖此緣 清 仙 合 三 平 山 【莊緣】

按：「佺」凡 4 見，人名。註音分別爲「且緣翻」2 次，「此緣翻」1 次，「丑緣翻」1 次。

4）詮　丑緣　徹　仙　合　三　平　山　‖此緣　清　仙　合　三　平　山　【逡緣】

按：「詮」凡 13 見，作爲人名，音作「且緣翻」（10 次）、「丑緣翻」（2 次）；音「此緣翻，《說文》具也」（1 次，p.5694）。

5）悛　丑緣　徹　仙　合　三　平　山　‖此緣　清　仙　合　三　平　山　【逡緣】

按：「悛」，凡 37 見，改也；音「丑緣翻」28 次，「丑緣翻，又七倫翻」5 次。

精ⁿ澄ⁿ混註（1 例）：

精ⁿ澄ⁿ混註（1 例）：

1）將　直亮　澄　陽　開　三　去　宕　‖子亮　精　陽　開　三　去　宕　【即亮】

按：「將」，將領義，「直亮翻」僅 1 見。上文已舉出「將」有「知亮翻」。

從ⁿ知ⁿ混註（1 例）：

1）疌　竹二　知　脂　開　三　去　止　‖疾葉　從　葉　開　三　入　咸　【陟利】

按：「疌」，人名，胡三省音註：「疌，師古曰：疌，音竹二翻。」與《集韻》音相同。

心ⁿ徹ⁿ混註（1 例）：

1）銛　丑廉　徹　鹽　開　三　平　咸　‖息廉　心　鹽　開　三　平　咸　【思廉】

按：「銛」，利也，也作人名，凡 8 見。其中「思廉翻」4 次，「息廉翻」3 次，「丑廉翻」1 次。

邪澄ⁿ混註（1 例）：

1）斜　直牙　澄　麻　開　三　平　假　‖似嗟　邪　麻　開　三　平　假　【直加】

按：「其弟左谷蠡王伊稚斜自立爲單于」（p.609），胡三省音註：「《索隱》曰：士嗟翻，鄒誕生音直牙翻。蓋『稚斜』胡人語，近得其實。」

精組三等字與知組三等字混註的情況出現在之、麻ⁿ、尤、諄、仙（薛）、陽（藥）、鹽（葉）諸韻裏。

（2）胡三省用精組字作二等韻字的反切上字（3 例）

1）檛　則瓜　精　麻　合　二　平　假　‖陟瓜　知　麻　合　二　平　假　【莊華】

按：「檛」，箠也，箠擊也，凡 14 見，反切下字用麻二韻之瓜、加，上字則

用側（6 次）、則（5 次）、陟（3 次）三字。一字而用中古莊、精、知三個聲母字作反切上字，其混同的情況可見一斑。

2）撾 則瓜 精 麻 合 二 平 假 ‖張瓜＊知 麻 合 二 平 假

按：「撾」，擊也，凡 14 見，反切下字用麻二之瓜、加，上字分別用側（5次）、則（6 次）、職（1 次）、陟（1 次），反映的是中古知莊章精聲母的混同。還有一例是「其瓜翻」，疑誤。

3）讁 則革 精 麥 開 二 入 梗 ‖陟革 知 麥 開 二 入 梗 【陟革】

按：「讁」，貶謫義，凡 2 見，「則革翻」、「陟革翻」各 1 次。

4、知照歸精的問題分析

表 3-9：精組與知、莊、章三組聲母混註情況統計表

	莊二	莊三	章	知二	知三
精一	3	2	4	0	0
精三	4	20	22	3	12
精四	0	0	0	0	0
音變條件	精一莊二：桓、刪、豪 精三莊二：宵、麻二	精一莊三：豪、侯 精三莊三：支、之、魚、尤、臻、仙、麻三、陽（藥）、侵（緝）	精一章：東、歌、覃、先 精三章：之、魚、虞、宵、麻三、眞、仙、陽、侵、鹽（葉）、職	「精二」知二：麻二、麥韻	之、麻三、尤、諄、仙（薛）、陽（藥）、鹽（葉）

從這個統計表看，精組字與知、莊、章混註的主要集中在知三、莊三、章組，主要是精組三等字與知照組三等字的混註。精四沒有與知莊章混註的例子，大概是由於韻母的原因。《通鑑音註》中知莊章三組聲母已經合流，精組與知莊章合併的音變條件是止攝、遇攝（精三知的混註不出現在此攝）、流攝、假攝、臻攝、山攝、宕攝、咸攝、深攝、曾攝（只有精三章在此攝的職韻裏混註）的三等韻。知莊章三組聲母合流後又都歸併到精組（即[ts]組）裏去了，即知照歸精。

宋末元初，胡三省的《通鑑音註》音系中知照組合流後歸入精組。這一特點，在其後的元代吳語的研究中也顯示出來了。元人陶宗儀的《南村輟耕錄》，記有《射字法》一則，介紹一種語音遊戲，其中涉及音韻，對研究漢語語音史和方言史有重要的參考價值。李新魁、魯國堯均做過研究。李新魁（1985：p.84）

認爲其時吳方言中知照組已經完全與精組合併了，所以他擬定的聲母中齒音只有[ts]組，而魯國堯（1994：p.261）則認爲齒音應當分爲[ts]、[tʂ]兩組。

我們可以看出兩家的分歧在於知照組聲母歸不歸精組。李新魁根據《射字法》中引錄的字母詩每一個字後所附的兩個字是雙聲字這一特點，認爲「撰作這字母詩的人，對於雙聲字的選擇是很謹愼的，而且更換雙聲字也是有意識的。『切字要法』及『切韻六十八字訣』所反映的讀音，基本上是當時流行於中原地區的共同語語音，即當時一般通用的讀書音系統，射字法據以改定字母詩，以適應吳方言的音讀。」〔註32〕「征征煎，征在《廣韻》中屬照三紐字，《韻略》作諸成切，按一般擬音，照三組該爲[tʂ]（元代照三組已與照二組合流同作[tʂ]等）；而煎在《廣韻》中屬精母，《韻略》作將仙切，該是[ts]。依例字之通例，征煎當爲雙聲。現一屬照，一屬精，究竟它們代表什麼音值呢？這個問題，字母詩本身提供了一條線索，它在精母之下也附精煎二字，精煎俱爲[ts]母，是沒有問題的。征與精既同附以煎，則可見征與精通。精煎既爲[ts]，則征也必爲[ts]。我們證諸現代吳語，古照紐字俱併入精系，這情況與射字法的列字是一致的。由此可知，吳語照組字與精組之合併，已早在宋元之世。」〔註33〕魯國堯認爲知照組與精組在元代松江方言裏分立，「在元代松江方言裏，甲乙兩組分立，助紐字不全混；但又有部分字相混的現象，或許反映了乙組字（古知照組）向甲組字（古精組）過渡的歷史演變。」〔註34〕

五、舌上音、正齒音演變特點

《通鑑音註》音系中，知莊章三組聲母合併爲一組舌葉音，同時又存在著與精組聲母的混註現象。考慮到知莊章三組聲母與精組聲母自註的比例遠遠大於混註的比例，我們認爲，中古知莊章精四組聲母在《通鑑音註》音系中應當有兩套聲母，即知莊章合流的爲一套，精組爲一套。在吳方言層面，知照歸精。

〔註32〕李新魁：《〈射字法〉聲類考》，載《古漢語論集》（第一輯），湖南教育出版社，1985年版，第75頁。

〔註33〕李新魁：《〈射字法〉聲類考》，載《古漢語論集》（第一輯），湖南教育出版社，1985年版，第77～78頁。

〔註34〕魯國堯：《〈南村輟耕錄〉與元代吳方言》，載《魯國堯自選集》，河南教育出版社，1994年版，第259頁。

《通鑑音註》知莊章聲母合流爲一組聲母，其音值的構擬如下：

[ʧ]（知莊章，部分清化了的濁聲母字）

[ʧʻ]（徹初昌，部分清化了的濁聲母字）

[ʤ]（澄崇禪）

[ʃ]（生書，部分清化了的濁聲母字）

[ʒ]（禪船俟）

在吳方言層面，知莊章合併後併入精組，即吳方言只有平舌音，其音值的構擬如下：

[ts]（精知莊章，部分清化了的濁聲母字）

[tsʻ]（清徹初昌，部分清化了的濁聲母字）

[ʣ]（從邪澄崇船禪）

[s]（心生書，部分清化了的濁聲母字）

[z]（邪從俟船禪）

第五節　牙喉音

　　牙音通常指的是舌根音見、溪、群、疑，喉音指的是影、曉、匣、云、以。中古牙音聲母與喉音聲母各自獨立不混，但在胡三省《通鑑音註》裏，牙音和喉音除了發生了與共同語相同的音變現象諸如濁音清化、影喻合流、匣云以合流等之外，還發生了牙音與喉音混註、喉牙音與舌齒唇音的混註等情況，因此我們把它們放在一節裏進行討論。這裏需要說明的是牙音和喉音的混註中有些是反映了胡三省音系中喉音聲母以及零聲母的演變問題，而牙喉音與唇、舌、齒音的混註反映的是上古音的情況。這種情況的存在是由於胡三省的《音註》的性質使然：《資治通鑑》記錄了共計一千三百六十二年的歷史，《音註》爲著註釋《通鑑》服務，保存了很多古音。這些古音是《音註》的一部分內容，但卻不是我們研究宋末元初的胡三省音系的材料。因此我們研究胡三省的音系，應該將喉牙聲轉以及喉牙音與唇、舌、齒音字混註的情況排除在其時代的音系之外。但是這一部分畢竟是胡三省《音註》中的資料，我們就將其作爲第三個內容姑且放在本節文末尾。

一、牙音

見組字的註音有 1443 條，其中與《廣韻》音韻地位完全相同的有 1115 條。見母字註音有 726 條，見母自註 661 條，與其他聲母混註的有 65 條。溪母字的註音有 295 條，溪母自註 254 條，與其他聲母混註的有 41 條。群母字的註音有 226 條，群母自註 207 條，與其他聲母混註的有 19 條。疑母字的註音有 196 條，疑母自註 183 條，與其他聲母混註的有 13 條。

表 3-10：牙音字自註與混註情況統計表

	見	溪	群	疑
見	661	19	6	6
溪	14	254	5	3
群	19	5	207	0
疑	3	0	0	183
其他	見影 5、見曉 4、見匣 9、見云 1、見以 2、見邪 2、見知 2、見章 1、見來 1、見定 1、見清 1、見疑 3	溪影 1、溪曉 5、溪匣 6、溪以 2、溪定 1、溪端 1、溪書 1、溪疑 1	群曉 3、群匣 1、群澄 1、群昌 1、群書 1、群來 1	疑來 1、疑透 1、疑邪 1、疑章 1
總計	726	295	226	196
自註比例	91.1%	86.1%	91.6%	93.4%

（一）群母清化問題

1、見、群混註（16 例）

平平互註（6 例）：

1）鉤 音劬 群 虞 合 三 平 遇 ‖ 古侯 見 侯 開 一 平 流 【權俱ˊ】

按：「鉤町」，西南夷國，音劬梃。

2）茄 求加 群 麻 開 二 平 假 ‖ 古牙 見 麻 開 二 平 假 【求迦】

按：茄，茄子浦，地名，《類篇》求加翻，僅 1 見。

3）迦 求加 群 麻 開 二 平 假 ‖ 古牙 見 麻 開 二 平 假 【居牙】

4）迦 求伽 群 戈 合 三 平 果 ‖ 居伽 見 戈 合 三 平 果 【居伽】

按：「迦」，胡人名譯音。

5）軒　鉅連　群　仙　開　三　平　山　‖古閑　見　山　開　二　平　山　【渠焉】

按：黎軒，西域國名，《廣韻》音古閑切。胡三省註有兩讀：軒，音軒，又音鉅連翻。

6）鞬　其言　群　元　開　三　平　山　‖居言　見　元　開　三　平　山　【居言】

按：「鞬」，凡 36 見，其中註音爲「居言翻」的有 32 次，註音爲「九言翻」的 3 次，註音爲「其言翻」的 1 次。

平仄互註（1 例）：

1）糾　渠幽　群　幽　開　三　平　流　‖居黝　見　幽　開　三　上　流　【吉酉】

按：「糾」，糾合，僅 1 次註音。

2）仄仄互註（9 例）：

1）共　居用　見　鍾　合　三　去　通　‖渠用　群　鍾　合　三　去　通　【居用】

按：「共」，供養義，共 7 次註音，皆音居用翻；《集韻》有此音義。

2）機　其既　群　微　開　三　去　止　‖居豙　見　微　開　三　去　止　【其既】

按：機祥，胡三省的註音「機，居希翻，又其既翻」，分別對應《廣韻》的「居依切」、「居豙切」。

3）拒　俱甫　見　虞　合　三　上　遇　‖其呂　群　魚　合　三　上　遇　【果羽】

按：「拒」，左拒、右拒，指方陣。僅 1 次註音。

4）枸　求羽　群　虞　合　三　上　遇　‖俱雨　見　虞　合　三　上　遇　【果羽】

按：「使番陽令唐蒙風曉南越，南越食蒙以蜀枸醬。」胡三省曰：「晉灼曰：枸音矩。《索隱》從徐廣音求羽翻。」（p. 587-588）

5）揵　巨偃　群　元　開　三　上　山　‖居偃　見　元　開　三　上　山　【巨偃】

按：「揵」，接也，僅 1 次註音，與《集韻》同。

6）寋　九件　見　仙　開　重三　上　山　‖其偃　群　元　開　三　上　山　【九件】

按：「寋」，姓也，共 3 次註音：「音件」（1 次）、「與蹇同」（1 次）。

7）嶠　居廟　見　宵　開　重三　去　效　‖渠廟　群　宵　開　重三　去　效　【渠廟】

按：「嶠」，地名，僅 1 次註音。

8）屈　渠勿　群　物　合　三　入　臻　‖九勿　見　物　合　三　入　臻　【九勿】

9）屈　其勿　群　物　合　三　入　臻　‖九勿　見　物　合　三　入　臻　【九勿】

按:「屈」,共 48 次註音,其中作爲地名、姓氏的註音爲「居勿翻」(18 次)、「九勿翻」(10 次)、「區勿翻」(4 次)、「丘勿翻」(1 次),這三個註音義皆與《廣韻》相同。作爲倔強義的「屈」、崛起的「屈」、物力必屈之「屈」,註音爲「其勿翻」(10 次)、「求勿翻」(2 次)、「渠勿翻」(1 次)。《廣韻》、《集韻》皆無此義。《廣韻》倔、崛,同音衢勿切,《集韻》有渠勿切與之對應。

2、溪、群混註(9 例)

平平互註(3 例):

1)卷 丘權 溪 仙 合 重三 平 山 ‖巨員 群 仙 合 重三 平 山 【驅圓】

按:卷津,地名,音丘權翻。

2)卷 起權 溪 仙 合 重三 平 山 ‖巨員 群 仙 合 重三 平 山 【驅圓】

按:「十日一還學監試諸生,巾卷在庭,劍衛、令史,儀容甚盛。」(p.4267)胡三省註曰:「卷,巨員翻,冠武也。鄭註《禮記》云:武冠,卷也,音起權翻。」

3)卷 音箘 溪 諄 合 重三 平 臻 ‖巨員 群 仙 合 重三 平 山 【巨隕﹒】

按:朐卷縣,應邵曰:「朐,音旬日之旬。卷,音箘簬之箘。」

平仄互註(1 例):

1)圈 丘員 溪 仙 合 三 平 臻 ‖渠篆 群 仙 合 重三 上 山 【驅圓】

仄仄互註(5 例):

1)褉 睽桂 溪 齊 合 四 去 蟹 ‖睽桂 群 齊 合 四 去 蟹 【睽桂】

按:《廣韻》無「褉」字。《集韻》睽桂切。

2)揭 其逝 群 祭 開 三 去 蟹 ‖去例 溪 祭 開 重三 去 蟹 【其例】

按:「揭陽」,胡三省音註:「韋昭曰:揭,其逝翻;蘇林音揭;師古音竭。」

3)詰 其吉 群 質 開 重四 入 臻 ‖去吉 溪 質 開 重四 入 臻 【喫吉】

4)詰 極吉 群 質 開 重四 入 臻 ‖去吉 溪 質 開 重四 入 臻 【喫吉】

按:「詰」,共 160 次註音,其中爲詰責義註音 130 次:其中極吉翻 1 次、其吉翻 4 次,餘者皆以去(126 次)、起(3 次)、區(1 次)作反切上字;爲詰朝、詰旦義註音 30 次:「去吉翻」(16 次)、「起吉翻」(2 次)、「其吉翻」(1 次)。

5)闕 其月 群 月 合 三 入 山 ‖去月 溪 月 合 三 入 山 【其月】

按：「闕」，闕地通路之闕，僅 1 次註音。

《通鑑音註》中群母字註音 227 條，與見母字、溪母字混註者 9 條，清化的比例是 3.96%。

（二）同組聲母混註情況

1、見、溪混註（34 例）

1）觖 音冀　見 脂 開 重三 去 止 ‖窺瑞 溪 支 合 重四 去 止 【窺睡】

按：「羣臣往往有觖望自危之心。」（p.370）胡三省音註：「觖，古穴翻。師古曰：音決，觖謂相觖也。望，怨望也。韋昭曰：觖，猶冀也，音冀。《索隱》音企。」此例是韋昭的註音。

2）頯 匡軌 溪 脂 合 重三 上 止 ‖居洧 見 脂 合 重三 上 止 【苦軌】

按：《廣韻》「頯」有渠追、居洧二切，義皆同。

3）歸 音歸 見 微 合 三 平 止 ‖丘追 溪 脂 合 重三 平 止 【丘追】

按：「歸」是人名。凡兩見：「音歸，又區胃翻」、「區韋翻，又苦鬼翻，又丘愧翻」。

4）刲 涓畦 見 齊 合 四 平 蟹 ‖苦圭 溪 齊 合 四 平 蟹 【傾畦】

按：「刲」，凡 2 見，註音相同，義爲「割也」。《廣韻》、《集韻》註音相同。

5）稽 音計 見 齊 開 四 去 蟹 ‖康禮 溪 齊 開 四 上 蟹 【遣禮】

按：「稽」凡 72 見，滑稽義，音「計」；稽首義，音「啓」。山名、匈奴人名則音「雞」。《廣韻》音與後二者相同，沒有「計」音。《集韻》有「堅奚切」，義取於《說文》，留止也；無滑稽義。

6）睽 工攜 見 齊 合 四 平 蟹 ‖苦圭 溪 齊 合 四 平 蟹 【傾畦】

按：「睽」，凡 1 見，「小者淫荒越法，大者睽孤橫逆以害身喪國。」（p.1180）胡三省引顏師古註曰：「睽孤，乖刺之意。睽，音工攜翻。」《廣韻》、《集韻》音同。

7）噲 古夬 見 夬 合 二 去 蟹 ‖苦夬 溪 夬 合 二 去 蟹 【古邁】

按：「噲」字凡 6 見，皆苦夬翻，人名。《廣韻》苦夬切，《集韻》註曰「人名，燕王噲」，與此同，古邁切。胡三省的音與《集韻》音相同。

8）詼 古回 見 灰 合 一 平 蟹 ‖苦回 溪 灰 合 一 平 蟹 【枯回】

按:「詼」凡1見,詼諧義。《廣韻》苦回切,《集韻》枯回切,與胡三省音皆不合。

9)龜 丘勿 溪 物 合 三 入 臻 ‖居求 見 尤 开 三 平 流 【袪尤】

10)龜 音丘 溪 尤 開 三 平 流 ‖居求 見 尤 开 三 平 流 【袪尤˙】

11)龜 丘勾 溪 侯 開 一 平 流 ‖居求 見 尤 开 三 平 流 【袪尤】

按:龜茲,凡38見。有三種註音方式:①「攻殺龜茲王」(p.1402)胡三省註:「龜茲,《前書》音丘慈。賢曰:今龜,音丘勿翻;茲,音沮惟翻;蓋急言耳。」②「猶可作一龜茲國。」(p.5329)胡三省註曰:「龜茲,音丘慈,唐人又讀爲屈佳。」③「龜茲,音丘慈,又音屈佳」(p.6456),從胡三省音註看,從漢至唐,「龜茲」的讀音發生了變化。《廣韻》沒有對應於「龜」的音和義,「慈」小韻有「茲」字,其下註云:「龜茲,國名,龜音丘。」《集韻》「龜」與「丘」同一小韻,袪尤切,「龜」下註云:「龜茲,西域國名。」

12)㲉 居候 見 侯 開 一 去 流 ‖苦候 溪 侯 開 一 去 流 【居候】

按:「㲉」凡3見,有居候、苦候、苦角三種註音,皆雀㲉義。《集韻》有居候、苦候、克角三切分別與之對應。

13)槁 古老 見 豪 開 一 上 效 ‖苦浩 溪 豪 開 一 上 效 【古老】

按:「槁」,凡2見,《廣韻》苦浩切,水枯也;胡三省音與《集韻》音同。

14)鄡 古幺 見 蕭 開 四 平 效 ‖苦幺 溪 蕭 開 四 平 效 【堅堯】

按:「鄡」凡3見,除古幺翻外,還有苦堯翻、羌堯翻,鄡陽縣。《廣韻》苦幺切,鄡陽縣;《集韻》堅堯切,縣名;牽幺切,《說文》鉅鹿縣,一曰鄡陽縣名。或从県,亦姓。胡三省音與《集韻》音同。

15)旰 苦汗 溪 寒 開 一 去 山 ‖古按 見 寒 開 一 去 山 【居案】

按:「旰」,日晚也,音古按翻者8次,音古案翻者6次,古旦翻2次,古汗翻1次,苦汗翻1次。《廣韻》古按切,《集韻》居案切與此音近。

16)搴 起虔 溪 仙 開 重三 平 山 ‖九輦 見 仙 開 重三 上 山 【丘虔】

17)搴 音騫 溪 仙 開 重三 平 山 ‖九輦 見 仙 開 重三 上 山 【丘虔˙】

按:「搴」,拔取也,凡2見。《集韻》有丘虔切與胡三省音相對應。

18)廣 苦曠 溪 唐 合 一 去 宕 ‖古晃 見 唐 合 一 上 宕 【古曠】

按：「廣」凡 25 見，度深曰廣，古曠翻 24 次，苦曠翻 1 次。《廣韻》廣，大也，古晃切；《集韻》古曠切，註曰：「度廣曰廣」，與胡三省義同。

19）亢 苦郎 溪 唐 開 一 平 宕 ‖ 古郎 見 唐 開 一 平 宕 【口浪】

按：「鎮星行至角、亢，角、亢兗州之分。」（p.9477）胡三省音註：「亢，苦郎翻」。相同意義的音註還有「亢，居郎翻」（p.3193）、「亢，音剛」（p.213、p.5848）《廣韻》曰：星名。與剛同音，皆古郎切。《集韻》居郎切，星名，與剛同音；又音口浪切，亦星名。

20）伉 音剛 見 唐 開 一 平 宕 ‖ 苦浪 溪 唐 開 一 去 宕 【居郎'】

21）伉 工郎 見 唐 開 一 平 宕 ‖ 苦浪 溪 唐 開 一 去 宕 【居郎】

按：「封青三子伉、不疑、登，皆為列侯。」胡三省音註：「師古曰：伉，音杭，又工郎翻。」（p.616）「諸邑公主、陽石公主、及皇后弟子長平侯伉皆坐巫蠱，誅。」胡三省音註：「伉，音抗，又音剛。」（p.726）《廣韻》「伉」音苦浪切；《集韻》卷三剛、伉同音居郎切，卷八伉、抗同音口浪切。胡三省的註音皆可與《集韻》對應。

22）綆 苦杏 溪 庚 開 二 上 梗 ‖ 古杏 見 庚 開 二 上 梗 【古杏】

按：「綆」凡 3 見，古杏翻 2 次，苦杏翻 1 次，井索。《集韻》相同意義的註音是古杏翻，與《廣韻》一致。

23）瞰 古濫 見 談 開 一 去 咸 ‖ 苦濫 溪 談 開 一 去 咸 【苦濫】

按：「瞰」，凡 3 見，苦鑒翻 1 次，苦濫翻 1 次，古濫翻 1 次，視也。《廣韻》、《集韻》同音苦濫切。

24）俈〔註35〕括沃 見 沃 合 一 入 通 ‖ 苦沃 溪 沃 合 一 入 通
【秙沃】

〔註35〕 胡三省《音註》曰：「《譜記》普云：蜀之先肇自人皇之際，黃帝子昌意娶蜀山氏女，生帝俈。……俈，通作『嚳』，音括沃翻。」《廣韻》無「俈」字。「嚳」下云：「帝嚳，高辛氏。《說文》：急告之甚也。」苦沃切。義與《資治通鑑》同。《集韻》：「嚳，說文急告之甚也。」又：「俈，闢。帝高辛之號，亦通作嚳。」並秙沃切。《五音集韻》：「嚳，帝嚳，高辛氏也。說文曰：急告之甚也。」又：「俈，闢。帝高辛之號，亦通作嚳。」並苦沃切。可見「俈」是「嚳」的異體字。今取《廣韻》「嚳」字的反切「苦沃切」。

按：「佶」的註音《廣韻》與《集韻》相同。

25）梏 苦沃 溪 沃 合 一 入 通 ‖古沃 見 沃 合 一 入 通 【姑沃】

按：「梏」凡9見，註音為工沃翻5次，古沃翻2次，姑沃翻1次，苦沃翻1次，皆桎梏義。註音為「苦沃翻」與《廣韻》、《集韻》都不同。

26）埆 音覺 見 覺 開 二 入 江 ‖苦角 溪 覺 開 二 入 江 【訖岳'】

27）決 音缺 溪 屑 合 四 入 山 ‖古穴 見 屑 合 四 入 山 【苦穴'】

28）闋 古穴 見 屑 合 四 入 山 ‖苦穴 溪 屑 合 四 入 山 【古穴】

29）亟 去吏 溪 之 開 三 去 止 ‖紀力 見 職 開 三 入 曾 【去吏】

30）亟 區記 溪 之 開 三 去 止 ‖紀力 見 職 開 三 入 曾 【去吏】

31）亟 欺冀 溪 脂 開 重三 去 止 ‖紀力 見 職 開 三 入 曾 【去吏】

按：「亟」，數也，頻也，胡三省的音註基本與《集韻》相同。

32）帢 古洽 見 洽 開 二 入 咸 ‖苦洽 溪 洽 開 二 入 咸 【乞洽】

按：「帢」凡3見，其中註音為苦洽翻者2次，音古洽翻1次。帢，《廣韻》、《集韻》音同。

33）磕 古盍 見 盍 開 一 入 咸 ‖苦盍 溪 盍 開 一 入 咸 【克盍】

按：「磕」，《廣韻》、《集韻》註音相同，與胡三省音註不同。

34）篋 古頰 見 帖 開 四 入 咸 ‖苦協 溪 帖 開 四 入 咸 【詰叶】

按：「篋」，凡2見，竹笥也，除了「古頰翻」外，還有「詰協翻」。後者聲母與《廣韻》、《集韻》相同。

以上34個例子中，有17例胡三省的註音與《集韻》相同。說明部分見母和溪母字混的情況是《集韻》裏就已經存在的情況，並非胡三省的方音。但還有17例註音，《廣韻》、《集韻》相同，而與胡三省的註音不同，則說明是胡三省的方音。此種情況的存在說明，在胡三省時代，讀書音中的確存在著見母字與溪母字混的情況，不獨是方音的問題。

2、疑、見混註（8例）

1）掎 魚豈 疑 微 開 三 上 止 ‖居綺 見 支 開 重三 上 止 【隱綺】

按：「掎」，後牽曰掎、偏引曰掎，凡30見；有居綺（5次）、居蟻（21次）、舉綺（2次）、居豈（1次）、魚豈（1次）諸切語。《集韻》「掎」影支開重三上

止，與胡三省音的聲韻關係較近：聲母反映了疑母三等變零聲母的音變，韻母反映了支微開口字的合併。

2）磈　五賄　疑　灰　合　一　上　蟹　‖舉韋　見　微　合　重三　平　止　【語韋】

按：「乃帥百騎至大磈山。」胡三省音註：「班志：河南郡密縣有大磈山。磈、隗同，五賄翻，又音歸。」（p.4892）《廣韻》大磈山之「磈」，舉韋切，與「歸」同音，胡三省音與《集韻》音近：五賄翻與語韋切聲母相同，韻母是灰韻與合口微韻的關係，在胡三省的音系中，這兩韻合併了。

3）隗　音歸　見　微　合　三　平　止　‖五罪　疑　灰　合　一　上　蟹　【俱爲】

按：「隗」凡16見，人名，音五罪翻（14次）、五猥翻（1次），大隗山之「隗」，音「歸」（1次）例句及出處與例2同。胡三省音與《集韻》音聲母相同，韻母相近，反映了支韻合口與微韻合流的音變現象。

4）幾　魚豈　疑　微　開　三　上　止　‖居豨　見　微　開　三　上　止　【舉豈】

按：「幾」，未幾，有115次註音，其中居豈翻113次，居啓翻1次，魚豈翻1次（p.2897）。胡三省的註音與《廣韻》、《集韻》都不同。

5）敱　音瑰　見　灰　合　一　平　蟹　‖五來　疑　咍　開　一　平　蟹　【始回＊】

按：潁陰令渤海苑康以爲昔高陽氏才子有八人。音註：「《左傳》曰：昔高陽氏有才子八人，蒼舒、隤敱、檮戴、大臨、尨降、庭堅、仲容、叔達。……敱，五才翻，一音五回翻，韋昭音瑰」（p.1715）「敱」、「瑰」在《集韻》是同一音組。

6）騃　古騃　見　皆　開　二　上　蟹　‖五駭　疑　皆　開　二　上　蟹　【五駭】

按：「騃」，癡也，凡9見，註音爲「五駭翻」的5次，語駭翻的3次，古駭翻的1次（p.4565）。

7）僥　堅堯　見　蕭　開　四　平　效　‖五聊　疑　蕭　開　四　平　效　【堅堯】

8）僥　工堯　見　蕭　開　四　平　效　‖五聊　疑　蕭　開　四　平　效　【堅堯】

按：「僥」凡12見，僥倖義，其註音爲「堅堯翻」的10次，工堯翻1次；僬僥國之「僥」，音倪幺翻1次（p.1569）。《廣韻》僥，五聊切，與此音不合；又「憿」下云「憿幸，或作僥，又作僥倖」，古堯切；與胡三省所註之音義同。胡三省註音與《集韻》相同。

3、疑、溪混註（2 例）

1）齮　去倚　溪　支　開　重三上　止　‖魚倚　疑　支　開　重三上　止　【去倚】

2）齮　丘奇　溪　支　開　重三平　止　‖魚倚　疑　支　開　重三上　止　【丘奇】

按：「齮」，人名，其中桓齮，註音為「丘奇翻，又去倚翻」（3 次）；音魚倚翻（1 次）、魚豈翻（1 次）。胡三省註音與《集韻》音相同。

（三）牙音字的特點及其音值的構擬

《通鑑音註》中的牙音字的特點是：全濁音聲母群母有清化現象，清化的比例是 3.96％，見、溪混註，疑母與見母、溪母都有混註現象，疑母獨立。與中古音一樣，胡三省《通鑑音註》牙音聲母有 4 個，其音值的構擬如下：

[k]（見；群部分）

[k']（溪；群部分）

[g]（群）

[ŋ]（疑）

二、喉音

喉音字有 1446 條反切和直音，其中與《廣韻》聲韻調完全相同者有 1159 條。影母字的反切和直音有 403 條，影母自註 393 條，與其他聲母混註的有 10 條。曉母字的反切和直音有 258 條，曉母字自註 239 條，與其他聲母混註的有 19 例。匣母字的註音有 409 條，匣母字自註 379 條，與其他聲母混註的有 30 例。云母字的註音有 70 條，云母字自註 62 條，與其他聲母混註的有 8 條。以母字有 295 條音註，以母字自註 267 條，與其他聲母混註的有 28 例。

表 3-11：喉音字自註與混註情況統計表

	影	曉	匣	云	以
影	393	0	0	1	1
曉	5	245	6	0	0
匣	1	4	383	2	4
云	3	0	2	64	11
以	1	0	0	7	266
其他	影見2、影溪1、影匣1	曉見5、曉溪2、曉疑4、曉徹1	匣見13、匣溪2、匣群1、匣疑1、	云疑1	以心1、以從1、以幫1、以明1、

	影	曉	匣	云	以
		曉生 1、曉明 1、曉心 1	匣從 1、匣生 1、匣透 1、匣云 2		以徹 1、以崇 1、以章 1、以昌 1、以端 1、以清 1
總計	403	263	411	74	292
自註比例	97.5%	93.2%	93.2%	86.5%	91.1%

（一）匣母清化問題

曉匣混註（10 例）

平平混註（1 例）：

1）訶 虎何 曉 歌 開 一 平 果 ‖虎何 匣 歌 開 一 平 果 【虎何】

仄仄混註（9 例）：

1）戇 下紺 匣 覃 開 一 去 咸 ‖呼貢 曉 東 合 一 去 通 【呼紺】

按：「王陵可，然少戇。」胡三省音註曰：「師古曰：戇，愚也；古者下紺翻，今則竹巷翻。」（p.406）《廣韻》有陟降、呼貢二切與此相應，胡三省音與《集韻》音有清濁的不同，反映了濁音清化的現象。

2）眩 呼縣 曉 先 合 四 去 山 ‖黃練 匣 先 合 四 去 山 【翾縣】

按：「若藥弗瞑眩，厥疾弗瘳」。胡三省音註：「眩，眩遍翻，徐：又呼縣翻」（p.1385）「眩」，《廣韻》黃練切，與「縣」同音。胡三省的音與《集韻》相同。

3）愰 呼廣 曉 唐 合 一 上 宕 ‖戶廣* 匣 唐 合 一 上 宕

按：「愰」，《廣韻》不錄，《集韻》音與胡三省音是清濁的不同。

4）滉 呼廣 曉 唐 合 一 上 宕 ‖胡廣 匣 唐 合 一 上 宕 【戶廣】

按：「滉」凡 16 次註音，韓滉之滉，呼廣翻，15 次註音。滉瀁之滉，戶廣翻，1 次。

5）㲿 呼廣 曉 唐 合 一 上 宕 ‖胡廣 匣 唐 合 一 上 宕 【戶廣】

按：「㲿」，人名，凡 9 次註音，呼廣翻 8 次，戶廣翻 1 次。

6）幌 呼廣 曉 唐 合 一 上 宕 ‖胡廣 匣 唐 合 一 上 宕 【戶廣】

7）詬 戶遘 匣 侯 開 一 去 流 ‖呼漏 曉 侯 開 一 去 流 【下遘】

按：「詬」，詈罵，《廣韻》此義形作「詢」，音胡遘切；作「詬」則苦候切；《集韻》此義作「詬」、「詢」二形，下遘切。胡三省音與《集韻》相同。

8）鬫 戶監 匣 銜 開 二 去 咸 ‖許鑑 曉 銜 開 二 去 咸 【許鑑】

按：「鬫」，鬫止，人名，註音 1 次。「鬫」作人姓名，註音還有苦濫翻（2 次），苦鑑翻（1 次），《廣韻》苦濫切；作犬聲講，許鑑切；作虎聲講，火斬切。《集韻》有「許鑑切」與胡三省音對應，但義爲獸怒聲；作人姓名的「鬫」，苦濫切。大概胡三省時代「鬫」字的音有所混看？抑或胡三省註錯了？此例的分析中取與胡三省音接近的反切予以分析，沒有考慮意義。還請方家指點。

9）繣 音獲 匣 麥 合 二 入 梗 ‖呼麥 曉 麥 開 二 入 梗 【胡麥】

《通鑑音註》匣母字的註音總數是 409 條，其中有 6 條以曉母字爲之註音，匣母清化的比例是 1.5%。

（二）云、以合流

王力《漢語史稿》（2005：p.153）指出，云、以合流至少在 10 世紀就已經完成了，疑母則在十四世紀《中原音韻》時代的普通話裏已經消失，和喻母（云以）也完全相混了；同時影母和喻母在北方話裏也只在平聲一類有聲調上的差別，上去兩聲就完全相混了。至於微母，它經過了和喻疑不同的發展過程，也終於和喻疑合流，而成爲 u 類的零聲母了。胡三省《通鑑音註》中喻母字的註音有 366 條，其中喻三（云）74 條，喻四（以）292 條。喻三、喻四在胡三省《通鑑音註》中呈現合流的趨勢。

云、以混註（14 例）：

1）遺 于季 云 脂 合 三 去 止 ‖以醉 以 脂 合 三 去 止 【以醉】

2）遺 于貴 云 微 合 三 去 止 ‖以醉 以 脂 合 三 去 止 【以醉】

3）遺 于僞 云 支 合 三 去 止 ‖以醉 以 脂 合 三 去 止 【以醉】

按：「遺」凡 388 次註音，其中以「唯季翻」註音的有 123 次，「惟季翻」11 次，「于季翻」250 次，「于貴翻」1 次，「于僞翻」1 次，「弋季翻」1 次，如字 1 次，義皆爲贈送、送給。「唯、惟、弋」皆以母字，「于」爲云母字，云、以的合流由此可見一端。

4）唯 于癸 云 脂 合 三 上 止 ‖以水 以 脂 合 三 上 止 【愈水】

按：「唯」凡 21 次註音，義皆爲諾也，其中「于癸翻」19 次，弋癸翻 1 次，以水翻 1 次。「唯」是以母字，「于」是云母字。

5）彗 延芮 以 祭 合 三 去 蟹 ‖于歲 云 祭 合 三 去 蟹 【以醉】

按：「彗」，彗星，「窮困百姓，是以日食且十彗星四起。」胡三省音註：「彗，祥歲翻，延芮翻，又徐醉翻」（p.1100）彗星之「彗」有三種讀法，《廣韻》「彗，日中必彗」，于歲切，與胡三省音相同，但意義有所不同。《集韻》有「以醉切」與胡三省此音基本一致。

6）輿 音于 云 虞 合 三 平 遇 ‖以諸 以 魚 合 三 平 遇 【羊諸】

按：「輿」，車輿，此義在胡三省音註中還有一註音：「羊茹翻」（p.5525）則又用以母字作反切上字。《廣韻》與《集韻》音一致。

7）杅 與俱 以 虞 合 三 平 遇 ‖羽俱 云 虞 合 三 平 遇 【云俱】

按：「杅」，因杅，匈奴地名。

8）芋 羊遇 以 虞 合 三 去 遇 ‖王遇 云 虞 合 三 去 遇 【王遇】

按：「芋」，「掘野芋而食之」（p.2691），《廣韻》有二切，此義註音爲羽俱切；另有王遇切，曰：「一名蹲鴟。」《集韻》此義有兩切：「艸盛貌」，云俱切；「芌，王遇切，艸名，說文大葉實根駭人，故謂之芌也。」後者將「芋」寫作「芌」，意義皆與胡三省同。

9）勻 于倫 云 諄 合 三 平 臻 ‖羊倫 以 諄 合 三 平 臻 【俞倫】

按：「存將逃走，先勻足力也。」（p.8847）《廣韻》、《集韻》皆無此義。

10）筠 俞輪 以 諄 合 三 平 臻 ‖爲贇 云 諄 合 三 平 臻 【于倫】

按：「筠」，人名。《廣韻》音與《集韻》一致。

11）掾 于絹 云 仙 合 三 去 山 ‖以絹 以 仙 合 三 去 山 【俞絹】

12）掾 于眷 云 仙 合 三 去 山 ‖以絹 以 仙 合 三 去 山 【俞絹】

按：「掾」凡88次註音，掾，掌市官屬也。其中以「俞絹翻」註音53次，以「以絹翻」註音12次，余絹翻1次，于絹翻21次，于眷翻1次。俞、余、以、掾，以母字，于，云母字。《廣韻》音與《集韻》一致。

13）捐 于專 云 仙 合 三 平 山 ‖與專 以 仙 合 三 去 山 【與專】

按：「捐」，棄也，凡4次註音，其中余專翻3次，于專翻1次。

14）羨 于線 云 仙 開 三 去 山 ‖于線 以 仙 開 三 去 山 【延面】

按：「羨」，羨餘、羨利義，有21次註音，註爲延面翻4次，弋線翻10次。弋戰翻4次，于線翻2次，另有式面翻1次。

云、以混註的字基本上是合口三等韻字（除了 14、15 兩例），出現在脂、祭、魚、虞、諄、仙諸韻系。云以合流變成了零聲母[ø]。

（三）匣、云、以混註

1、匣云混註（4 例）

1）炫 熒絹 云 仙 合 三 去 山 ‖黃練 匣 先 合 四 去 山 【熒絹】

按：「炫」，光彩炫耀之義，有「熒絹翻」6 次，「胡練翻」1 次，「熒絹翻」1 次。《廣韻》音與《集韻》相同。

2）繯 于善 云 仙 開 三 上 山 ‖胡畎 匣 先 合 四 上 山 【下兗】

按：「繯」，維也，絡也，《廣韻》音與《集韻》聲母相同，韻母是先、仙韻的不同。僅 1 次註音。

3）旺 乎曠 匣 唐 合 一 去 宕 ‖于放 云 陽 合 三 去 宕 【于放】

按：「旺」，人名，凡 4 次註音，註為「于放翻」3 次，「于放翻，又乎曠翻」1 次。

4）𪓯 胡悔 匣 灰 合 一 上 蟹 ‖榮美 云 脂 開 重三上 止 【戶賄】

按：「𪓯」，人名，僅 1 次註音：胡悔翻，又于鄙翻，「胡悔翻」與《集韻》註音相同，「于鄙翻」與《廣韻》註音相同。

2、匣、以混註（4 例）

1）曳 奚結 匣 屑 開 四 入 山 ‖羊列 * 以 薛 開 重三 入 山

按：「曳」，共 4 次註音，是「拽」的假借字，有羊列翻 2 次，以列翻 1 次[註36]，奚結翻 1 次。羊列翻、以列翻與《集韻》音同，「奚結翻」與「羊列翻」的區別在於聲母是匣與以的不同，韻母是屑與薛的不同。

2）拽 戶結 匣 屑 開 四 入 山 ‖羊列 以 薛 開 重三 入 山 【羊列】

按：《廣韻》：「抴，亦作拽，抯也，羊列切，又余世切。」此處用異體字「抴」的反切。

3）緣 熒絹 匣 仙 合 三 去 山 ‖以絹 以 仙 合 三 去 山 【俞絹】

[註36] 「上命曳倒碑樓。」胡三省音註：「曳，讀作拽，音以列翻，史炤音以制切，非。」（p.7661）

・149・

按：「緣」共註音 8 次，以絹翻 3 次，俞絹翻 3 次，註明「去聲」1 次，衣緣義。《廣韻》音與《集韻》音同。

4）颺〔註 37〕戶章　匣　陽　開　三　平　宕　‖與章　以　陽　開　三　平　宕　【余章】

按：「颺」，風所飛颺、揚言，也作人名。註音共 13 次，「余章翻」6 次，「音揚」2 次，「余章翻，又余亮翻」3 次，「與章翻，又余亮翻」1 次，余、與、揚皆以母字，戶，匣母字。

同樣，這 4 個匣以相混的例子也是既不同於《廣韻》和《集韻》，也不同於《蒙古字韻》和《中原音韻》，匣以相混也是胡三省方音的特點。根據耿振生《明清等韻學通論》（1998：p.155-156），匣喻合流是吳方言的重要特徵，匣云以合流後變成了[ɦ]。本書中還有 1 例疑母與云母相混註的例子（放在牙喉混註節討論），這也是吳方言特徵的體現，與云母混註的疑母歸入到匣云以一類，即也變成了[ɦ]。

趙元任認為：「匣母本是所謂叫『淺喉音』，就是舌根音的摩擦，在吳語大部分讀成『深喉音』，就是真喉音的〔彎頭 h〕，雖然仍是一種摩擦，但是因為這種喉部的摩擦凡是次濁母都有的，因而匣母喻母跟疑母的一部分合併了。」〔註 38〕

（四）影喻（云、以）合流

影喻合流也是吳方言的特徵。前文述及王力的看法「影母和喻母在北方話裏也只在平聲一類有聲調上的差別，上去兩聲就完全相混了」；耿振生《明清等韻學通論》（1998：p.155-156）認為《聲韻會通》所反映的吳語的影喻合流主要是喻母的上聲字歸入影母，變成了[ø]。胡三省音註中，影喻相混的只有 6 個例子，其中平聲相混 2 例，上聲相混 1 例，去聲相混 1 例，入聲相混 2 例。

1、影、云混註（4 例）

1）雍　于用　云　鍾　合　三　去　通　‖於用　影　鍾　合　三　去　通　【於用】

按：「雍」，雍州、雍城，姓氏，註音凡 368 次，其中「於用翻」360 次，「于用翻」1 次，「於容翻」7 次。

〔註 37〕「會獵者鷹皆飛颺，眾騎散去。」中華書局本胡三省音註「降，戶章翻」。（p.3222）文淵閣本胡三省音註：「颺，戶章翻。」今從文淵閣本。

〔註 38〕趙元任：《現代吳語的研究》，科學出版社，1956 年版，第 28～29 頁。

2）委 于僞 云 支 合 重三去 止 ‖於詭 影 支 合 重三上 止 【於僞】

按：「委」，委輸、委積之意，註音 14 次；反切下字用「僞」，上字有用「於」的 11 次，用「于」的 2 次，還有標明「去聲」的 1 次。

3）熅 于云 云 文 合 三 平 臻 ‖於云 影 文 合 三 平 臻 【於云】

按：「鑿地爲坎，置熅火。」胡三省音註：「師古曰：熅，謂聚火無燄者也。熅，于云翻。」（p.710）

4）扞 音烏 影 模 合 一 平 遇 ‖羽俱 云 虞 合 三 平 遇 【云俱】

按：「扞」，因扞，匈奴地名。

2、影、以混註（2例）

1）鬱 音聿 以 術 合 三 入 臻 ‖紆物 影 物 合 三 入 臻 【紆勿】

按：「鬱」，鬱洲（p.3954），音聿。《廣韻》音與《集韻》相同。

2）說 於悅 影 薛 合 三 入 山 ‖弋雪 以 薛 合 三 入 山 【欲雪】

按：「說」，傅說（p.4038），人名。

趙元任指出：「有好些次濁母的字在好些地方（江蘇多，浙江少）不用吐氣的讀法而讀如北方的 m、n、l 等母的讀法。這些字在上聲文言尤多，例如了用不吐氣的 l 音或甚至帶〔耳朵〕的音。喻母字遇到這種讀法時就念成影母的念法了。」〔註39〕

（五）影、曉混註（5例）

1）禕 許韋 曉 微 合 三 平 止 ‖於離 影 支 開 重三平 止 【於宜】
2）禕 吁韋 曉 微 合 三 平 止 ‖於離 影 支 開 重三平 止 【於宜】

按：「禕」，人名，註音共 21 次，「許韋翻」5 次，「吁韋翻」16 次。《集韻》有於宜、於希二切，前者支韻，後者微韻。

3）嘔 音吁 曉 虞 合 三 平 遇 ‖烏侯 影 侯 開 一 平 流 【匈于 ×】

按：「項王見人恭敬慈愛，言語嘔嘔。」胡三省音註：「《索隱》曰：嘔嘔，猶姁姁，同音吁。」（p.311）《廣韻》「嘔，嘔呢，小兒語也」，烏侯切；《集韻》「嘔、呴，悅言也。《史記》「項羽言語嘔嘔」，或作呴」，匈于切。胡三省註音與《集韻》同。

〔註39〕趙元任：《現代吳語的研究》，科學出版社，1956年版，第28頁。

4）怏 許兩 曉 陽 開 三 上 宕 ‖於兩 影 陽 開 三 上 宕 【倚兩】

按：「怏」，不平、不滿、不悅之意，凡 43 次註音，其中許兩翻 1 次（p.4371），
於兩翻 42 次。

5）誡 許六 曉 屋 合 三 入 通 ‖於六 影 屋 合 三 入 通 【乙六】

按：「誡」，人名，有乙六翻、於六翻、許六翻各 1 次。

（六）影、匣混註（1 例）

1）閼 音曷 匣 曷 開 一 入 山 ‖烏葛 影 曷 開 一 入 山 【阿葛】

按：「秦伐趙，圍閼與。」胡三省音註：「閼，阿葛翻，又於達翻。康音曷，
又音嫣。《史記正義》曰：閼，於連翻。」（p.155）此例是胡三省將司馬康的音
給列出來了，且不論是與非。二者的音在於聲母不同。胡三省的音與《廣韻》、
《集韻》都相同，而司馬康的音與《廣韻》、《集韻》都不相同。

中古的影母、曉母、匣母同爲喉音，影母是清塞音[ʔ]，曉母是清擦音[h]，
匣母是濁擦音[ɦ]，三者只是發音方法上的不同。影母與曉母混註，大概是由於
影母的喉塞音在聽感上跟曉的發音比較接近，不易分辨的緣故。從上面所舉的
影與曉混註的例子看，這種混同既不同於《廣韻》和《集韻》，也不同於《蒙古
字韻》和《中原音韻》。影母與曉混同也是吳方言的特點，混同後當讀成影母，
即喉塞音[ʔ]。需要說明的一點是，無論匣喻的混同，還是影喻、影曉的混同，
都是吳方言發音方法上的問題。

（七）中古喉音聲母在《通鑑音註》中的特點及其音值的構擬

1、全濁音匣母有清化現象，但清化處於進程之中，清化的比例約 1.5%。

2、喻三、喻四合流。影與喻三（云）喻四（以）合流爲零聲母[ø]。

3、匣喻、影曉都有混註現象，這是吳方言的特徵。

4、清喉塞音影母[ʔ]獨立。

《通鑑音註》的喉音聲母基本符合中古音向近代音的演變特點，已經變成
了 4 個，其音值構擬如下：

[ʔ]（影）

[h]（曉匣部分）

[ɦ]（匣，云部分，以部分；疑母个別字）

[ø]（以云，影部分）

三、牙喉音混註的問題

《通鑑音註》的反切和直音中有舌根聲母和影、曉、匣、云、以諸喉音聲母相混的情況，也有喉牙音與舌音、齒音、唇音相混的情況。此節我們先討論牙音與喉音的混註情況。先看下表。

表 3-12：喉牙音混註次數統計表

	影	曉	匣	云	以
見	6	7	20	1	2
溪	1	7	7		2
群		2	2		
疑		4	2	1	

（一）見母與影、曉、匣、云、以諸母混切

1、見影混註（6 例）

1）憒 烏外 影 泰 合 一 去 蟹 ‖古對 見 灰 合 一 去 蟹 【古對】

按：「憒」，憒憒，悶也。胡三省有 4 次註音，其他 3 次反切上字為「工」和「古」。

2）徼 一遙 影 宵 開 三 平 效 ‖古堯 見 蕭 開 四 平 效 【伊消】

3）徼 於堯 影 蕭 開 四 平 效 ‖古堯 見 蕭 開 四 平 效 【伊消】

按：「徼」，遮也、求也、塞外、讀曰邀，共 80 次註音，其中一遙翻 21 次，於堯翻 2 次，堅堯翻 15 次，吉吊翻 22 次，等等，胡三省的註音與《集韻》相同。

4）悁 吉縣 見 先 合 四 去 山 ‖於緣 影 仙 合 重四 平 山 【縈玄】

5）悁 吉掾 見 仙 合 三 去 山 ‖於緣 影 仙 合 重四 平 山 【規掾】

按：「悁」，恚也，憂也，共 3 次註音：「縈年翻，又吉掾翻」、「吉縣翻」、「縈年翻」。「吉縣翻」與「縈玄切」音相同，「吉掾翻」與「規掾切」音相同。

6）觖 於決 影 屑 合 四 入 山 ‖古穴 見 屑 合 四 入 山 【古穴】

按：「觖」，觖望，怨望也，胡三省音註曰：「觖，有二音，音窺瑞翻者，望也，言有所覬望也；音古穴翻者，怨望也，此當從入聲。」（p.2145）「自以為功，頗有觖望之色。」胡三省音註：「觖，窺瑞翻，又於決翻，怨望也」（p.6054）「觖」，胡三省註為「古穴翻」的有 5 次，註為「於決翻」1 次。

按：例 2、3、4、5 中胡三省的註音與《集韻》音相同，即《通鑑音註》將中古的見母與影母混、或者將影母和見母混的現象與《集韻》的反切基本上一致的。

2、見曉混註（7 例）

1）呴 音鉤 見 侯 開 一 平 流 ‖呼后 曉 侯 開 一 上 流 【居侯*】

按：「匈奴兒單于死，子年少，匈奴立其季父右賢王呴犂湖爲單于。」胡三省音註：「呴，《漢書》作『句』。師古曰：音鉤。《史記》作『呴』，音同，又音吁。」（p.703）此處是關於音譯外族人名的，《集韻》有收錄。

2）恍 呼廣 曉 唐 合 一 上 宕 ‖古黃 見 唐 合 一 平 宕 【虎晃】

3）恍 許昉 曉 唐 合 一 上 宕 ‖古黃 見 唐 合 一 平 宕 【虎晃】

按：「恍」，恍惚，凡 4 次註音，呼廣翻 3 次，許昉翻 1 次。《廣韻》、《集韻》「恍」，武也。《重修玉篇》：「恍，火廣切，恍惚。」與胡三省音、義皆同。胡三省音與《集韻》音相同。

4）軒 音軒 曉 元 開 三 平 山 ‖古閑 見 山 開 二 平 山 【居閑】

按：「軒」，黎軒，亦曰黎軒，國名，有善眩人，胡三省註音爲「音軒，又鉅連翻」，共 2 次；《廣韻》軒，古閑切，黎軒，國名，在西域，其人善炫幻，又揵、看二音。「鉅連翻」與「古閑切」音相同。

5）詗 古迥 見 青 合 四 上 梗 ‖火迥 曉 青 合 四 上 梗 【火迥】

6）詗 古永 見 庚 合 三 上 梗 ‖火迥 曉 青 合 四 上 梗 【火迥】

按：「詗」，候伺，共 44 次註音，其中「詗，古迥翻，又翾正翻」5 次，「古永翻，又翾正翻」11 次，「古永翻，又休正翻」1 次。還有「翾正翻，又火迥翻」10 次、「火迥翻，又翾正翻」8 次，等等。

7）炅 火迥 曉 青 合 四 上 梗 ‖古迥 見 青 合 四 上 梗 【俱永】

按：「炅」凡 18 次註音，人名，其中註音爲火迥翻的 8 次，註音爲古迥翻的 4 次，註音爲古迥翻、又古惠翻的 5 次。《廣韻》音與《集韻》聲母相同，韻母相近：前者爲青韻，後者爲庚韻。

3、見匣混註（20 例）

1）浩 音誥 見 豪 開 一 去 效 ‖古沓 見 合 開 一 入 咸 【葛合】

2）浩 音告 見 豪 開 一 去 效 ‖古沓 見 合 開 一 入 咸 【葛合】

按：「浩」，浩亹，地名，胡三省採納師古音註爲「告門」（5 次）、「誥門」（4 次）；採納孟康音註爲「合門」（1 次，匣母合韻）、「閤門」（1 次，見母合韻）。《廣韻》古沓切，《集韻》葛合切，二者音同，義皆爲「浩亹」。

3）悃 胡昆 匣 魂 合 一 平 臻 ‖古渾 見 魂 合 一 平 臻 【胡昆】

按：「使其兄弟七人及族人乙旃氏、車悃氏。」（p.2459）胡三省音註：「悃，胡昆翻，又公渾翻，又古本翻。」「公渾翻」、「古本翻」與《廣韻》音相同；「胡昆翻」與《集韻》音相同。

4）干 戶旦 匣 寒 開 一 去 山 ‖居案 見 寒 開 一 去 山 【居案】

按：「選爪牙之士，而以二卵棄干城之將」（p.34），胡三省音註：「《詩》『赳赳武夫，公侯干城』，《毛氏傳》曰：干，扞也；音戶旦翻；鄭氏箋曰：干也，城也，皆所以御難也。干，讀如字。」《廣韻》無「干」字；《集韻》居案切，註云：「干，扞也。《詩》公侯干城。沈重讀。」從胡三省的音註和《集韻》的註解看，此「干」當讀爲「扞」，捍衛義，與「戶旦翻」音義相同。

5）幹 音寒 匣 寒 開 一 平 山 ‖古按 見 寒 開 一 去 山 【河干】

按：「乃伐樹爲井幹」，胡三省音註：「幹，《揚子註》及《西都賦註》音寒，《莊子》音如字。」（p.4615）《集韻》「幹」與「寒」同音河干切，《說文》井垣也。

6）吭 古郎 見 唐 開 一 平 宕 ‖胡郎 匣 唐 開 一 平 宕 【寒剛】
7）吭 居郎 見 唐 開 一 平 宕 ‖胡郎 匣 唐 開 一 平 宕 【寒剛】
8）吭 音剛 見 唐 開 一 平 宕 ‖胡郎 匣 唐 開 一 平 宕 【寒剛】

按：「吭」，喉嚨，《廣韻》、《集韻》音同。

9）亢 下郎 匣 唐 開 一 平 宕 ‖古郎 見 唐 開 一 平 宕 【寒剛】

按：「亢」，喉嚨，「音岡，又下郎翻」，共 2 次，《集韻》亢、吭異體字，寒剛切，胡三省音、義與此同。

10）黆 戶剛 匣 唐 開 一 平 宕 ‖古黃 見 唐 合 一 平 宕 【胡光】
11）黆 戶光 匣 唐 合 一 平 宕 ‖古黃 見 唐 合 一 平 宕 【胡光】

按：「黆」，人名，胡三省音與《集韻》音基本一致。

12）絚 戶登 匣 登 開 一 平 曾 ‖古恒 見 登 開 一 平 曾 【居曾】

按：「絚」，繩索，凡 15 次註音，其中音居登翻 7 次，古登翻 1 次，居登翻又居鄧翻 1 次，居曾翻又居鄧翻 1 次，古恒翻 4 次。戶登翻 1 次。《集韻》有居曾、居鄧二切與胡三省音、義相同。

13）堩 戶登 匣 登 開 一 平 曾 ‖古鄧 見 登 開 一 去 曾 【居鄧】

按：「堩」，人名，註音 8 次，古鄧翻 4 次、居鄧翻 2 次，古鄧翻又況晚翻 1 次。戶登翻 1 次。《廣韻》堩，況晚切，又古鄧切；《集韻》有火遠、居鄧二切。

14）感 胡闇 匣 覃 開 一 去 咸 ‖古禫 見 覃 開 一 上 咸 【胡紺】

按：「感」，感恨、憾恨，今字當爲「憾」，《集韻》感、憾異體字，戶感、胡紺二切。胡三省音與《集韻》音相同。

15）絓 音掛 見 佳 合 二 去 蟹 ‖胡挂 匣 佳 合 二 去 蟹 【古賣·】

16）絓 古賣 見 佳 開 二 去 蟹 ‖胡挂 匣 佳 合 二 去 蟹 【古賣·】

按：「絓」，胃也，掛也，礙也。《廣韻》絓，胡挂切，絲結；音、義與胡三省皆不同。《集韻》「絓、罣，胃也，或从网」，古賣切。《廣韻》「罣，罣礙，音古賣切，又胡卦切。」可見，此處「絓」應當取「罣」字的音義。

17）夏 工雅 見 麻 開 二 上 假 ‖胡雅 匣 麻 開 二 上 假 【舉下】

按：「夏」，陽夏，音工雅翻 1 次，音賈 7 次。《集韻》有此音。胡三省音與《集韻》音同。

18）係 戶計 匣 齊 開 四 去 蟹 ‖古詣 見 齊 開 四 去 蟹 【胡計】

按：「係」，連累，胡三省音與《集韻》相同。

19）汧 工玄 見 先 合 四 平 山 ‖胡畎 匣 先 合 四 上 山 【胡千】

按：「汧」，上黨汧氏縣，師古音工玄翻，3 次；另有汧然之「汧」，音胡畎翻（3 次）、戶畎翻（3 次）。楊正衡認爲汧氏之「汧」音胡犬翻（p.3458）。胡三省音與《集韻》「胡千切」同；《集韻》「胡犬切」，義亦爲玄氏，與楊正衡音同。

20）悊 音堅 見 先 開 四 平 山 ‖戶盲 匣 先 開 四 平 山 【胡千】

按：「悊」，地名。《廣韻》戶盲切，《集韻》胡千切，音、義皆與胡三省不合。何超《晉書音義》「悊令，《漢書》悊，音堅」，與胡三省音義同。

4、見、以混註（2 例）

1）衿　弋旬　以　諄　合　三　平　臻　‖居匀　見　諄　合　重四平　臻　【規倫】

按：「衿」，「莽紺衿服。」胡三省音註：「衿，音均，又弋旬翻」（p.1250）衿，《廣韻》、《集韻》皆只一讀，其「音均」與一致。

2）絹　與掾　以　仙　合　三　去　山　‖吉掾　見　仙　合　重四去　山　【規掾】

按：「絹」，絲屬，有吉掾、與掾二切。前者與《廣韻》、《集韻》音相同。

5、見、云混註（1 例）

1）梟　于驕　云　宵　開　三　平　效　‖古堯　見　蕭　開　四　平　效　【堅堯】

按：「梟」凡 81 次註音，梟首義，亦姓、不孝鳥。註音爲古堯翻 8 次、工堯翻 4 次、堅堯翻 68 次；于驕翻 1 次，此音與《廣韻》、《集韻》皆不同。

（二）溪母與影、曉、匣、以混切

1、溪影混註（1 例）

1）厴　安盍　影　盍　開　一　入　咸　‖苦盍　溪　盍　開　一　入　咸　【乙盍】

按：「可汗兵敗自殺，國人立厴駁特勒爲可汗」，胡三省音註：「厴，安盍翻」。（p.7942）

2、溪曉混註（7 例）

1）愒　許曷　曉　曷　開　一　入　山　‖丘竭　溪　薛　開　重三入　山　【許葛】
2）愒　呼曷　曉　曷　開　一　入　山　‖丘竭　溪　薛　開　重三入　山　【許葛】
3）愒　呼曷　曉　曷　開　一　入　山　‖丘竭　溪　薛　開　重三入　山　【許葛】
4）愒　音喝　曉　曷　開　一　入　山　‖丘竭　溪　薛　開　重三入　山　【許葛】
5）愒　許葛　曉　曷　開　一　入　山　‖丘竭　溪　薛　開　重三入　山　【許葛】

按：「愒」，恐愒義，胡三省曰：「愒，今人讀如喝，呼葛翻。」（p.6001）又「是以衡人日夜務以秦權恐愒諸侯」，胡三省音註：「《索隱》曰：恐，起拱翻。愒，許曷翻，又呼曷翻，謂相恐脅也。鄒氏愒音『憩』，義疏。」〔註40〕（p.67）胡三系所引鄒氏音與《廣韻》音同：愒，與憩同音，去例切，義爲貪也、息也。《集韻》「愒、曷，相恐怯也。或作曷，通作猲」，許葛切，音、義與胡三省音註同。

〔註40〕按：此處「義疏」義不確。暫存疑。

6）葪 枯花 溪 麻 合 二 平 假 ‖況于 曉 虞 合 三 平 遇 【枯瓜】

按：「葪」凡 3 次註音，人名，註音皆爲「枯花翻，楊正衡音孚」。《廣韻》「訏」小韻，音況于切，其下收「葪」，草木華也，又音敷，義並通。《集韻》音、義與胡三省相同。

7）詢 苦候 溪 侯 開 一 去 流 ‖胡遘 曉 侯 開 一 去 流 【下遘】

按：「詢」，罵也，《廣韻》、《集韻》音相同。

3、溪匣混註（7 例）

1）苦 音戶 匣 模 合 一 上 遇 ‖康杜 溪 模 合 一 上 遇 【孔五】
2）苦 音怙 匣 模 合 一 上 遇 ‖康杜 溪 模 合 一 上 遇 【孔五】

按：「苦」，苦縣，古地名。《廣韻》、《集韻》無此義項。

3）伉 胡朗 匣 唐 開 一 上 宕 ‖苦浪 溪 唐 開 一 去 宕 【戶朗】
4）伉 音杭 匣 唐 開 一 平 宕 ‖苦浪 溪 唐 開 一 去 宕 【戶朗】

按：胡伉，人名，「胡朗翻，又去浪翻」（p.2321）；衛青子伉，「師古曰：伉，音杭，又工郎翻。」（p.616）胡朗翻、音杭，與《集韻》音基本相同。

5）吭 苦郎 溪 唐 開 一 平 宕 ‖胡郎 匣 唐 開 一 平 宕 【寒剛】

按：「吭」，咽也，有 5 種註音：古郎翻 1 次、戶朗翻，又戶浪翻 1 次、居郎翻 1 次，苦郎翻 1 次，音剛 1 次。上文見匣混的例子中有「吭」。

6）榼 戶盍 匣 盍 開 一 入 咸 ‖苦盍 溪 盍 開 一 入 咸 【克盍】

按：「榼」，酒器，亦作人名。有 4 次註音：克合翻 1 次，苦合翻 1 次，苦盍翻 1 次，戶盍翻 1 次。《廣韻》音與《集韻》音相同。

7）璯 黃外 匣 泰 合 一 去 蟹 ‖苦夬 溪 夬 合 二 去 蟹 【黃外】

按：「璯」，人名，胡三省註音與《集韻》相同。

4、溪、以混註（2 例）

1）起 音怡 以 之 開 三 平 止 ‖墟里 溪 之 開 三 上 止 【口已】
2）玘 音怡 以 之 開 三 平 止 ‖墟里 溪 之 開 三 上 止 【口已】

按：「其欲無窮，劫陛下之威，信其志若韓玘爲韓安相也」（p.277），胡三省音註：「玘，一作起，並音怡」。「玘」作爲人名，音註還有「區里」、「墟里」、「口紀」、「起里」幾個反切，皆溪母之韻上聲。

（三）群母與曉、匣混切

1、群、曉混註（2例）

1）胸 香于 曉 虞 合 三 平 遇 ‖ 其俱 群 虞 合 三 平 遇 【匈于】

2）胸 音煦 曉 虞 合 三 去 遇 ‖ 其俱 群 虞 合 三 平 遇 【匈句'】

按：「岐、梁、涇、漆之北有義渠、大荔、烏氏、胸衍之戎。」胡三省音註：「應劭曰：胸，音煦。師古音香于翻，康求于翻，非。」（p.208）康音與《集韻》「權俱切」一致。應劭音、師古音皆與《集韻》同。

2、群、匣混註（2例）

1）鍵 戶偃 匣 元 開 三 上 山 ‖ 其偃 群 元 開 三 上 山 【紀偃】

按：「鍵」，城門管鑰。《廣韻》、《集韻》註音一致。胡三省用匣母字「戶」作三等元韻字的反切上字，與中古音不合。中古音匣母與一、二、四等韻相拼，喻母與三等韻相拼。此例也反映了匣喻相混的現象。

2）銜 其緘 群 咸 開 二 平 咸 ‖ 戶監 匣 銜 開 二 平 咸 【乎監】

按：「銜」，怨也，《廣韻》、《集韻》無此義。中古群母是三等聲母，胡三省用群母字「其」作二等咸韻「緘」之反切上字，說明其時二等韻的「銜」字的性質發生了變化。這個變化就是二等開口韻的喉牙音字已經產生了[i]介音，並與三等韻合併了。宋末元初《通鑑音註》語音系統中，二等開口韻的喉牙音字已經產生了[i]介音。並且，二等開口喉牙音與三等韻合併了。群母與匣母混註的這個「特例」，正是由於這個原因造成的。

（四）疑母與曉、匣、云的混註

1、疑、云混註（1例）

1）俁 宇矩 云 虞 合 三 上 遇 ‖ 虞矩 疑 虞 合 三 上 遇 【五矩】

按：「俁」是人名。僅1次註音。

2、疑、曉混註（4例）

1）囂 音敖 疑 豪 開 一 平 效 ‖ 許嬌 曉 宵 開 重三平 效 【牛刀'】

2）囂 五高 疑 豪 開 一 平 效 ‖ 許嬌 曉 宵 開 重三平 效 【牛刀】

3）囂 五刀 疑 豪 開 一 平 效 ‖ 許嬌 曉 宵 開 重三平 效 【牛刀】

4）囂 五羔 疑 豪 開 一 平 效 ∥許嬌 曉 宵 開 重三平 效 【牛刀】

按：「囂」喧囂義，眾口愁貌義，也作人名。「是以四海之內，囂然喪其樂生之心。」胡三省音註：「師古曰：囂然，眾口愁貌，音五高翻。」（p.1251）「長安囂然，如被寇盜。」胡三省音值：「囂，五羔翻，又許驕翻。」（p.7326）胡三省所註的疑母豪韻的音與《集韻》的註音完全相同。

3、疑、匣混註〔註41〕（2例）

1）佷 音銀 疑 眞 開 重三平 臻 ∥胡登*匣 登 開 一 平 曾

按：「漢人自佷山通武陵。」胡三省音註：「孟康曰：佷，音桓。唐峽州辰陽縣有佷山。佷，音銀。」（p.2201）《廣韻》沒有「佷」字的註音。《玉篇》「佷」戶懇切，匣痕開一上臻；《集韻》「佷、恒、姮、楂」同一音組，胡登切。大概在文獻傳抄過程中出現錯誤，將「恒」或「姮」、「楂」誤作「桓」。正確的註音當爲「佷，音恒」。孟康與胡三省的註音都錯了。

2）圜 音銀 疑 眞 開 重三平 臻 ∥戶關 匣 刪 合 二 平 山 【于權】

按：「白土人曼丘臣、王黃等立趙苗裔趙利爲王。」胡三省音註：「余據班志圜水出白土縣西，東入河。師古曰：圜音銀，今銀州銀水是。則白土縣在唐銀州東。按『圜』字乃『圖』字之誤。《通典》：圖水在銀州儒林縣東北，今謂之無定河。」《廣韻》、《集韻》「圖」音「銀」，與胡三省校註合。

中古疑母在現代漢語中有以下幾種情況：（1）以 ŋ 的形式存在，（2）以 n 的形式存在，（3）以零聲母的形式存在，此種情況又分以 a、o、e、i、u、y 六種元音起頭的字，（4）以 r 的形式存在，只有一個「阮」字。近代漢語語音史上疑母有消變爲零聲母的音變現象，具體來說就是，舌根鼻音 ŋ 在 i、y 的前面容易消失或者發生音變，是由於其發音部位和 i、y 距離較遠。《通鑑音註》中疑母自註 183 條，發生音變的有 15 條。除了和曉、匣、云混註的 7 例變[ɦ]外，還有與娘母混註的 1 例變[n]、與來、透、心、章、清諸母混切的 5 例以及與以母構成又音關係的 1 例。這裏需要說明的是疑、曉、匣、云、以混註的情況是吳語的特徵。疑、匣、云混註發生在三等合口，疑、以則發生在開口三等。這一條件符合疑母與喻母合流的條件，說明《通鑑音註》中出現了疑母與喻母合流變作了[ɦ]的迹象。疑母與曉母的混註也應當是此類現象。我們謹在此列出

〔註41〕此處疑、匣混的兩個例子不是音變現象，而是校勘方面的問題。

來，以便就教於大方之家。疑母與娘母混，實際上就是疑母和泥母混，因爲《通鑑音註》中泥、娘已經合流，娘母併入了泥母。疑母與泥母混，反映的是疑母的又一項音變：中古疑母三等字在近代有變成泥母的現象。另外疑母與來、透、心、章、清、邪諸母混切的情況，我們將在下文論及。

（五）喉牙音混註的原因

胡三省音註中牙音和喉音混註的有 64 例（不計重複），其中有 2 例屬於校勘方面的問題。從牙喉混註的 62 例看，爲外族地名、人名音譯用字註音的有 8 例，爲古地名、人名用字註音的有 15 次，爲假借字註音的有 2 次，爲特有名稱用字註音的有 3 次，爲保留古音的字註音的有 6 次。

關於喉牙音之間的這種混註關係，李新魁《上古「曉匣」歸「見溪群」說》認爲：「在漢語的諧聲系統中，今音念曉系的字，大部分從見系的聲旁得聲。反之，今音念見系的字，也多從曉系的聲旁得聲。」〔註 42〕朱聲琦《從古代註音及一字兩讀等看喉牙聲轉》從諧聲偏旁與反切上字的關係、反切又音、反切異文、喉牙二讀、直音等古代註音材料、古註、一字兩讀等方面論證喉牙聲轉這一古音規律〔註 43〕，《從古今字、通假字等看喉牙音轉》一文從古今字、通假字、異體字、繁簡字等方面來論證了喉牙音轉的規律〔註 44〕，並於《從漢字的諧聲系統看喉牙聲轉——兼評「上古音曉匣歸見溪群」說》一文中反駁了李新魁上古無喉音、喉音是魏晉以後從牙音裏分化而來的觀點，認爲上古喉音和牙音都獨立存在〔註 45〕。影、曉、匣、云、以和見、溪、群、疑之間的互轉，這是喉牙音中最常見、最重要並貫通古今的語音現象。上古漢語中，由於喉音和牙音發音部位靠近，因而常常互諧。喉牙音的這種密切關係在《通鑑音註》的反切和直音中也明顯地地存在著，而且《集韻》也記錄了一部分喉牙音混註情況。

〔註42〕 李新魁：《上古「曉匣」歸「見溪群」說》，載《李新魁自選集》，大象出版社，1999
年版，第 1～20 頁。

〔註43〕 朱聲琦：《從古代註音及一字兩讀等看喉牙聲轉》，《聊城師範學院學報》（哲學社
會科學版），1997 年第 4 期，第 50～55 頁。

〔註44〕 朱聲琦：《從古今字、通假字等看喉牙音轉》，《徐州師範大學學報》（哲學社會科
學版），1998 年第 3 期，第 50～52 頁。

〔註45〕 朱聲琦：《從漢字的諧聲系統看喉牙聲轉——兼評「上古音曉匣歸見溪群」說》，《南
京師大學報》（社會科學版），1998 年第 2 期，第 138～142 頁。

四、喉牙音與舌音、齒音混註現象

我們知道，喉牙音是人類最原始、最基本的聲音。朱聲琦《百音之極，必歸喉牙》認爲遠古先人最初只會發喉牙音，隨著人類不斷進化，發音的生理機制不斷完善，發音和辨音能力的不斷提高，人類的發音逐漸由易趨難，由簡單到複雜，會發其他音了。隨著喉牙音，產生了唇音，其後有舌音，其後有齒音。在漢語傳統的喉、牙、唇、舌、齒五音中，齒音出現最晚。魏晉以降，在五音之後，又產生了舌上音知系、正齒音照系。到清代，又產生了舌面音，即現代漢語拼音 j、q、x。j、q、x 是漢語語音中最年輕的聲母。許多後來的聲母，尤其是不少舌音和齒音的聲母，都是從喉牙音分化而來的〔註46〕。《通鑑音註》中除了存在喉牙音混註的現象外，還有喉牙音與舌音、齒音、唇音聲母的混註現象。具體分析如下：

（一）見母與章、知、定、清、邪、從、書諸組聲母混切〔註47〕

1、見清混註（1例）：

1）懈 七隘 清 佳 開 二 去 蟹 ‖古隘 見 佳 開 二 去 蟹 【居隘】

按：「懈」翻 32 次註音，懈怠義，註音爲古隘翻 22 次，註音爲居隘翻 8 次，註音爲俱賣翻 1 次，七隘翻 1 次（p.4779）。「七隘翻」與《廣韻》、《集韻》音皆不同。

見、邪混註（2例）：

1）亟 巳力 邪 職 開 三 入 曾 ‖紀力 見 職 開 三 入 曾 【竭億】
2）亟 汜力 邪 職 開 三 入 曾 ‖紀力 見 職 開 三 入 曾 【竭億】

按：「公當挺身力戰，早定關中，廼亟欲自尊，何示人不廣也。」胡三省音註：「亟，巳力翻。」（p.5680）「楊朝晟疾亟。」，胡三省音註：「亟，汜力翻。」（p.7595）

這兩條音註可能是註錯了或者是刻寫的錯誤。「亟」在胡三省的《音註》中，還有「欺冀、居力、紀力，區記」等反切，意思都是「急也」；還有「去吏翻」，

〔註46〕 朱聲琦：《百音之極，必歸喉牙》，《江蘇教育學院學報》（社會科學版），2000 年第 10 期。

〔註47〕 牙喉音與來母混註的例子放在來母一節集中討論，此節略。

意思是「頻也，數也」，而且這幾個註音是重複出現好幾次，我們只選擇了其中一個作爲分析對象。而「巳力翻」、「汜力翻」各自在文中只出現了一次。「瓿」《集韻》是群母，也與胡三省的音不同。

2、見從混註（1 例）：

1）茲 音佳 見 佳 開 二 平 蟹 ‖疾之 從 之 開 三 平 止 【牆之】

按：前文已經提及，龜茲，胡三省註有「龜茲，音丘慈，唐人又讀爲屈佳」（p.5329）、「龜茲，音丘慈，又音屈佳」（p.6456），從胡三省音註看，從漢至唐，「龜茲」的讀音發生了變化。此處「茲音佳」即此音。

3、見、定混註（1 例）：

1）蓋 徒盍 定 盍 開 一 入 咸 ‖古盍 見 盍 開 一 入 咸 【谷盍】

按：「蓋」凡 36 次註音，皆姓氏。註爲古盍翻 33 次，古合翻 2 次，徒盍翻 1 次。

4、見章混註（1 例）：

1）餰 之然 章 仙 開 三 平 山 ‖居言 見 元 開 三 平 山 【諸延】

按：「《易》曰『鼎折足，覆公餗』，喻三公非其人也。」胡三省音註：「餗，音送鹿翻。虞云：八珍之具也。馬云：餰也。餰，音之然翻，鄭云：糜也。」（p.1122）《集韻》「餰」、「餰」互爲異體字，有居言、諸延二切。

5、見知混註（2 例）：

1）謇 知輦 知 仙 開 三 上 山 ‖九輦 見 仙 開 重三 上 山 【九件】

按：「謇」，人名，有 5 次註音：九輦翻 4 次，知輦翻 1 次（p.7683）。

2）猘 征例 知 祭 開 三 去 蟹 ‖居例 見 祭 開 重三 去 蟹 【征例】

按：「猘」，「譬如猘狗，或能噬人。」胡三省音註：「漢書音義：猘，征例翻，又居例翻，狂犬也。」（p.4885）又「猘，征例翻。犬強爲猘。」（p.9031）《集韻》有居例、征例等切語，義同。

6、見、書混註（1 例）：

1）身 音乾 見 寒 開 一 平 山 ‖失人 書 眞 開 三 平 臻 【失人】

按：「大夏國人曰：吾賈人往市之身毒。」（p.628）胡三省音註：「身毒，

孟康曰：身毒即天竺也，所謂浮屠胡也。鄧展曰：毒音篤。李奇曰：一名天篤。師古曰：亦曰捐毒。《索隱》曰：身音乾。」「乾」，《廣韻》有古寒、渠焉二切，《集韻》亦此二音，皆與胡註不同。

（二）溪母與端、定、徹、莊母混切（4例）

1）㙅 徒感 定 覃 開 一 上 咸 ‖苦感 溪 覃 開 一 上 咸 【苦感】

按：「㙅」，坎也（p.8185），僅 1 次註音；與《廣韻》、《集韻》註音皆不同。

2）傔 丁念 端 添 開 四 去 咸 ‖苦念 溪 添 開 四 去 咸 【詰念】

按：「傔」，傔人，侍從。註音 9 次，苦念翻 8 次，丁念翻 1 次（p.7107）。

3）貙 去于 溪 虞 合 三 平 遇 ‖敕俱 徹 虞 合 三 平 遇 【敕居】

按：「貙」，貙腰（p.1280），僅 1 次註音。胡三省音與《廣韻》、《集韻》皆不同。

4）櫛 去瑟 溪 櫛 開 三 入 臻 ‖阻瑟 莊 櫛 開 三 入 臻 【側瑟】

按：「櫛」，梳也，共 6 次註音，註為側瑟翻 5 次，去瑟翻 1 次（p.8860）。

（三）群母與澄、書、從、章諸母混切

1、群、澄混註（1例）：

1）噤 直禁 澄 侵 開 三 去 臻 ‖渠飲 群 侵 開 重三 去 深 【渠飲】

按：「噤」凡 3 次註音，註為其禁翻 1 次，巨禁翻 1 次，「直禁翻，亦作頻」（p.4915）1 次。「舉刃將下者三，噤齘良久。」噤齘，切齒怒也。「頻」字義與原文義合。《廣韻》、《集韻》「噤」、「頻」音同，義不同：噤，閉口也；頻，切齒怒也。

2、群、從混註（1例）：

1）堉 及尺 群 昔 開 三 入 梗 ‖秦昔 從 昔 開 三 入 咸 【秦昔】

按：「堉」，凡 4 次註音，秦昔翻 3 次，土薄也；及尺翻 1 次，地名：「景遣任約帥銳卒五千據白堉以待之。」（p.5067）

3、群、書混註（1例）：

1）伽 戌迦 書 戈 合 一 平 果 ‖求迦 群 戈 合 三 平 果 【求迦】

按：「伽」，共 27 次註音，求加翻 8 次，求迦翻 18 次，戍迦翻 1 次（p.5298），突厥人名音譯用字，漢人也有以「伽」為名的。

4、群母與章母混註（3 例）：

1）支 其兒 群 支 開 三 平 止 ‖ 章移 章 支 開 三 平 止 【翹移˙】

2）支 音祁 群 脂 開 重三平 止 ‖ 章移 章 支 開 三 平 止 【翹移˙】

按：「支」，令支縣，在遼西。《廣韻》令，郎定切，其下註曰：「令支縣，在遼西郡。」《集韻》支，翹移切，其下註曰：「令支，縣名，在遼西。」與「祁」同音。

3）招 音翹 群 宵 開 重四平 效 ‖ 止遙 章 宵 開 三 平 效 【祁堯˙】

按：「招」，師古曰「讀與翹同，舉也」（p.1058、p.1717、p.298、p.1975）。《集韻》有此音，舉也；「招」與「翹」同音。

（四）疑母與透、心、章、清、邪諸母混切（3 例）

1）剈 太官 透 桓 合 一 平 山 ‖ 五丸 疑 桓 合 一 平 山 【吾官】

2）剈 音專 章 仙 合 三 平 山 ‖ 五丸 疑 桓 合 一 平 山 【吾官】

按：「剈」有 2 次註音，圓削義：「至使人，有功當封爵者，印剈敝，忍不能予。」胡三省音註：「師古曰：剈，五丸翻。蘇林：太官翻，又音專。」（p.311）「凍餒交逼，兵械剈弊。」胡三省音註：「剈，吾官翻，鈍也。」（p.8236）《廣韻》「园」同「剈」，五丸切。《集韻》：「團、專、园、塼，徒官切，《說文》圜也，《周禮》作『專』，《莊子》作『园』，《太玄》作『塼』。」則是與蘇林音同。

3）沁 午鴆 疑 侵 開 三 去 深 ‖ 七鴆 清 侵 開 三 去 深 【七鴆】

按：「沁」，地名，凡 19 次註音：七鴆翻 12 次、七浸翻 1 次、千浸翻 1 次、千鴆翻 1 次、牛鴆翻 1 次，午鴆翻 2 次。此處懷疑「牛」、「午」是「千」之誤寫。

（五）曉與徹、生、昌諸母混切

1）憛 丑六 徹 屋 合 三 入 通 ‖ 許竹 曉 屋 合 三 入 通 【許六】

按：「憛」，謂動而痛也，《廣韻》、《集韻》音同。《五音集韻》憛、蓄、畜，同音丑六切。

2）闟 所及 生 緝 開 三 入 深 ‖ 許及 曉 緝 開 重三入 深 【迄及】

按：「持矛而操闟戟者旁車而趨。」胡三省音註：「《唐韻》：戟名曰闟，音所及翻。」（p.63）

3）赤 音赫　曉　陌　開　二　入　梗 ‖ 昌石　昌　昔　開　三　入　梗【昌石】

按：「赤」，《史記正義》音赫：「成侯董赤。」（p.498）胡三省《音註》採用的是《史記正義》的音，「赤」是專有名詞，其音讀比其他詞更為保守，作為讀書音，唐代這樣讀，宋末元初也還這樣讀。

（六）匣與從、生、透諸母混切

1）袷 疾夾　從　洽　開　二　入　咸 ‖ 侯夾　匣　洽　開　二　入　咸【轄夾】

按：「袷」，袷祭。凡 5 次註音：音合 1 次，胡夾翻 2 次，戶夾翻 1 次。《集韻》合、袷同音，曷閣切。

2）索 下客　匣　陌　開　二　入　梗 ‖ 山戟　生　陌　開　二　入　梗【色窄】

按：「士良等分兵閉宮門，索諸司，捕賊黨。」胡三省音註：「索，下客翻。下同。」「下同」指的是下文「又遣兵大索城中」（p.7913），求索、搜索義，註音為山客翻者 148 次，西客翻 1 次。《廣韻》、《集韻》音同。

3）鋧 他典　透　先　開　四　上　山 ‖ 胡典＊匣　先　開　四　上　山

按：「鋧」，銑鋧，小鑿也，《廣韻》無此字，《集韻》義與胡三省音註同。

4）曾 戶增　匣　登　開　一　平　曾 ‖ 昨棱　從　登　開　一　平　曾【徂棱】

按：「曾」，曾不料、曾不能之「曾」，共 6 次註音，其中 5 次為才登翻。

（七）以與徹、崇、書、章、禪、端、定、澄、從、心、邪諸母混切

1）施 弋智　以　支　開　三　去　止 ‖ 施智　書　支　開　三　去　止【以豉】

2）施 以豉　以　支　開　三　去　止 ‖ 施智　書　支　開　三　去　止【以豉】

按：「施」，胡三省的音註有兩種音和義：布施義，音式智翻（45 次）、式豉翻（22 次）等；施及義，音弋智翻（2 次）、以豉翻（1 次），後者與《集韻》反切的音相同。

3）身 音捐　以　仙　合　三　平　山 ‖ 失人　書　眞　開　三　平　臻【失人】

按：前文已述及，身毒，國名（p.628），胡三省音註：「身毒，孟康曰：身毒即天竺也，所謂浮屠胡也。鄧展曰：毒音篤。李奇曰：一名天篤。師古曰：亦曰捐毒。《索隱》曰：身音乾。」從漢至唐音譯用字不同，反映了語音的變化與發展。

4）虒 音夷 以 脂 開 三 平 止 ‖息移 心 支 開 三 平 止 【相支】

按：「而置云中、鴈門、代郡。」胡三省音註：「五臺則漢太原之慮虒縣也。師古曰：慮虒，音虜夷。」（p. 209）《廣韻》：「傂」下云：「傂，祁地名，在絳西，臨汾水，本亦作虒。」與斯同音，息移切。

5）鎰 戌質 書 質 開 三 入 臻 ‖夷質 以 質 開 三 入 臻 【弋質】

按：「先白張鎰，鎰以告盧杞。」胡三省音註：「鎰，戌質翻。」（p.7310）此註文淵閣電子版「戌」作「戊」。「鎰」，人名，亦計量單位，在胡三省音註中共 9 次註音，其他音為「弋質翻」6 次，「夷質翻」1 次，「音逸」1 次。此處懷疑「戌」和「戊」為傳抄之誤。

6）洩 息列 心 薛 開 三 入 山 ‖餘制 以 祭 開 重四 去 蟹 【私列】

按：「洩」，洩露，《廣韻》「泄」私列切。下云：「漏泄也，歇也，亦作洩，又姓，又余制切。」

7）治 弋之 以 之 開 三 平 止 ‖直之 澄 之 開 三 平 止 【盈之】

按：「又作新平于灅水之陽。」胡三省音註：「又考班固《地理志》，鴈門陰館縣樓煩鄉累頭山，治水所出，東至泉州入海。師古曰：治，弋之翻。」（p.2807）《集韻》盈之切，與師古音義相同。

8）涂 音邪 以 麻 開 三 平 假 ‖宅加 澄 麻 開 二 平 假 【余遮ˣ】

按：「強弩都尉路博德會涿涂山。」（p.713）胡三省音註：「徐廣曰：涂，音邪。索隱曰：涿，音卓。邪，以奢翻。《漢書》作涿邪山。在高闕塞北千里。」《集韻》「涂」下云：「涿涂，山名，在匈奴中。」與邪同音，余遮切。徐廣音與《集韻》同。

9）嶼 音余 以 魚 合 三 平 遇 ‖徐呂 邪 魚 合 三 上 遇 【象呂】

10）嶼 以與 以 魚 合 三 上 遇 ‖徐呂 邪 魚 合 三 上 遇 【象呂】

按：「嶼」，人名，凡 3 次註音，除此二切語外，還有徐與翻，後者與《廣韻》相同。嶼，《廣韻》、《集韻》所註音相同，與胡三省音異。

11）蝤 音由 以 尤 開 三 平 流 ‖自秋 從 尤 開 三 平 流 【夷周ˣ】

按：「蟋蟀竢秋唫，蜉蝤出以陰。」蜉蝤，一種甲蟲，朝生夕死。（p.841）《廣韻》「蝣」下註云「蜉蝣，朝生夕死」，以周切；《集韻》「蝤」、「蝣」同音

由，夷周切；義亦相同。「蜉蝣」是個連綿詞，詞的寫法雖不一致，但語音相近（疊韻）。

12）阽 丁念 端 添 開 四 去 咸 ‖余廉 以 鹽 開 三 平 咸 【都念】

按：「且朝廷當阽危之時」，胡三省音註：「余廉翻，又丁念翻。」（p.8409）《集韻》有此音，義亦同。

13）餤 弋廉 以 鹽 開 三 平 咸 ‖徒甘 定 談 開 一 平 咸 【余廉】

按：「餤」，胡三省音註中有動詞和名詞兩種詞性和意義，名詞義是餅餤、茶餤之類，讀「弋廉翻，又徒甘翻」（2次）、「于廉翻，又徒甘翻」（1次）；動詞意義是食也、啗也，讀徒濫翻（1次）。《廣韻》「餤」有平、去二讀，一爲徒甘切，進也；一爲徒濫切，食也，噉也。《集韻》有余廉切、於鹽切與此例註音相應。

14）漱 士覲 崇 眞 開 三 去 臻 ‖羊晉 以 眞 開 三 去 臻 【士刃】

按：「漱」，凡 2 次註音，以酒漱口義。一爲「音胤，又士覲翻」，一爲「羊晉翻」。胡三省音與《集韻》音相同。

15）鄯 以戰 以 仙 開 三 去 山 ‖時戰 禪 仙 開 三 去 山 【時戰】

按：「鄯」，鄯州，地名，註音凡 50 次，其中上扇翻 23 次，時戰翻 16 次，時戰翻又音善 6 次，以戰翻又音善 1 次。《廣韻》有常演、時戰二切，義同。《集韻》有上演、時戰二切。胡三省音與《廣韻》、《集韻》皆不同。

16）斜 昌遮 昌 麻 開 三 平 假 ‖以遮 以 麻 開 三 平 假 【余遮】

按「斜」凡 16 見，其中斜谷義有以下註音：「余遮翻」10 次，「昌遮翻」3 次，「音邪，又似嗟翻」1 次。《集韻》「斜，伊雅斜，匈奴單于名，音時遮切」與「昌遮」切語音近。而對於「伊雅斜」的註音，胡三省音註：「索隱曰：斜，士嗟翻，鄒誕生音直牙翻。蓋『稚斜』胡人語，近得其實。」（p.609）

（八）云母與定母、澄母混註

1）餤 于廉 云 鹽 開 三 平 咸 ‖徒甘 定 談 開 一 平 咸 【余廉】

按：「餤」，上文已經述及，讀平聲時義爲餅餤、茶餤之類。胡三省音與《廣韻》不同，但與《集韻》音相近。

2）髫 于聊 云 蕭 開 四 平 效 ‖徒聊 定 蕭 開 四 平 效 【田聊】

按：「髫」，小兒垂髮也，僅 1 次註音。此處「于」是否是「丁」的誤寫？暫時存疑。

3）瑒 雄杏 云 庚 開 二 上 梗 ‖徒杏 澄 庚 開 二 上 梗 【丈梗】

按：「瑒」，人名，註音凡 21 見，其中「雉杏翻，又音暢」15 次，「雄杏翻，又音暢」1 次，「徒杏翻，又音暢」2 次，「杖梗翻，又音暢」1 次，「音蕩」1 次。《廣韻》，玉名，與章切；《集韻》玉名，余章切；皆平聲。胡三省音蕩、音暢、丈梗翻等音，皆與《集韻》音同；「徒杏翻，又音暢」與《廣韻》切語相同；「雉杏翻」與《廣韻》徒杏翻一致，屬於類隔切。這裏懷疑「雄」是「雉」字之誤。

五、喉牙音與唇音聲母的混註現象

喉牙音與唇音混註主要表現在明（微）母與見母、曉母的混註。具體分析如下：

明曉混註（1 例）：

1）膴 音謨 明 模 合 一 平 遇 ‖荒烏 曉 模 合 一 平 遇 【微夫】

按：「故嫫母輔佐黃帝。」胡三省音註：「《漢書·古今人表》：膴母，黃帝妃，生倉林。師古曰：膴，音謨，即嫫母也。」（p.6290）《廣韻》、《集韻》皆無此音與義。

微曉混註（1 例）：

1）憮 音呼 曉 模 合 一 平 遇 ‖武夫 微 虞 合 三 平 遇 【荒胡ˋ】

按：「琦作《外戚箴》、《白鵠賦》以風。」胡三省音註引《後漢書·文苑列傳·崔琦傳》：「詩人是刺，德用不憮。」（p.1744）李賢註曰：「憮，大也，音呼。」此音義皆與《集韻》同。

明見混註（2 例）：

1）� 姑三 見 談 開 一 平 咸 ‖武酣 明 談 開 一 平 咸 【沽三】

按：「妎」，老女稱（p.3390）。胡三省音義與《集韻》同。

2）沬 音劌 見 祭 合 重三 去 蟹 ‖莫撥 明 末 合 一 入 山 【呼內】

按：「沬」，凡 3 次註音：洷也，音莫曷翻；曹沬，「音末，又讀曰劌」（p.225）、又，「《索隱》曰：沬，亡葛翻。《左傳》、《穀梁》並作曹劌。然則『沬』宜音『劌』，

沫、劌聲相近而字異耳」（p.49）。《左傳》曹劌，《史記》作曹沫，司馬貞《索引》可證。

明溪混註（1例）：

1）媒 音欺 溪 之 開 三 平 止 ‖莫杯 明 灰 合 一 平 蟹 【謨杯】

按：「今舉事一不幸，全軀保妻子之臣隨而媒蘗其短」。胡三省音註：「服虔曰：媒，音欺，謂詆欺也。孟康曰：媒，酒教；蘗，麴也；謂釀成其罪也。師古曰：孟說是也。齊人名『麴餅』曰『媒』。賈公彥曰：齊人名麴餅曰媒者，麴麩和合得成酒醴，名之為媒。」（p.716）考察胡三省所引用的師古註，服虔的「媒音欺」，大概不是註音，而是釋義。

幫以混註（1例）：

1）鰈 彼列 幫 薛 開 三 入 山 ‖與涉 以 葉 開 三 入 咸 【弋涉】

按：「太子法服設樂以待之。」胡三省音註：「革帶，金鈎鰈。……鰈，丑例翻，又彼列翻。」（p.5573）《集韻》有弋涉、實攝、虛涉、達協四切，聲母都不與胡三省音同，存疑。

《通鑑音註》存在喉牙音之間以及喉牙音與舌齒唇音之間的混註現象，有些是上古的語音特點，有些是文獻傳抄過程中的訛誤問題；還有一些我們目前尚無法解釋清楚的，暫時存疑，以待方家指點。

第六節　半舌音

來母字的註音共有450條，自註439條，混註11條，混註發生在與喉牙音、舌頭音以及舌上音、齒音等聲母條件下。來日也有混註現象。

表3-13：來母字自註與混切情況統計表

	來母
來母	439
其他	來見3、來群2、來定1、來透1、來匣2、來禪1、來澄1、
總計／自註比例	450／97.6%

一、來母與定母、透母混切（6例）

1）樂 徒各 定 鐸 開 一 入 宕 ‖盧各 來 鐸 開 一 入 宕 【歷各】

按：「樂」凡 693 次註音，有三種註音：其一音洛（682 次）、盧各翻（1 次）、來各翻（1 次）；其二，五教翻（2 次）、魚教翻（2 次）、五孝翻（1 次）；其三，徒各翻，1 次，其原文出處是：「發東土諸郡免奴為客者，號曰樂屬。」（p.3497）這裡懷疑是抄寫的錯誤，因為「樂屬」義胡三省都註為「樂，音洛」，除了這個例子。

2）調 力釣 來 蕭 開 四 去 效 ‖ 徒弔 定 蕭 開 四 去 效 【徒弔】

3）調 力弔 來 蕭 開 四 去 效 ‖ 徒弔 定 蕭 開 四 去 效 【徒弔】

按：「調」，凡 155 次註音，有調發、調賦、征選義者，主要音徒釣翻（64 次）、徒弔翻（80 次）。「調」的「力釣翻」（1 次）、「力弔翻」（2 次），可能是註錯了或者是抄錯了：「牛調二尺，墾租一斗，義租五升。」胡三省音註：「調，力弔翻。」（p.5240）「又令民十八受田輸租調。」胡三省音註：「調，力弔翻。」（p.5239）「凡全忠所調發，無不立至。」胡三省音註：「調，力釣翻。」（p.8324）這三個例子中的「調」很顯然是賦調、調發的意思，但反切上字卻是「力」，讓人生疑。

4）籓 音胎 透 咍 開 一 平 蟹 ‖ 落哀 來 咍 開 一 平 蟹 【湯來＊】

按：「攻燒官寺，殺右輔都尉及籓令。」胡三省音註：「師古曰：籓，與邰同，音胎。」（p.1162）《集韻》邰、籓、釐、漦異體字，與『胎』同音，湯來切，義亦與胡三省音註同。

5）貸 來戴 來 咍 開 一 去 蟹 ‖ 他代 透 咍 開 一 去 蟹 【他代】

按：「貸」，有土戴翻、吐戴翻、他代翻、土帶翻等音。「叙朔方將士忠順功名，猶以懷光舊勳曲加容貸」，胡三省音註：「貸，來戴翻。」（p.7421）這个音也可能是註錯了，或者是抄錯了。

6）颯 音立 來 緝 開 三 入 深 ‖ 蘇合 心 合 開 一 入 咸 【力入】

按：「颯」，人名，凡 5 次註音，皆註為「音立」，與《集韻》音相同。

二、來母與徹、澄、禪母、船、生諸母混切（7 例）

1）例 時詣 禪 齊 開 四 去 蟹 ‖ 力制 來 祭 開 三 去 蟹 【力制】

按：「帝欲兼稱帝，羣臣乃引德明、玄元、興聖皇帝例，皆立廟京師。」胡三省音註：「例，時詣翻。」（p.9012）僅 1 次註音，此音與《廣韻》、《集韻》皆不合。

2）贍 力豔 來 鹽 開 三 去 咸 ‖時豔 禪 鹽 開 三 去 咸 【時豔】

按：「贍」，賙也，振贍也，凡 22 次註音，其中昌豔翻 4 次，而豔翻 12 次，贍，時豔翻 4 次，時斂翻 1 次；力豔翻 1 次（p.9499）後者當是註錯或者是抄錯了反切上字的緣故。

3）龓 力董 來 東 合 一 上 通 ‖丑隴 徹 鍾 合 三 上 通 【盧東】

按：「元琰奔龓洲。」胡三省音註：「楊正衡《晉書音義》曰：龓，力董翻。」（p.4214）。龓洲，地名。《集韻》有盧東、力鍾二切，所註釋都龓縣名。僅 1 次註音。

4）蝕 音力 來 職 開 三 入 曾 ‖乘力 船 職 開 三 入 曾 【六直‧】

按：「楚與諸侯之慕從者數萬人，從杜南入蝕中。」胡三省音註：「李奇曰：蝕，音力。」（p.308）《集韻》：「蝕，谷名，在杜南。」與力同音，六直切。

5）酈 直益 澄 昔 開 三 入 梗 ‖郎擊 來 錫 開 四 入 梗 【直炙】

按：「與偕攻析、酈，皆降。」胡三省音註：「師古曰：析，今內鄉縣；酈，今菊潭縣。……酈，直益翻，又郎益翻。」（p.290）」胡三省音與《集韻》同。

6）率 音律 來 術 合 三 入 臻 ‖所律 生 術 合 三 入 臻 【劣戌‧】

7）率 列恤 來 術 合 三 入 臻 ‖所律 生 術 合 三 入 臻 【劣戌】

按：「率」，《音註》中有三種意義和註音，其中約數義，被註音 2 次，見上例；左衛率、右衛率，註音為所律翻，共註 33 次；率領、將帥義，音所類翻，共註 19 次。胡三省音與《集韻》同。

三、來母與牙喉音聲母混註（10例）

見、來混註（4例）：

1）鸞 音藿 見 桓 合 一 去 山 ‖落官 來 桓 合 一 平 山 【盧丸】

2）鸞 沽丸 見 桓 合 一 平 山 ‖落官 來 桓 合 一 平 山 【盧丸】

按：「賢追到鸞鳥。」胡三省音註：「鸞鳥縣，屬武威郡。鳥，音雀。……鸞，音藿，沽丸翻。」（p.1617）又，「段潁擊之於鸞鳥。」胡三省音註：「鸞，音藿。鳥，讀曰雀。」（p.1797）《廣韻》、《集韻》「鸞」只有一讀。

3）嫪 居虯 見 幽 開 三 平 流 ‖魯刀 來 豪 開 一 平 效 【郎刀】

按：「乃詐以舍人嫪毐為宦者，進於太后。」胡三省音註：「師古曰：嫪，居虯翻，許慎郎到翻，康盧道切。」（p.213）《廣韻》與《集韻》「嫪」字有平、去兩讀，皆來母豪韻字。

4）羹音郎 來唐開一平宕 ‖古行 見庚開二平梗 【盧當˙】

按：「齊渠丘實殺無知，而陳、蔡不羹亦殺楚靈王，此皆大都危國也。」胡三省音註：「陸德明曰：羹，音郎。」（p.161）又：不羹，地名，胡三省音註：「陸德明曰：不羹，舊音郎；《漢書·地理志》作「更」字。」（p.110）《集韻》羹、郎同音。

群、來混註（3 例）：

1）懍 巨禁 群侵開三去深 ‖力稔 來侵開三上深 【巨禁】

按：懍，宗懍，人名，胡三省音註：「力荏翻，又巨禁翻」（p.5104）、「力荏翻，又力禁翻」（p.5119）；人心懍懍，胡三省音註：「懍，力錦翻。」（p.9317）《集韻》懍音巨禁切，心怯也，與胡三省音相同。

2）翷 求仁 群眞開三平臻 ‖力珍 來眞開三平臻 【離珍】

按：「與右僕射兼西御院使王翷謀出弘度、鎮邕州。」胡三省音註：「翷，求仁翻。」（p.9236）《集韻》、《廣韻》皆無此音。王翷，《御批資治通鑑綱目》卷五十七：「漢主殺其僕射王翷。」望江王幼學《集覽》註曰：「翷，力仁反。」可見「求」是「力」的誤寫。

3）倞 音諒 來陽開三去宕 ‖渠敬 群庚開三去梗 【力讓˙】

按：倞，楊倞，人名。此音與《集韻》相同。

疑、來混註（1 例）：

1）額 音洛 來鐸開一入宕 ‖五陌 疑陌開二入梗 【鄂格】

按：按「額」，龍額侯、額頭，胡三省註有兩種音：「音洛」（3 次），「鄂格翻」（1 次）。《廣韻》、《集韻》「額」、「頟」異體字，皆無「洛」音。《史記》卷九十三：「拜為龍額侯，續說後。」裴駰集解：「《索隱》：額，五格反，又作雒，音洛。」《漢書》卷七：「遣執金吾馬適建、龍額侯韓增。」顏師古註：「師古曰：姓馬適，名建也。龍額，漢書本或作『雒』字。《功臣侯表》云：弓高壯侯韓頹當子譊封龍雒侯。元鼎五年坐酎金免，後元元年，譊弟子增紹封龍雒侯，而荀

悅漢紀『龍雒』皆爲『頜』字。崔浩曰：雒，音洛。今河間龍雒村與弓高相近。然此既地名，無別指義，各依書字而讀之，斯則通矣。」由此可知，「頜」音「洛」是有所本的。《廣韻》、《集韻》雒、洛同音。

匣、來混註（2例）：

　1）輅 胡格 匣 陌 開 二 入 梗 ‖洛故 來 模 合 一 去 遇 【轄格】

　2）輅 音洛 匣 鐸 開 一 入 宕 ‖洛故 來 模 合 一 去 遇 【轄格】

按：「過洛陽，脫輓輅。」胡三省音註：「輅，蘇林曰音凍洛之洛。……師古曰：輅，胡格翻，洛音同。」（p.361）僅1次註音。

四、中古來母在胡三省《通鑑音註》中的特點及其音值

胡三省《通鑑音註》中的中古來母的音值是[l]，基本上來自中古的來母。同時《音註》也存在著與喉牙音、舌齒音混註的現象，其中有些是漢語上古聲母的特點，有些是用字訛誤現象。目前尚不能夠解釋的問題，僅具其例，以待方家。

第七節　半齒音

日母字的註音共有115條，自註103條，混註12條，混註的情況主要集中在禪日、泥/娘日、從/邪日等方面。來日也有混註現象。

表3-14：日母字的自註與混切情況統計表

	日　母
來　母	1
日　母	103
其　他	日禪4、日泥4、日從1、日邪1、日章1
總計／自註比例	115／89.6%

一、日母與泥母（7）、日母與娘母（2）的混註現象 [註48]

　1）嗕 奴獨 泥 屋 合 一 入 通 ‖而蜀 日 燭 合 三 入 通 【奴沃】

按：「匈奴前所得西嗕居左地者。」胡三省音註：「孟康曰：嗕，音辱，匈

[註48] 註：前文「泥娘合流」一節已用此例。此處爲討論方便計又列舉此類用例。

奴種。師古曰：嚃，音奴獨翻。余謂西嚃自是一種，爲匈奴所得，使居左地耳，非匈奴種也。」（p.807）孟康音與《廣韻》音相同。

　　2）洱 乃吏 泥 之 開 三 去 止 ‖仍吏 日 之 開 三 去 止 【仍吏】

　　按：「洱」凡 6 次註音，皆指西洱河，地名。註音爲「乃吏翻」3 次。《廣韻》、《集韻》音相同。

　　3）毦 乃吏 泥 之 開 三 去 止 ‖仍吏 日 之 開 三 去 止 【仍吏】

　　按：「毦」，凡 4 次註音，註爲「乃吏翻」者 2 次，羽毛飾也。《廣韻》、《集韻》音相同。

　　4）輭 乃亂 泥 桓 合 一 去 山 ‖而兗 日 仙 合 三 上 山 【奴亂】

　　按：「輭」，柔也，弱也。凡 3 次註音，註音爲而兗翻 1 次，人兗翻 1 次，註爲「師古曰：輭，乃亂翻，又乳兗翻」1 次。胡三省音與《集韻》音相同。

　　5）儂 如冬 日 冬 合 一 平 通 ‖奴冬 泥 冬 合 一 平 通 【奴冬】

　　按：「仲雄於御前鼓琴作《懊儂歌》。」胡三省音註：「儂，如冬翻。」（p.4425）《廣韻》、《集韻》音相同。

　　6）檽 而掾 日 仙 合 三 去 山 ‖乃亂 泥 桓 合 一 去 山 【乳兗】

　　7）檽 人兗 日 仙 開 三 上 山 ‖乃亂 泥 桓 合 一 去 山 【乳兗】

　　按：「檽」，檽弱、怯檽。註音凡 21 次，其中註音爲「檽，乃臥翻，又乃亂翻」者 3 次、「檽，乃臥翻，又奴亂翻」者 9 次，其他以「乃」、「奴」作反切上字的註音有 7 次。以「人」、「而」作反切上字的各 1 次。胡三省音與《集韻》音相同。

　　8）吶 如悅 日 薛 合 三 入 山 ‖女劣 娘 薛 合 三 入 山 【如劣】

　　按：「吶」，吶吶，言緩也，註音爲「如悅翻，又奴劣翻」2 次。又「言語澀吶」，音註：「女劣翻，聲不出也。」（p.5339）胡三省音與《集韻》音相同。

　　9）絮 人餘 日 魚 合 三 平 遇 ‖尼據 娘 魚 合 三 去 遇 【人余】

　　按：「絮」，絮舜，人名。「敝使掾絮舜有所案驗。」胡三省音註：「李奇曰：絮，音挐。師古曰：絮，姓也，音女居翻，又音人餘翻」（p.879）師古音與《集韻》音相一致。《集韻》挐、絮同音乃加切。

二、日母與禪母的混註現象（12 例）

1）任 市林 禪 侵 開 三 平 深 ‖如林 日 侵 開 三 平 深 【如林】

按：「任」凡 239 次註音，註音爲「音壬」者 225 次。另有人林翻 1 次、汝鴆翻 1 次、如林翻 3 次，市林翻 1 次。

2）䳑 市灼 禪 藥 開 三 入 宕 ‖而灼 日 藥 開 三 入 宕 【敕略】

按：「䳑」，䳑州，凡 3 次註音，「音若」2 次，「市灼翻」1 次。

3）珥 市志 禪 之 開 三 去 止 ‖仍吏 日 之 開 三 去 止 【仍吏】

按：「珥」，耳璫，凡 5 次註音，註爲仍吏翻 3 次，忍止翻 1 次。

4）如 音時 禪 之 開 三 平 止 ‖人諸 日 魚 合 三 平 遇 【人余】

按：「樂毅聞畫邑人王蠋賢。」胡三省音註：「京相璠曰：今臨淄有澅水，西北入沛，即班《志》所謂如水；如、時聲相似，然則澅水即時水也。」（p.129）如、時音近之說，不見於《廣韻》、《集韻》。

5）豎 而主 日 虞 合 三 上 遇 ‖臣庾 禪 虞 合 三 上 遇 【上主】

6）豎 而涪 日 尤 開 三 平 流 ‖臣庾 禪 虞 合 三 上 遇 【上主】

7）豎 而庾 日 虞 合 三 上 遇 ‖臣庾 禪 虞 合 三 上 遇 【上主】

按：「豎」有四義：豎子、閽豎、豎起、豎眼（人名）。豎起、豎眼音而庾翻（9 次）、而主翻（4 次）、而涪翻（1 次）。《廣韻》、《集韻》無此類音切。

8）鶉 如倫 日 諄 合 三 平 臻 ‖常倫 禪 諄 合 三 平 臻 【殊倫】

按：「鶉」，鶉觚，地名，有 2 次註音，一爲如倫翻，一爲殊論翻。

9）折 而設 日 薛 開 三 入 山 ‖常列 禪 薛 開 三 入 山 【食列】

10）折 而列 日 薛 開 三 入 山 ‖常列 禪 薛 開 三 入 山 【食列】

按：「折」，有摧折、折斷、折節、夭折、姓氏等義。凡 166 次註音，註音爲而設翻者 99 次，註音爲而列翻者 1 次。其他註音的反切上字有之、常、上、食等，其中之舌翻 54 次。

11）尙 而亮 日 陽 開 三 去 宕 ‖時亮 禪 陽 開 三 去 宕 【時亮】

按：「尙」，尙書，有二義，其一爲書名，而亮翻，註音 1 次；其一爲職務名，辰羊翻，註音 53 次。《廣韻》尙，市羊切，尙書，官名；時亮切，加也、高尙等義。《廣韻》與《集韻》音義一致。

12）贍　而艷　日　鹽　開　三　去　咸　‖時豔　禪　鹽　開　三　去　咸　【時艷】

按：「贍」，凡 22 次註音，註為而豔翻翻者 12 次。其他註音用的反切上字有「時」、「昌」共 9 次。

胡三省音系禪、日的混同是方音的特點。關於禪日的混同，馮蒸先生《歷史上的禪日合流與奉微合流兩項非官話音變小考》，認為是吳語特點。文章說，根據目前音韻學界的一般意見，日母的中古音是鼻音加摩擦音，即[nʑ]。吳語文讀取其摩擦成分，拿它當船禪看待；白讀取其鼻音成分，拿它當泥、娘母看待。但船母、禪母的吳語讀音本有塞擦和純摩擦的兩種發音方法，所以日母也是有濁塞擦和濁擦兩種讀音，即[dʑ][ʑ]或[dz][z]〔註49〕。現代吳語禪日混同的現象頗多。目前胡三省《通鑑音註》中禪、日混切的例子有 12 個，但這一語音現象卻說明這項音變是在那個時代就已經在吳方言的讀書音中存在了。與日母混註的禪母、船母字應當讀成日母。

三、日母與從母（5）、日母與邪母（3）的混註現象

1）肉　疾僦　從　尤　開　三　去　流　‖如六　日　屋　合　三　入　通　【如又】

按：「肉」凡 2 次註音，一為疾就翻，一為而就翻。「上乃鑄五銖錢，肉好周郭皆備。」胡三省音註：「韋昭曰：肉，錢形也。好，孔也。杜佑曰：內郭為肉，外郭為好。孟康曰：周郭，周匝為郭也。」（p.4676）

2）籍　而亦　日　昔　開　三　入　梗　‖秦昔　從　昔　開　三　入　梗　【秦昔】

按：「籍」，狼籍，僅 1 次註音。

3）瘠　而尺　日　昔　開　三　入　梗　‖秦昔　從　昔　開　三　入　梗　【秦昔】

按：「瘠」，嬴瘠，註音凡 5 次，反切上字用秦、在、漬者共 4 次。

4）吮　如兗　日　仙　合　三　上　山　‖徂兗　從　仙　合　三　上　山　【豎兗】

按：「吮」，吮吸，反切上字為「士」、「徂」者共 5 次，上字為「而」者 2 次，為「徐」者 2 次。

5）藉　而亦　日　昔　開　三　入　梗　‖秦昔　從　昔　開　三　入　梗　【秦昔】

〔註49〕馮蒸：《歷史上的禪日合流與奉微合流兩項非官話音變小考》，載《馮蒸音韻論集》，學苑出版社，2006 年版，第 457～460 頁。

按：「藉」，借也，蹈也，薦也。凡 52 次註音，慈夜翻 30 次，秦昔翻 12 次，在亦翻 7 次。而亦翻 2 次。

6）蹂 徐又 邪 尤 開 三 去 流 ‖人又 日 尤 開 三 去 流 【如又】

按：「蹂」，蹂踐，凡 26 次註音，人九翻 22 次，忍久翻 2 次。「徐又翻」是作爲「人九翻」的又音出現的，僅 1 次。「如又翻」作爲人九翻、忍久翻的又音，出現了 2 次。

7）璿 如緣 日 仙 合 三 平 山 ‖似宣 邪 仙 合 三 平 山 【旬宣】

按：「璿」，人名，凡 14 次註音，註爲似宣翻 6 次，從宣翻 3 次，旬緣翻 2 次，音旋 2 次，如緣翻 1 次。

8）鐔 如心 日 侵 開 三 平 深 ‖徐林 邪 侵 開 三 平 深 【徐心】

按：「鐔」，胡三省音註：「《類篇》曰：鐔，如心翻，姓也。賢曰：鐔，音徒南翻。《唐韻》又音尋。」（p.1604），另一處註音爲「徐林翻」；作爲人名，註音爲「徒含翻」、「音覃，又音尋」；作爲州名，註音爲「徐林翻，又讀如覃」；作爲劍口的旁出部分的名稱，註音爲「音淫」。

《切韻》泥母[n]、娘母[n̠]、日母[n̠ʑ]，在胡三省的方言裏，泥娘混併，娘母失去鼻音音色而併入泥母；同樣，日母的部分字在失去其濁擦音成分後變得像娘母，隨後又失去其鼻音音色而變得像泥母。胡三省《通鑑音註》系統中的部分泥母字就這樣被讀成了日母，因而在音切上就表現爲泥日互切。

《切韻》從母是[dz]，邪母是[z]，而日母是[n̠ʑ]。胡三省《通鑑音註》從母字與邪母字相混，而日母在失去其鼻音音色與濁擦音色後也變得像邪母了。我們認爲，《通鑑音註》從邪與日混切的現象是由於從母與邪母都讀得像日母的緣故。

現代吳語多數地區澄、崇、船、禪、日、從、邪七母全部合流，有的在發音方法上有濁塞擦音和濁擦音之別，有的則全讀作[z]。趙元任認爲：「日母在古音是鼻音加摩擦音，吳語文言取它的摩擦成分，拿它當牀禪看待，白話取它的鼻音成分，拿它當泥娘看待，但牀禪母在吳語本有破裂摩擦跟純摩擦的兩種發音方法，所以日母也是的。」〔註 50〕《通鑑音註》禪／日混同，禪／日音色應當是相近的。同時還有知照系的其他字也與日母混註，如知母、徹母、崇母、

─────────────

〔註 50〕趙元任：《現代吳語的研究》，科學出版社，1956 年版，第 29 頁。

生母、書母等，還有與清母、心母混註的情況，反映了日母與舌音、齒音的關係，詳下。

四、日母與其他舌齒音聲母的混註現象

《通鑑音註》中日母除了與禪母、從母、邪母混註外，還與章母、書、船、崇、知、徹、清、心諸聲母發生混切現象，其例如下（10 例）：

1) 讘 之涉 章 葉 開 三 入 咸 ‖ 而涉 日 葉 開 三 入 咸 【質涉】

按：「讘」，狐讘縣，地名。僅 1 次註音。

2) 昭 如遙 日 宵 開 三 平 效 ‖ 止遙 章 宵 開 三 平 效 【時饒】

按：「昭」，昭穆之昭。凡 18 次註音，如遙翻 1 次，時遙翻 1 次，時招翻 5 次，市招翻 3 次，上招翻 1 次，等等。

3) 灄 日涉 日 葉 開 三 入 咸 ‖ 書涉 書 葉 開 三 入 咸 【日涉】

按：「灄」，地名，凡 7 次註音，其中 6 次註為書涉翻。

4) 射 而亦 日 昔 開 三 入 梗 ‖ 食亦 船 昔 開 三 如 梗 【食亦】

按：「射」，凡 258 次註音。其射箭義，註音為而亦翻者 221 次，註為食亦翻者 6 次。

5) 冢 而隴 日 鍾 合 三 上 通 ‖ 知隴 知 鍾 合 三 上 通 【展勇】

按：「冢」，墓冢，凡 9 次註音，用「知」作反切上字 7 次、用「之」1 次。

6) 牚 人庚 日 庚 開 二 平 梗 ‖ 他孟 徹 庚 開 二 去 梗 【恥孟】

按：「邀與相牚拒。」胡三省音註：「師古曰：牚，謂支拄也，音人庚翻，又丑庚翻。」（p.1271）《廣韻》、《集韻》音同。

7) 撰 如免 日 仙 開 三 上 山 ‖ 士免 崇 仙 合 三 上 山 【鶵免】

按：「撰」，凡 25 次註音，撰寫、撰述之義，用「雛」、「士」作反切上字者 24 次。

8) 伙 日四 日 脂 開 三 去 止 ‖ 七四 清 脂 開 三 去 止 【七四】

按：「伙」，人名，又助也，註音共 4 次，「音次」2 次，七四翻 1 次。

9) 娀 音戎 日 東 合 三 平 通 ‖ 息弓 心 東 合 三 平 通 【思融】

按：「娀」，娀娥，人名，僅 1 見。

10）霫 而立 日 緝 開 三 入 深 ‖ 先立 心 緝 開 三 入 深 【息入】

按：「霫」，唐時北方的少數民族部落，凡 15 次註音，註為而立翻者 10 次，註為似入翻者 2 次，先立翻者 1 次，音習 1 次。

五、來母與日母混註（1 例）

1）洳 呂庶 來 魚 合 三 去 遇 ‖ 人恕 日 魚 合 三 去 遇 【如倨】

胡三省《音註》來母與日母混註 1 次，「洳」是地名，胡三省《音註》中只有 2 次註音：「辛酉，魏主嗣如沮洳城」，胡三省音註「沮，將豫翻。洳，呂庶翻」（p.3683）；「士卒久屯沮洳之地。」胡三省音註「洳，人恕翻」（p.7588），都是為地名「沮洳」註音，大概是方音的問題。

六、日母的特點

《通鑑音註》中的日母字主要來自中古的日母，同時也混入了禪、船、澄、崇、從、邪諸母的字以及泥、娘母的字。同時日母與章、船、書、知、徹、澄、清諸母以及來母混同的情況也很明顯。日母的這種複雜的音變現象，與古日母的性質有關。根據高本漢的構擬，《切韻》時代的日母是[ńź]（即[nʑ]）。李榮《切韻音系》（1956）說：「高本漢認為切韻日母是[ńź]，Maspero 認為七世紀時，日母是[ñ]（＝[ń]）。從梵文字母對音看起來，Maspero 的修正比較好些。」〔註51〕「如果切韻日母是[ńź]，娘是[nj]或[ń]，何以善無畏譯音（724 年）以前，全用日母字對梵文『ña』，到不空譯音（771 年）以後才改用『娘』字。依照我們的說法，日母一直是[ń]，所以善無畏以前都用來對譯梵文『ña』，到不空那時候，日母的音變了，才用娘[nian]去對譯梵文『ña』。」〔註52〕不過，從現代漢語方言日母的各種讀法來看，日母曾經有過[nʑ]的讀法。王力先生原先贊同高本漢的構擬，後來改變了看法：「宋元時代（甚至更早），日母就已經是個[ɽ]。我在我的《漢語音韻學》和《漢語史稿》中，採用高本漢的擬音，把中古日母擬測為[nz]是錯誤的。」〔註53〕。金有景列

〔註51〕李榮：《切韻音系》，科學出版社，1956 年版，第 125 頁。

〔註52〕李榮：《切韻音系》，科學出版社，1956 年版，第 126 頁。

〔註53〕王力：《現代漢語語音分析中的幾個問題》，載《王力語言學論文集》，商務印書館，2003 年版，第 310 頁。

出了現代漢語方言中日母的大約二十種讀法〔註54〕：

[z] 蘇州「惹」[zɒ]，浙江義烏「肉」[zoʔ]、「二」二二得四[zi]，潮州「入」[zip]，成都「入」[zu]，太原「蕊」[zuei]。

[ʥ] 廈門「惹」[ʥia]、[ʥe]、「乳」[ʥu]、「入」[ʥip]。

[ts] 福建莆田「人」[tsiŋ]。

[d] 福建泉州「認」[din]、「若」[diɔk]、「閏」[dun]。

[ʑ] 浙江義烏「染」[ʑyɛn]。

[ʐ] 山西平遙「人」[ʐə̃ŋ]、「染」[ʐã̃ŋ]，西安「辱褥」[ʐou]，長沙「辱褥」[ʐɤu]。

[n] 漢口「惹」[nɤ]，浙江義烏「儿」[n̩]、「二」[n̩]，福建莆田「人」[naŋ]，福建尤溪「肉」[nuo]。

[ʔn] 浙江義烏「爾你」[ʔn]。

[ȵ] 湖南雙峰「惹」[ȵia]，浙江義烏「肉」[ȵiaiu]、「染」[ȵie]，廣東梅縣「入」[ȵip]。

[ʔȵ] 浙江嘉興「肉」[ʔȵioʔ]。

[ŋ] 福州「耳」[ŋi]，福建將樂「軟」[ŋuãe]。

[g] 福建龍岩「若」[giak]、「閏」[gin]、「熱」[giat]。

[l] 濟南「蕊」[luei]、「乳」[lu]，揚州「入」[ləʔ]，南昌「入」[lat]，蘇州「兒」[l̩]。

[ɭ]河北深縣「二」[ɭ]。

[m] 福建尤溪「肉」[ma]。

[v] 西安「如乳」[vu]、「蕊」[vei]、「入」[vu]，福建邵武「閏」[vin]。

[ø]（零聲母）北京「兒二」[ɚ]，山東煙臺「日」[i]、「染」[ian]，湖南雙峰「辱褥」[iu]、「熱」[iɛ]；山東煙臺「入」[y]，福州「乳」[y]，長沙「入」[y]，湖南雙峰「蕊」[y]，漢口「入」[y]。

[ɦ] 浙江義烏「爾你」[ɦe]、「二」[ɦe]。

[lz] 北京日母字的讀法。

〔註54〕金有景：《論日母》，載《羅常培紀念論文集》，商務印書館，1984年版，第346頁。

金有景說：「考慮到日母在今方音裏有……近二十多種不同的讀法，再加上其他旁證，可以推斷在中古的某個時期（大約西元八世紀下半葉以後），日母是曾經讀爲[nʑ]這個音的。[nʑ]在發音特點上與塞擦音有某種類似之處。」〔註55〕
「音韻學家們幾乎一致認爲，在上古音裏，日母是讀[n̠]的，一直到《切韻》時代，日母仍讀[n̠]。這個時候，泥母三等字即後來的娘母字依然讀[ni]，還沒有讀[n̠i]，所以在善無畏（724年）以前，都用日母字來對譯梵文 ñ。到了不空（771年）時，他所根據的那個方言裏，娘母字已經變成了[n̠]。與此同時，日母經過[n̠→nj→nʑ]的演化過程也已經變成了[nʑ]。這時不空自然不再用日母字，而要用娘母字來對譯梵文 ñ 了。」〔註56〕下面是漢語方言中日母的各個讀音的演化情況。漢語方言中日母的各個讀音的演化情況〔註57〕：

八世紀　　　　　　　　　九至十二世紀

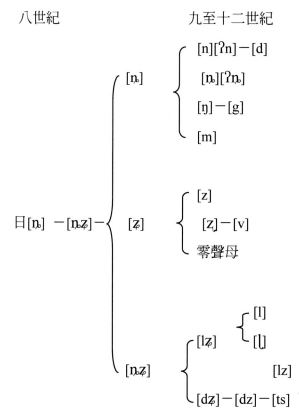

《通鑑音註》音系日母的複雜局面可以從這個圖所顯示的日母的演化得到解釋：泥日、泥娘混註，是由於日母在《切韻》時代是[n̠]，其時泥母是[n]，泥

〔註55〕金有景：《論日母》，《羅常培紀念論文集》，商務印書館，1984年版，第348頁。

〔註56〕金有景：《論日母》，《羅常培紀念論文集》，商務印書館，1984年版，第352頁。

〔註57〕金有景：《論日母》，《羅常培紀念論文集》，商務印書館，1984年版，第358頁。

母三等是[nj]，後來日母變成了[nʑ]，發生了位移，空格[n̪]才為娘母所佔據。泥、日、娘的這種演變關係遺存在《通鑑音註》音系就表現為泥日、娘日的混同。

日母后期演變成[nʑ]，與禪母相比多了一個摩擦性的鼻音色彩[n̪]，[n̪]一旦脫落就會導致日母和禪母分不清楚的局面，現代吳方言中禪日混同就是如此。此外日母與邪母的混同，也與此相關：元代吳語知莊章三組聲母併入精組，禪母與邪母混同。日母與書母的混同也是因為禪母，禪母是書母的濁音，禪母清化變成書母。《通鑑音註》禪日混同，書母也與日母混同，大概是由於禪母的清化造成的。

日母與章、船、知、徹、崇、清、從母諸母的混註，大概是在[nʑ]－[dʑ]－[dz]－[ts]的過程中不同演變階段在方言中的體現。《通鑑音註》中也反映吳方言的知莊章精合流，知章莊精、徹昌初清、崇澄船從的音值變得相同，《切韻》時船禪已經不分，日母與章、船、知、徹、崇、清、從母諸母的混註同樣可以用禪日的混同來解釋。而來母是邊音，發音部位、發音方法與日母相似，所以有混同的現象在方言裏存在。

總之，日母與泥娘、章船書禪、知徹崇、清從邪的混註是胡三省的方言特點，在《蒙古字韻》、《中原音韻》中沒有這種現象。

七、《通鑑音註》中日母的音值

胡三省《通鑑胡註》音系中，知照組已經合流，其音值是[tʃ]、[tʃ']、[dʒ]、[ʃ]，根據後世的演變，我們給日母構擬的音值是[ʎʒ]。

第八節 《通鑑音註》聲母系統的特點及音值構擬

依據上文的分析，我們在此節中對《通鑑音註》的聲母系統的特點作一個總結。

一、聲母系統的特點

《切韻》音系的 37 個聲母在宋末元初《通鑑音註》裏變成了 31 個，其間有分化，也有合併。具體表現在以下方面：一、輕唇音分化，非敷合流。二、知莊章合流。三、泥娘合流。喻三喻四合流。四、濁音有清化現象，但全濁音依然保持獨立。

胡三省《通鑑音註》中全濁聲母字共有 2013 個，胡三省以全清和次清聲母字爲之作註的有 140 次，清化的平均比例是 7.0%。各全濁聲母的清化比例依次是並母 5.7%、奉 15.5%、從 9.0%、崇 8.97%、群 3.96%、禪 4.3%、定 4.3%、船 2.3%、澄 1.6%、匣 1.5%、邪 1.43%，俟母沒有與心母混註的例子，只有 1 個與邪母混註的例子。

另外還有其他方面的特點：一、奉母與微母、明母與微母有混同的現象；二、喻母與部分影母字合併爲零聲母，匣云以也有合併現象；三、疑母的三、四等也有變入泥母，疑母開始消失；四、泥母也有與日母字混註的現象；五、知莊章與精組聲母有合併的現象；知莊章精與端組聲母有混註現象；禪日混同，從、邪與日混同；船禪不分、從邪不分。六、喉牙音之間混註、喉牙音與舌齒音、唇音混註的現象明顯存在。

二、音值構擬

胡三省《通鑑音註》語音系統的聲母有 31 個，其音值的構擬及其與《廣韻》的對應規則如下：

（一）唇音（7 個）

[p]（《廣韻》幫、並部分）

[p']（《廣韻》滂、奉部分）

[b]（《廣韻》並）

[m]（《廣韻》明）

[f]（《廣韻》非敷奉部分）

[v]（《廣韻》奉）

[ʋ]/[ɱ]（《廣韻》微、奉部分、明部分）

（二）舌頭音（4 個）

[t]《廣韻》端、定部分）

[t']（《廣韻》透、定部分）

[d]（《廣韻》定）

[n]《廣韻》泥、娘）

（三）齒頭音（5 個）

[ts]（《廣韻》精、從_{部分}）

[ts']（《廣韻》清、從_{部分}）

[dz]（《廣韻》從、邪）

[s]（《廣韻》心、邪_{部分}）

[z]（《廣韻》邪、從）

（四）舌葉音（5 個）

[tʃ]（《廣韻》知莊章，部分全濁聲母字）

[tʃ']（《廣韻》徹初昌，部分全濁聲母字）

[dʒ]（《廣韻》澄崇禪船）

[ʃ]（《廣韻》生書）

[ʒ]（《廣韻》禪船俟）

（五）牙音（4 個）

[k]（《廣韻》見、群_{部分}）

[k']（《廣韻》溪、群_{部分}）

[g]（《廣韻》群）

[ŋ]（《廣韻》疑）

（六）喉音（4 個）

[ʔ]（《廣韻》影）

[h]（《廣韻》曉、匣_{部分}）

[ɦ]（《廣韻》匣，部分云以）

[∅]（《廣韻》以、云、影_{部分}）

（七）半舌、半齒音（2 個）

[l]（《廣韻》來母字）

[ʎʑ]（《廣韻》日母字）